Romancière et nouvelliste (*Week-end de chasse à la mère*, prix Femina 1996), Geneviève Brisac a publié plusieurs récits (*Une année avec mon père*, 2010), des chroniques (*Moi, j'attends de voir passer un pingouin*, 2013) et de nombreux essais littéraires (consacrés notamment à Virginia Woolf, Flannery O'Connor, Karen Blixen, Alice Munro). Elle écrit également pour le cinéma (avec Christophe Honoré) et pour le théâtre.

Geneviève Brisac

DANS LES YEUX DES AUTRES

ROMAN

Éditions de l'Olivier

TEXTE INTÉGRAL

ISBN 978-2-7578-5337-5
(ISBN 978-2-87929-861-0, 1re publication)

« Nous sommes devenus des épines
dans les yeux des autres. »

Rose Ausländer

1

Le chapitre de la dignité blessée

Je vais au bal ce soir. J'irai si j'en ai le courage. J'irai certainement. Après tout, c'est vendredi.

Anna lave ses cheveux, les couvre de baume et d'une serviette, s'acharne à mettre et enlever et remettre mascara et ombres violettes sur ses cils, sur ses paupières. Elle étale sur le lit quelques vêtements, deux jupes longues en laine, un pantalon noir, trois robes, l'une est noire, l'autre parsemée de petites fleurs rouges et violettes, la troisième est trouée. Les exemples de femmes ermites revenant à la société ne l'aident guère : il n'y en a pas. Elle vernit ses ongles et agite les doigts, mains en l'air, comme faisait sa mère, en tâchant de prendre un air raffiné.

Si l'on scrutait l'âme d'Anna, on découvrirait la naïveté de celle qui n'a pas compris que le temps passe pour de bon, et l'optimisme terrifiant qui jette des êtres par-dessus les balustrades. On peut se demander ce qu'Anna espère. Sans attendre de réponse, car la plupart des espoirs sont sans nom.

Le soir venu, elle se rend à la fête. Elle porte une robe noire à col rond et à manches trois quarts, qui s'arrête à mi-mollets. Dessus, un collier d'ambre. En bas, des escarpins qui lui scient la base des orteils. Elle ressemble assez à l'idée que nous pouvons nous faire de la dignité blessée. Le plus dur est de ranimer ses yeux, elle les a regardés dans la glace, ils sont ternes et éteints, ses iris tilleul ont pris une couleur jaunâtre boueuse, et le blanc de l'œil est un peu gris, elle compte sur le champagne et les sourires.

Les portes de l'ascenseur s'ouvrent, elle grimpe vers l'appartement d'où s'échappent des rires ennuyés. Dans l'entrée, des livres d'art et un seau à champagne géant. Cordélia, qui l'a invitée à cette soirée, s'avance, sa robe jaune lui donne un air de poussin, son petit derrière de poussin rebique, et ses mules dorées claquent. Elle tient un jeune homme par le coude.

Anna ! Bienvenue ! Comme je suis heureuse ! Tu connais Alexandre ? Il travaille dans une boîte de communication.

Anna se tord les mains avec nervosité et tire sur sa manche, malheureusement trop courte, pour cacher des cratères autour de son coude, la cicatrice de son poignet gauche et des irrégularités pigmentaires. Elle essaie de vibrer au diapason de cet accueil. Elle se sent molle.

Anna a vécu avec Marek Meursault, dit Cordélia avec satisfaction en se tournant vers Alexandre.

Anna attend qu'elle ajoute autre chose. Qu'elle jette une pelletée supplémentaire de terre et de crachats. Quelque chose comme Anna est au chômage, quelque chose comme il fut un temps où tout le monde parlait d'Anna. Vous savez ce qu'elle a fait, bien sûr ? Ou d'autres horreurs que l'on balance quand les gens ont le dos tourné, mais parfois aussi, quand ils sont vraiment à terre, devant leur figure.

Alexandre est écrivain, dit Cordélia en se rengorgeant. Et ses joues regonflées et retendues rougissent davantage.

Alexandre a une barbe et des yeux brillants. Il semble content de tout. Un combattant de la lumière, cela se voit tout de suite. Un mâle du XXIe siècle, un prédateur. Déterminé à ne plus se laisser faire par *les femmes à barbe, les castratrices qui rôdent, les voleuses de place, les emmerdeuses, les emmerdantes et les emmerderesses*, comme il aime à le répéter, en gloussant de ce bon mot.

Son deuxième roman est sorti hier, indique Cordélia, enchantée – pour de mystérieuses raisons – de partager cette importante nouvelle. Je ne te raconte pas ce qu'on en dit, c'est de la folie.

Et elle s'éloigne, un plateau de feuilles de vigne à la main.

Je n'aurais pas dû venir, songe Anna, qui se sent misérable et le cœur battu ; les mots de Cordélia y sont fichés et vibrent, telles des fléchettes dans une cible.

Alexandre parle maintenant, il sourit et module ses intonations. Des fossettes se sont creusées autour de sa jolie bouche, il a de très belles dents.

C'est un roman à succès, dit-il. Son sourire s'est élargi. Mais qui suis-je pour le dire ? C'est insensé, savez-vous. Le directeur commercial est comme fou. À cause du sujet sans doute, la rencontre – contrariée mille fois – de deux êtres qui vont finir par se trouver – une fin heureuse, happy ending, est indispensable – et ainsi échapper au malheur et à la mort, mais la taille du livre a de l'importance aussi, six cents pages, le lecteur sent qu'il en aura pour son argent, pas le genre de ces petits romans français exsangues, et puis je me sers de mon expérience de rédacteur publicitaire. Toucher les gens, c'est la question. Le challenge contemporain. Les toucher là où ils ont envie d'être touchés. Leur parler d'eux, leur renvoyer un miroir rassurant. C'est un talent. Il faut beaucoup aimer ses semblables. Je dois avouer aussi que j'ai une faculté de concentration exceptionnelle. La plupart des gens se concentrent peu ou mal ou pas assez longtemps. Je pratique le tantrisme de la pensée – il plisse les commissures de ses lèvres. Vous écrivez tous les jours ? J'écris six à huit heures par jour, comme un sportif, cela me vient, je ne dors presque pas, le sommeil ne sert à rien, je m'écoute, je me dicte, ma phrase ondule, ma musique si particulière jaillit.

C'est un peu comme si vous vomissiez, dit Anna.

Alexandre est pris d'un tic à l'œil. Il s'éloigne sans la saluer.

Alexandre est écrivain, Anna vivait avec Marek Meursault. Rien de méchant là-dedans. Les deux plateaux de la balance ne sont simplement pas du tout en équilibre. Les deux propositions ne sont équivalentes qu'en apparence. Deux prénoms. Deux verbes. Un attribut et un complément circonstanciel. Un *est* et un *avec*. Deux mondes, deux univers. Une victoire et une défaite. Un présent et un passé.

On voit sur mes tempes les traces de mon naufrage, pense Anna. J'ai pourtant cru camoufler tout cela.

Enfantillage. Cordélia a de nouvelles lunettes, des verres épais, des montures d'écaille, et un talent incomparable pour dépister les signes de chute, les indices de faiblesse, les petites blessures sociales dans lesquelles on peut retourner le couteau, les chevilles tordues, les nouvelles rides, les cous crispés par la peur, les licenciements annoncés. Elle est la princesse du væ victis dans son espace microscopique.

Anna se souvient d'une malheureuse femme enveloppée dans une fourrure mitée, une tête de renard à la mâchoire manquante au creux du bras. C'était en plein été. La femme est montée dans le bus, elle a dit au chauffeur : Je suis Arcadia Brak, le grand écrivain. Arcadia Brak, je me rappelle ce nom, s'était dit Anna, le cœur serré. Une romancière devenue la plus effrayante des clochardes, les pieds dans des chiffons, les mains boursouflées et violettes, les lèvres tuméfiées, le visage bosselé de collines étranges, les yeux pleins de terreur. Arcadia Brak, c'est moi. Repoussant l'image qui l'obsède, la repoussant de toutes ses forces, Anna revient à elle. À Cordélia.

Pourquoi m'a-t-elle invitée ? se demande-t-elle.

À cause de Marek, répond-elle sans hésiter. Pour cette si bonne phrase : Anna a vécu avec Marek Meursault.

On se souvient tous de Marek Meursault. C'est ce que Cordélia dit à quelqu'un, une petite personne avec une grosse tête. Tout le monde l'aimait. Ah, vous ne l'avez pas connu ? Vous n'avez jamais entendu parler de lui ? Comme le temps passe. Un homme d'une beauté exceptionnelle. Venu d'une autre planète. Un destin incroyable. Un poète et un combattant. Un engagement. Une histoire tragique, personne n'y peut rien, mais quand même. Vous n'avez pas vu le film qu'on a fait sur lui, un diamant noir. Un tragique joyau. (Cet adjectif placé avant le nom est étrange. C'est délibéré, pour donner une impression de style.)

Voici la chanson de Cordélia, une chanson qu'elle répète depuis des années, pour aider Anna, bien sûr. En faisant briller ses petits yeux, en pinçant sa bouche, en gonflant ses joues. Il y a des règles. Qui les ignore sera puni. Un enfant de cinq ans le comprendrait.

Anna s'éloigne de Cordélia, elle a mal aux mâchoires, à force de sourire ou de les serrer, c'est difficile à dire.

Cordélia s'est approchée de nouveau d'Alexandre. Elle sera toujours là pour lui donner de précieuses ou de moins précieuses informations sur les gens qui montent et sur ceux qui descendent. Le temps passe, des silhouettes disparaissent, roulent dans le caniveau, paient leurs fautes, meurent ou lassent simplement ; de nouvelles figures surgissent comme sur un gigantesque tapis roulant, le tapis roulant de la vie en société. C'est excitant. Elle veut qu'il le sache. C'est un art : cela permet de gagner du temps, d'économiser les gestes hypocrites. De ne s'humilier que devant les puissants d'aujourd'hui et de demain. De constituer de petites prises qui font comme des entailles dans la chair d'autrui, pour le dominer, façonner son destin, accompagner son ascension, accélérer sa chute. Brûlons ce que nous avons adoré : quel meilleur antidote à l'angoisse, à la peur de mourir, à l'ennui.

Anna, l'insensée. C'est touchant au fond. Elle a cru qu'elle avait d'autres droits que les autres. Qu'elle pouvait raconter sa vie en battant l'air de ses petites ailes de poule faisane. Cracher dans la soupe. Salir sa famille. Laver le linge sale. Détruire une légende. Je t'en ficherai. Raconter sa vie, passe encore, mais celle des autres. Ne s'est jamais demandé pourquoi nous faisons mine de réserver nos ragots aux coulisses, la main devant la bouche, les doigts légèrement écartés. Les narines vibrantes à cause de l'imperceptible mais exquise odeur de sang et de merde. Oui, il est bon de montrer à certaines personnes qu'il y a des limites. Le droit des gens, dit Cordélia. L'ordre, c'est de cela qu'il s'agit. Oui, elle a voulu raconter sa version de leur année de résistance armée. C'était semble-t-il en 1984. N'y voyez aucun symbolisme déplacé. Raconter la vie ordinaire de quatre personnes clandestines dans un pays en guerre civile larvée. Leurs petits secrets, bien différents de la légende. « La vie ordinaire mais écrite », comme disait Gustave Flaubert. Les objets de cette existence, les bols du petit déjeuner, les mangues du matin, l'amour du matin, les disputes du matin, les lessives, les légumes à éplucher pour la soupe, les draps défaits sur les lits de fortune. Les disputes. Un rideau qui bat. Les rages de dents, les gratins de courge chayotte et les scènes de jalousie. L'idéal en bouillie et les espoirs trahis. Elle a cru devoir les monnayer. Quelle honte.

Alexandre a le regard légèrement vitreux. Clandestinité, guerre civile, pimientos et patatas, organisation et zucchinis, quel vieux corpus oublié et qui sent la chaussette, pense-t-il, en jeune homme fonctionnel. La fin des années soixante-dix, le début des années quatre-vingt, c'est si loin. Un autre siècle, un autre monde. Une brume les recouvre, une brume si épaisse. Il se demande vaguement s'il ne serait pas souhaitable d'enlever sa main posée désormais sur la cuisse de Cordélia.

Elle parle trop fort.

Je sais tant de choses, dit Cordélia, respirant sa propre odeur avec délice.

Elle raconte la vie d'Anna à Alexandre, comme le roi Midas crachant son secret dans la terre. L'organisation. La révolution. La trahison. La mort de Marek et, plus tard, bien plus tard, le procès d'Anna. Ah ah ah. Comme le temps est cruel, dit Cordélia que tout cela enchante sans qu'elle en ait tout à fait conscience.

Elle se sert souvent de cette phrase : le temps est cruel. La cruauté est selon nous la chose au monde la mieux partagée.

Toute à son récit, elle en a oublié l'existence de son invitée.

J'ai entendu, note Anna, ce que je n'aurais pas dû entendre, quoi de pire ? Étrangement, je le désirais. Comme on veut lire les lettres qui ne vous sont pas adressées et qui parlent de vous. Comme on caresse l'idée de savoir enfin ce que pensent véritablement les autres : ce qu'ils ne disent jamais. Leurs critiques, leurs moqueries, leurs médisances.

Et soudain elle ne peut plus supporter ce qu'elle entend de son histoire. Submergée de honte, elle s'enferme dans la salle de bains. Elle s'assoit sur le rebord de la baignoire, elle se regarde dans la glace sertie de minuscules spots de couleur, elle ouvre le placard à pharmacie, examine les pots de vitamines aux noms si poétiques, vide un petit flacon d'un élixir nommé Rescue par un certain docteur Bach, contemple le sperme de cachalot en gélules. Elle vomit longuement minisushis, gressins au tofu et champagne. Elle respire, elle se sent un peu mieux. Assise sur la cuvette des toilettes, elle lit des haïkus dans un petit livre chichiteux, posé là pour la décoration, sur un lit de gravier blanc. Ils sont de Sōseki Natsume, l'écrivain japonais qui a écrit *Je suis un chat*, et aussi :

J'ai froid au cœur
Trois notes de shamisen
Inexplicablement mon cœur se glace

Anna Jacob, sûre qu'elle ne trouvera ce soir ni amour ni consolation, file dans la chambre où sont empilés les sacs et les manteaux. Elle creuse la montagne de fourrures et de manteaux en cachemire bleus, enfile sa parka doublée si inappropriée et s'évade du monde non retrouvé.

2
Anna et Molly, à 10 h 50 du matin, le lendemain

Dehors un vent glacé cinglait les arbres nus.

Anna jeta un coup d'œil par la fenêtre aux vitres douteuses. S'absorba dans la contemplation de la neige fondue qui s'abattait sur la terre. Elles étaient seules dans l'appartement et buvaient de l'eau chaude citronnée dans des chopes de porcelaine jaune.

Cela ne finira donc jamais, soupira Anna. Puis elle murmura, sans espérer être entendue : Le front aux vitres comme le font les veilleurs de chagrin. Et elle appuya son visage au carreau.

Molly sourit en entendant ces mots.

Le front aux vitres, c'est un geste de prisonnier, dit-elle. Quand on est enfermé, quand on est abattu par la fièvre. Ou quand on est emprisonné pour des paroles dangereuses, pour des actes de rébellion. Un crime. Quelle sottise as-tu encore commise, Anna chérie ? Le front aux vitres, cela me rappelle les livres de Charles Dickens, dit encore Molly. L'espoir et le désespoir, je vois trois visages d'enfants – pourquoi trois ? –, la buée sort de leur bouche. Dehors une avalanche de flocons. La vie qui échappe.

Le brouillard faisait des halos magiques autour des lampadaires allumés à cause de la tempête.

Le brouillard fait des halos magiques autour de nos bouches aux lèvres abîmées, pense Anna. Le mauvais temps est une sorte d'excuse au laisser-aller, pense Anna, scrutant la rue déserte et sans répondre à sa sœur. Le mauvais temps est une prière de mauvaise foi que l'on adresse au ciel : que veux-tu que je fasse, ô temps mauvais ? Et elle ne rentre pas le ventre, elle ne fait plus ce vieil effort, même si elle entend toujours la voix : tiens-toi droite. Elle serre un plaid gris et noir autour de son corps bizarrement enfantin, son corps sans taille, aux épaules étroites. Elle passe en revue les gestes absurdes qu'elle invente chaque jour pour ne rien faire. Se lever et se rasseoir mille fois. Aller et venir dans la pièce sale, envisager de la nettoyer à la serpillière et y renoncer. Caresser de sombres pensées. Compter les morts. Paresser en les recomptant. Susciter les visages morceau par morceau. Les chasser d'un coup sec du poignet car soudain cela fait mal. Vider la cheminée de ses cendres. Hésiter à allumer un feu. Rassembler des brindilles sèches et de courtes bûches, froisser des pages de journaux desséchés en parcourant les titres subitement empreints d'un sens nouveau, décider de les relire, abandonner. Avez-vous remarqué que nous lisons le journal du jour avec désinvolture, comme tout ce que nous faisons dans l'instant ? Nous le survolons, y cherchons des noms ou des lieux familiers, vérifions nos certitudes. Nous lisons le journal comme nous allons acheter du pain, à moitié inconscients. Pourtant le même journal, quelques mois plus tard, a des allures de Cassandre et des titres qui ressemblent aux oracles d'une Pythie épuisée. Le vieux journal, celui qui a échappé au sort habituel, allumage de feu, emballage de poisson, fréquentation d'épluchures, prend alors tout son poids d'expérience loupée, pense Anna, mélancolique. Reprenons : construire une petite hutte de courtes bûches, en ressentir une bouffée de fierté. Allumer le feu. Retourner voir ce feu toutes les dix minutes. Y jeter ce qui tombe sous la main. Des fleurs fanées. Des anémones de préférence, car mieux que d'autres elles se courbent sous la flamme. D'aussi loin qu'elle s'en souvienne, Anna a toujours aimé jeter des fleurs au feu. Remettre une bûche. Renoncer à mi-route. Aller chercher un bout de pain. Faire le triste bilan d'une vie gâchée. Ouvrir un carnet. Le poser. Sortir d'autres carnets. Un placard entier de sa chambre est rempli de carnets entassés, des cahiers roussis comme des feuilles d'automne, des cahiers sans date, des carnets rouges, bleus, noirs, des carnets marbrés, couverts de cartes postales à moitié décollées, et remplis de mots, d'histoires, de phrases recopiées, d'épiphanies oubliées, de scènes séchées comme des fleurs japonaises qui attendent leur heure pour se déplier. Sur la page de garde de chaque carnet, un trèfle à quatre feuilles est scotché. Ces herbes sont la fierté d'Anna, convaincue depuis toujours de leurs bienfaits. Lire dix lignes. S'accrocher à quelque aspérité. Relisant des pages anciennes, comme on retourne sur des lieux oubliés, on se dit : Non, ce n'est pas moi qui souffre, c'est quelqu'un d'autre. Ô mes carnets, ô traces de ma vie. Y croire une seconde. Ne plus y croire. Les mots sont soudain fanés comme les fleurs. Et les trèfles prennent un air maléfique. Refermer le carnet. Feuilleter des livres. Feuilleter n'importe quel livre, mais le livre qu'on ouvre, Anna en est convaincue, n'est pas n'importe quel livre.

Comme à la roulette, comme dans les séances de spiritisme, les mains vont vers ce qui les appelle. Un livre intitulé *Lettres à Milena* est ainsi tombé hors de son rayonnage, il s'est ouvert dans sa chute, comme pour une révélation.

Je lis des lettres qui ne me sont pas adressées, quelle étrange chose. Je suis sûre qu'elles me sont destinées.

« Écrire des lettres, dit Franz Kafka, c'est se mettre nu devant les fantômes ; ils attendent ce moment avidement. » Les baisers écrits ne parviennent pas à destination, les fantômes les boivent en route. C'est grâce à cette copieuse nourriture qu'ils se multiplient si fabuleusement. L'humanité le sent et lutte contre le péril ; elle a cherché à éliminer le plus possible le fantomatique entre les hommes ; mais l'adversaire est tellement plus calme, tellement plus fort ; après la poste, il a inventé le télégraphe, le téléphone, la télégraphie sans fil. Les esprits ne mourront pas de faim, mais nous, nous périrons. Quelle incroyable prédiction amoureuse.

Je lis des lettres perdues, pense Anna. Les baisers ainsi seront sauvés.

Anna relit une lettre :

> Tu trouveras dans le monde, ma chère petite, beaucoup d'âmes sèches. Elles ne sont ordinairement sensibles qu'à deux passions : la vanité et l'amour de l'argent.

Elle sourit, songeant à diverses âmes sèches de sa connaissance, et ouvre au hasard un courrier de Marina Tsvetaeva à son amour, Boris Pasternak. C'est une correspondance triangulaire, le troisième larron se nomme Rainer Maria Rilke.

« J'ai fait de mon âme ma maison, écrit Marina Tsvetaeva, je trompe l'existence avec mon âme. C'est, vous le comprenez, une autre partition que mari et amant. »

Marina Tsvetaeva a dit aussi : « Si je devais choisir entre la Russie et mes carnets, je choisirais sans hésiter mes carnets. La Russie peut se passer de moi, pas mes carnets. Je peux vivre sans la Russie, mais pas sans mes carnets. »

« Sans hésiter » : ces mots font tressaillir Anna.

Marina n'hésite jamais. Elle se lamente, elle fonce, elle fore le réel, elle crie, elle supplie, elle remercie, elle alpague, elle se bat. Jamais de faux-semblant, elle en ignore la possibilité. Marina ressemble à Molly, pense Anna. Boules de feu glacé. Tellement humaines et tellement inhumaines. Mes sœurs. Toutes ces lettres ont été imprimées dans l'idée qu'elles le seraient pour toujours, et toutes elles sont oubliées et perdues. Perdues. Qu'est-ce qu'une lettre ? Un petit wagon de chaleur humaine arrêté sur des rails. J'imagine, je les imagine tous et toutes, scripteurs et destinataires. Toutes ces personnes sont debout autour de moi, leurs faces sont colorées, leurs bouches ouvertes, leurs yeux brillants, et soudain elles sont reprises par la poussière. Qui m'écrira ?

Anna cherche de la musique : un petit bout de messe en si bémol. Elle se laisse emporter par les alléluias.

Il est temps, dit-elle à haute voix, de préparer un repas.

Dans la cuisine, les tomettes fendues lui écorchent les pieds. Éplucher des carottes : un instant suffit. Dans la cocotte en fonte, elle fait revenir les carottes et les patates, les oignons et le cumin, le gingembre et les restes d'un vieux poulet. Elle jette un coup d'œil autour d'elle, l'inspiration monte. Elle ajoute des amandes mondées, du curcuma.

Il fait moins froid.

Dehors : une rue étroite et sombre, des immeubles en béton. C'est la rue Séverine, du nom d'une femme libre dont Renoir fit le portrait. Elle créa des journaux, fut pacifiste, libertaire, tint chronique, signa souvent Séverin, aima la cause des animaux, se passionna pour la Révolution russe de 1917, fut deux ans journaliste à *L'Humanité*, recueillit Jules Vallès chez elle à Paris, au 77 boulevard Saint-Michel et sombra dans l'oubli. Pffuit.

C'est l'hiver à Issy-les-Moulineaux, au 21 de la rue Séverine. Au mur de la pièce enfumée sont accrochées deux icônes en bois polychrome, une vierge byzantine et un ange à l'aile brisée. Entre les deux images court une fissure gigantesque.

Molly regarde la fissure zigzagante et menaçante, il faut faire quelque chose, pense-t-elle, mais quoi ? La maison va finir par se fendre en deux. On verra bien.

Elle respire profondément et sent l'odeur des amandes, celles du citron et du curcuma, et sourit. Anna cuisine pour elles deux. La vie revient, se dit-elle. Tranquillisée, elle laisse filer son imagination du désastre. Elle se voit, amande dénudée, et voit Anna à côté d'elle, philippine, la maison ouverte comme les deux côtés de leur coque. Elles sont deux minuscules silhouettes noirâtres agitant leurs bras face à une divinité portant l'énorme visage d'enfant du diable. Nous n'aurons plus de maison, mais nous serons ensemble et nous en rirons, on peut rire de tout.

La cocotte de fonte laisse échapper un ruban de fumée sucrée. La cuisine embaume. Anna en est revenue, enrobée d'un halo d'odeurs douces.

Elles sont maintenant assises sur un canapé au tissu noir et blanc usé. Les pieds enroulés dans des écharpes de laine, et chacune un bonnet de laine sur la tête. Molly tricote une sorte de chaussette multicolore, ses ongles rouge foncé font une petite danse au-dessus des mailles. Anna se masse les doigts en constituant des pelotes serrées à partir d'écheveaux de laine hérissée.

Cette pelote marron et cette pelote aubergine qu'embobine tristement Anna nous rappellent les pompons que cette même Anna fabriquait un demi-siècle auparavant et la fierté qu'elle tirait d'en avoir parfaitement assimilé la méthode. Prendre deux rondelles de carton découpées en leur centre, les embobiner de laine jusqu'à extinction de la pelote, jusqu'à ce que le cœur évidé au milieu des deux rondelles soit rempli, puis prendre des ciseaux et couper avec application les mailles de laine au rebord des rondelles, comme on coupe au bol des cheveux raides. Comme nous aurions aimé cette coupe au bol.

À la place, les pompons.

D'où vient la différence, la joie de faire les pompons et la tristesse des pelotes ? Il n'y en a pourtant aucune, ce sont les mêmes gestes. Dans un cas, ils sont remplis de sens et joyeux. Dans l'autre, ils sont vides. Le devoir et les miroirs ternis.

On nous a bien eues, constate soudain Anna. Les coins de sa bouche se creusent, commissures amères.

Quelle phrase idiote, répond Molly, durement. Elle sent tout son corps se crisper et se tendre contre la menace d'une houle noire et glacée. De cela elle ne veut à aucun prix.

Tu sais bien que la vie – c'est-à-dire toute chose, et nous en premier – finit toujours ainsi, dans un cul-de-sac, l'impasse au fond du couloir, tu creuses, tu cherches l'issue sur les côtés, les murs sont hauts, les douleurs et les cicatrices ont gagné. Et tu te plains, ta plainte enfle, envahit tout, étouffe tout.

Mais il ne faut pas. Je t'en prie, dit Molly. Faisons quelque chose, jouons, veux-tu, jouons.

Le plateau du Scrabble est occupé par une partie en cours. L'entrelacs des mots sur la table de jeu fait comme une butte témoin, un fil, une basse continue. Fusillé en abscisse, et foutre en ordonnée. Termite sur le T. Murène sur le R. Savonna sur le N.

Molly tire sept vieilles lettres en bois foncé. Elle pose EX.

Le X compte triple deux fois, dit-elle avec détachement. 64.

Anna pose Roture. 14. Molly pose Yen. 90. Anna aligne Asthme. 16. Molly pose WU. 74.

Alors Anna renverse la table. Molly la regarde, attristée, ébahie.

Je ne veux plus jouer, dit Anna. Pas avec toi. Je ne joue plus. Vois-tu, nous ne jouons pas au même jeu. Tu accumules des points, où sont les mots ? Mais qui se soucie des mots. Maintenant elle est en larmes. Même au Scrabble, qui s'en soucie. N'est-ce pas un comble ? C'est chacun pour soi, la gagne, la compétition, les additions, la bataille, où est la beauté du geste ? Qui se préoccupe de la courbe des sons ? Où est le sens du jeu commun ?

Tu es très emmerdante, dit Molly.

N'avions-nous pas juré de ne pas nous transformer en sorcières furieuses aux maigres bras ballants, en épouvantails délaissés et larmoyants.

Nous l'avions dit, dignité avant tout.

On nous a bien eues quand même, dit Anna. Surtout moi.

Elle serre les dents. Elle a tellement pris l'habitude de serrer les dents que la contracture trace une ligne profonde sur sa joue.

Deux femmes courbatues par la vie grincent des dents en ce samedi matin gris, comme elles le font aux petites heures du jour qui sont aussi celles des cauchemars.

Nous devrions peut-être, dit Molly, sans relever les mots d'Anna, car elle pense que ce *on* persécuteur qu'elle invoque n'existe pas. Nous devrions peut-être décrocher les deux miroirs de cette pièce, adoucir la lumière des lampadaires, changer l'abat-jour. Je me souviens qu'un jour Robert Redford, ou était-ce Clint Eastwood, a expliqué qu'un des secrets de sa sérénité tenait à ce qu'il avait appris très tôt à toujours s'asseoir à contre-jour.

Je ne vois guère de ressemblance entre toi et le beau Redford, note Anna d'une voix morose, mais tu fais ce que tu veux chez toi. C'est chez toi, et merci de m'y recevoir. Je ne crois pas qu'il soit souhaitable de te donner des conseils de décoration. Karim, je m'en souviens, t'en donnait, et tu n'aimais pas cela.

Ah, tu te souviens de Karim, dit Molly. Je croyais que tu ne te souvenais de rien.

Je me souviens parfaitement de Karim, dit Anna, et elle se déride légèrement.

Karim avait des yeux en amande, un large sourire, et

des joues mal rasées. Il ne se coupait jamais les cheveux, il bondissait comme un faon autour de Molly, proposant un tas de jeux qu'il sortait de son cartable de futur médecin. Un mah-jong, un backgammon, un échiquier avec un roi et une reine en ivoire rosé. Des cornets de dés en cuir damassé. Des dés octaèdres, des bilboquets. Il citait des poètes à tout propos, Bella Akhmadoulina et une Arménienne inconnue de nous, prénommée Violetta, étaient ses préférées. Il jouait au go avec élégance et grâce. Anna se souvient de son sillage de garçon amoureux. Elle se souvient des étagères instables qu'il posait sur tous les murs de la maison. Comme des entailles sur des faces lisses, des cicatrices, ou simplement comme des traces de son passage sur la terre.

Il te suivait, dit Anna, tout sourire soudain. Il te fixait avec ses yeux de merlan frit, avec ses yeux empruntés au loup de Tex Avery. Vous remontiez la rue de la Montagne-Sainte-Geneviève, il te suivait avec le sérieux et la solennité d'une escorte officielle, il faisait pétarader son Solex, il portait tes livres, il les accrochait à son porte-bagages avec un tender vert. Il t'envoyait des lettres que tu ne lisais jamais. J'aurais dû les conserver.

Anna ne raconte pas les semaines de sa vie secrète avec Karim, elle n'en a jamais parlé à Molly ni à personne. Des semaines d'une parenthèse enchantée où il l'avait recueillie quand tout le monde l'avait abandonnée. En cette terrible année 1977.

Karim est mort, dit Molly. Je ne te l'ai pas dit et je me demande pourquoi. Cette sale manie de te protéger comme si tu étais en sucre. Il est mort en nageant dans un lac glacé, il est mort d'une embolie, quelque part en Ukraine. Il était parti là-bas pour travailler dans un orphelinat.

Il est mort, dit Anna, parce que la vie l'avait trop déçu. Il est mort parce que nous n'avons réalisé aucun de nos rêves et trahi toutes nos promesses. Il est mort de tristesse.

Elle se sent coupable. On devrait pouvoir barrer la route à ce chagrin qui assaille les solitaires, les prend en embuscade, écrabouille par surprise. Noie les uns, étouffe les autres. Tue plus sûrement qu'une arme. La vie de Karim, un fétu de paille, un poème sur la pluie, une branche desséchée, rien, il devinait qu'il en serait ainsi.

Oh, mon Dieu, Karim est mort et je sens tout autour de nous l'étau qui se resserre, s'exclame Anna.

Fuck you, dit Molly. Quant aux lettres, tu aurais eu tort de les garder. Et j'espère que tu ne les as pas lues.

Nous les observons, nous les écoutons, nous les enveloppons de toute notre attention, de toute notre intuition. Nous concluons qu'Anna est invitée dans le petit logement de Molly Jacob. Et qu'il y eut un dénommé Karim entre elles deux.

Anna prend la parole maintenant, écoutons, elle a saisi l'occasion de se plaindre donnée par sa sœur, elle s'est engagée sur les chemins de sa pensée habituelle.

Nous nous sommes bien fait avoir, dit-elle. Comme nous avons été bêtes, bêtes, bêtes et naïves, et méprisantes souvent. Rien vu venir, la vie comme un songe, rien vécu, la vie comme une virgule.

Parle pour toi, dit Molly en colère. Ta négativité, je n'arrive pas à croire que ce soit une méthode qui serve à quoi que ce soit. J'ai pensé un moment que c'était de la déconstruction, une méthode esthétique, quelque chose de respectable. Mais il n'en est rien. C'est pitoyable. Karim est mort, sans toutes ces raisons que tu inventes. La mort n'est pas logique, Anna. La mort n'est pas une punition, la mort est simplement la mort.

Anna se balance d'avant en arrière sans écouter.

Molly sort du salon minuscule en claquant la porte. Elle se retrouve ainsi dans l'escalier glacé. Les odeurs de chien mouillé et de tabac froid qui ressemblent à celle de la viande en décomposition l'assaillent. Ses jambières en écharpe de laine se défont et la colère la jette à terre tant son cœur bat. Elle s'assoit sur les marches de bois étroites de l'escalier en colimaçon. Un geste familier, le geste de Boris, qui lui a transmis cette façon de faire. Elle réfléchit et pense à demain, elle pense à Boris qui lui manque tellement.

Et puis elle part au travail, elle part accueillir les malades au centre Gracchus-Babeuf où elle exerce son métier de médecin.

3

Le travail console de tout

Quand Molly pousse la porte en bois blanc du centre Gracchus-Babeuf, à Paris dans le quatorzième arrondissement, elle sent quelque chose se serrer dans sa poitrine. Les malades sont déjà là. Ils patientent sagement, assis sur leurs chaises en plastique noir, tête baissée, des magazines entre les doigts, leurs radios, leurs cannes, leurs enveloppes remplies de résultats d'examens posées entre leurs pieds. Tortues chargées de bagages, comme si leur corps trouvait ainsi de lourds moyens pour se rendre lisible. La lumière est rare et jaune. Il fait froid dans la salle d'attente mal chauffée.

Molly traverse la pièce très vite, sans les voir, avec une sorte de timidité, comme une comédienne qui va entrer en scène et regarde d'abord le public par la fente du rideau. Pour savoir ce qui l'attend. Puis elle pénètre dans son cabinet, referme doucement la porte, accroche son manteau à la patère formée d'atomes de couleur reliés entre eux par des barrettes noires. Ta grosse molécule, dit Boris quand il passe. Elle tord ses cheveux et les attache dans la nuque avec une épingle en écaille, se met du rouge sur les lèvres, priant pour qu'il ne laisse pas de trace sur ses dents, et le spectre de Mélini apparaît, rouge à lèvres à la diable colorant les incisives d'une tache sale et inquiétante pour exprimer une quelconque rage, ou par simple je-m'en-foutisme. Elle observe en soupirant ses ongles un peu douteux, se lave les mains, écoute dix messages angoissés de malades qui n'ont pas pu dormir, les doigts crispés sur une mauvaise lettre, sur des analyses sanguines pleines de promesses macabres et de chiffres hostiles. Elle les efface, comme on passe un chiffon humide sur une table, remet en marche le répondeur, ouvre rapidement les enveloppes qui viennent des laboratoires, consulte vite les radios, les comptes-rendus de scanners et d'IRM, balaie du regard les analyses de sang, allume son ordinateur, met la Cantate BWV 22 de Bach en sourdine, et contemple la photo de Rosa Luxemburg, cheveux bruns, chignon bas, sourire ironique, yeux brillants sur le mur d'en face. Rosa Luxemburg qui aimait plus que tout les oiseaux et qui, assise à sa table, devant ses manuels d'ornithologie, dans la forteresse de Wronke où elle vécut le plus clair de ses jours, s'interrogeait sur les mystères des migrations. Elle y voyait une raison d'espérer en la révolution. « Vois-tu, écrivait-elle à son amie Mathilde Wurm, lors des grandes migrations, des oiseaux habituellement ennemis se portent soudain secours, manifestent une solidarité inouïe. Et l'on observe des oiseaux minuscules traverser la moitié du monde pour atteindre les bords du vieux Nil sur les ailes d'un vol de grues cendrées. On voit des passereaux traverser les mers sur le dos des cigognes noires, on aperçoit de petits oiseaux chanteurs accrochés aux plumes de circaètes mangeurs de serpents, qui sont leurs prédateurs. »

Quand Molly était étudiante, quand elle courait dans les rues de la montagne Sainte-Geneviève, entre deux séances d'amphithéâtre, entre deux réunions, entre deux cours, entre deux manifestations de solidarité, elle pensait au jour où elle dirait : mes patients. Elle songeait au jour où ils diraient : j'ai vu le docteur Jacob, aujourd'hui.

Et ses joues rosissaient. Elle entendait de la musique de cathédrale et ses poumons s'emplissaient de pure joie. Elle imaginait.

Oui : qu'imaginait Molly la rêveuse ?

C'est assez difficile à décrire aujourd'hui, c'est tellement loin, ce paysage. Décrivons-le comme une prairie couverte de pâquerettes, il faut voir les peupliers vaciller alentour. Le vent traverse les feuillages et fait sa musique, au milieu de l'herbe coule un ruisseau. Cette prairie existe, c'est celle où Molly aimait à se réfugier quand elle était enfant. Elle prenait son vélo et s'enfuyait, jusqu'à atteindre une ligne d'arbres, sur la route ondoyante d'Échouboulains. Elle balançait le vélo dans le fossé, franchissait le talus, se jetait dans l'herbe fraîche jonchée de minuscules têtes blanches. Molly pense toujours à cette prairie comme à une version terrestre de l'Olympe. Une sorte de fin de l'histoire, blanche, rose et verte où l'on peut s'occuper d'amour et de douceur, et elle, là-dedans, est une doctoresse souriante et victorieuse. On peut mourir pour une image aussi stupide, selon Molly. Le paradis.

Aujourd'hui, elle murmure, Je resterai toujours une idéaliste, mais ô combien cabossée.

Je suis, se dit-elle, avec les malades, je suis évidemment de leur côté pour repousser les assauts des Maladies et de la Grande Faucheuse qui Pue. Inventer des ruses, gagner des parties entières et perdre. Leur enseigner à dire tout ce qu'ils sentent. À savoir ce qu'ils sentent. À nommer ce qu'ils sentent. Les aider à mieux habiter leur corps. À devenir invulnérables. À ne plus faire l'autruche devant les signaux évidents qu'envoient leur foie, leur cœur, leurs veines, leur œsophage, leurs ongles de pied. La médecine est un jeu et une roue, un langage et des silences. Un défi. Une guerre. Souvent quand je prends les armes, la partie est déjà perdue, songe Molly avec tristesse.

Le mot le plus juste pour parler de la maladie est celui d'encerclement. L'adjectif le plus précis est sournois, qui vient de ces autres-là : morne et sourd, sombre et noir. Ainsi en est-il de l'ennemie, de la rongeuse invisible et butée que l'on découvre toujours trop tard, quand elle est installée, quand elle a fait son nid et détruit pour cela l'équilibre somptueux et si délicat de tout corps sain.

Je me suis déjà surprise à penser à autre chose en écoutant une patiente, se dit Molly. Je me suis surprise à attendre qu'elle s'en aille au diable pour ne plus m'alourdir de sa peur et de sa souffrance. Je me suis souvent surprise à mal masquer mon agacement devant la répétition des mêmes mensonges, bêtes et prévisibles, des mêmes demandes agaçantes. Je me suis parfois surprise à cacher ma rage et ma déception quand une pathologie que j'avais crue vaincue avait repris du terrain, occupait désormais le terrain de ce corps que je nomme mon malade. Je leur en veux de ne pas se battre avec moi.

Idéaliste, hygiéniste, emmerdeuse.

Pourquoi ne pouvez-vous vous empêcher de manger ces nourritures qui vous tuent plus sûrement qu'une balle ? Oui, pourquoi creusez-vous votre tombe avec vos pauvres dents, si abîmées, si grises et jaunes ? Des mots qui ne peuvent sortir de ma bouche à moi et que je retiens comme on retient une grimace de douleur, un gros mot. Nous mourrons tous et nous n'en savons pas grand-chose, alors pourquoi harceler Jason ou Angelika ?

Rédiger des ordonnances sur l'écran. Quelle piètre protection. Du cuivre et des comprimés de magnésium, du zinc et de la silice, du phosphore, du lithium, de la rhubarbe. L'aubier du tilleul Des graines de cassis. Des molécules antibiotiques, des substances sérotoniques, des extraits antalgiques.

Je ne vaux pas mieux que les autres, pense Molly,

sans le dire. Et souvent je me demande même si je ne vaux pas moins.

Elle commence la consultation. Dix patients, une demi-heure accordée à chacun. Conventionnée. Soigner tout le monde. De la prévention. Et cætera.

Entrez.

Quand Angelika Broch entre, Molly sait déjà la moitié de ce que la jeune fille va lui dire. Quand Angelika Broch s'assoit, les mains sur les genoux, les veines des tempes qui battent visiblement, Molly attend que jaillissent les mots d'excuse dont la jeune fille ponctue toutes ses phrases. Angelika se plie en deux, sa grosse tête vacille, ses longs doigts se tordent. Elle masque les taches blanches qui marquent ses poignets.

Je n'ai pas pu suivre le traitement, dit Angelika Broch, et cette nuit la douleur dans le crâne m'a reprise. Et dans la jambe gauche aussi. Alors je suis venue. Des crampes, mes pieds qui se tordent. Et mon nez saigne, et le bras droit me lance.

Molly ne dit rien, elle attend la suite.

J'ai perdu l'ordonnance que vous m'aviez donnée, dit Angelika Broch, et puis j'ai oublié, je me sens toujours bien en sortant d'ici, alors j'oublie d'acheter les remèdes, puis je perds la feuille et je n'ose pas appeler, je sais que votre secrétaire me déteste et j'ai peur d'elle.

Elle ne te déteste pas du tout, réplique Molly. Elle se reproche tout de suite de tutoyer cette jeune femme, d'être inutilement maternelle, Elle ajouterait bien, pour se détendre. C'est moi qui te déteste, de te détruire, de mettre ainsi ta tête dans le sable et de ne pas voir les signes de destruction définitive de tes veines abîmées par les piqûres, tes bras noueux, ton ventre qui se gonfle.

Molly ne dit plus rien, elle attend la suite, les demandes inquiètes d'Angelika Broch vont venir. Regardez ma jambe, cette chose noire qui a poussé sur ma jambe, comment vais-je danser ce soir ?

Molly regarde, elle palpe le bleu noirâtre, prend la main d'Angelika, contrôle sa tension, examine ses yeux, rédige une ordonnance.

Je veux te voir dans quinze jours.

Elle se sent comme l'enfant du conte, le doigt enfoncé dans le trou de la digue pour empêcher l'inévitable. Résolue et impuissante. La mort gagne si facilement, la mort triche.

Angelika a un sourire immense. Elle se rhabille avec grâce, elle sort. Qui peut savoir que la danseuse Angelika Broch est aussi cette enfant irresponsable, qui le voudrait ?

Après Angelika Broch, voici Muriel Kuokkala, qui perd ses dents et les apporte dans un petit mouchoir ayant appartenu à sa grand-mère, puis Jason Freud et sa gorge nouée, ses laryngites striduleuses, sa peau qui se fend, Antoine Mouche et ses artères invraisemblables, ses angors, sa maladie de Lyme, et puis Sophie Joseph dont les symptômes sont si nombreux et si variés qu'on la dirait consacrée à les former. Enfin, une ou deux bronchites.

Molly a l'impression de faire des gammes au piano en passant ses doigts sur les corps allongés, elle déroule le papier sur la table d'examen, prend les tensions, ausculte les torses, place quelques aiguilles, palpe les ventres, appuie sur les langues avec une spatule en bois, selon le rite ancestral du médecin de famille, son stéthoscope autour du cou. Elle jette le papier quand le patient est ressorti, la corbeille se remplit, elle écrit trois notes, comme on fait pour se souvenir d'un rêve, ce n'est pas la peine, une mémoire inconsciente est à l'œuvre, qui enregistre les signaux envoyés par les ondes du corps exposé devant elle. De petites alertes rouges et bleues. Infimes. Décisives.

Le dernier patient entre, mais ce n'est pas un patient, c'est Boris.

J'étais sûr que tu travaillais, dit-il. Mon amour tu vas me sauver la vie, une fois de plus.

Ses longs cils sont couverts de givre, ses lèvres sont violettes, il claque des dents, ses mains ont doublé de volume. Boris, un homme qui a traversé déjà plus de cinquante-neuf hivers et vécu tout ce qui se peut imaginer, ressemble à cet instant à un petit garçon. Ses yeux sont pleins de crainte.

Tes mains, dit Molly. Donne-moi tes mains, vite. On dirait que tu reviens du goulag, que tu es un grognard de Waterloo, un rescapé de Stalingrad, mon Dieu, Boris, tu exagères, même le froid polaire d'une maison vide depuis mille ans ne saurait être la cause de ce que je vois.

Boris rit. Enfin.

Ce n'est pas la première fois que tu vois des mains gelées.

Il regarde Molly. Le front plissé d'angoisse de Molly. Les narines si drôles de Molly. Ses yeux bruns de panda, ses cheveux en bataille, ses airs de reine déguisée en pauvresse, son air furieux.

Je n'ai pas pu faire autrement, dans cette maison si belle que tu ne peux l'imaginer, avec des escaliers en bois, des marches bordées de cuivre, de si hauts plafonds, des petites pièces rondes, des fenêtres immenses, une véranda et un patio. Au centre de la propriété, il y a un étang, un véritable étang gelé. Sous la glace, les enfants – ils sont au moins trente enfants rassemblés, tu vas tellement les aimer – ont aperçu des poissons et des tortues. J'ai voulu les faire rire, alors j'ai mis les mains dans l'eau, les bestioles n'étaient pas si faciles à attraper. Ensuite nous avons joué et j'ai oublié mes mains, on riait trop. Tu aurais vu la tortue qu'on a apprivoisée. Ils l'ont nommée Rex. Un nom de chien.

Molly a rempli un bol d'eau tiède et de Diaseptyl, elle

a plongé les mains de Boris dans le liquide. Elle écoute à peine. Ne s'intéresse aucunement aux enfants – à bas les enfants –, ni aux tortues. Elle se concentre. Elle sort des chiffons qu'elle enduit de pommade chinoise. Elle prend une voix sévère.

Je dois encore faire des visites, reste ainsi une bonne heure, fais de profondes respirations pour te calmer un peu, respire sur quatre temps, puis mets cela autour de tes paumes, entortille le tissu couvert de baume du tigre autour de tes doigts. La vie devrait reprendre. Espérons-le !

Et Boris la regarde partir. Cette Molly compétente, si militante, si belle avec ses yeux creusés, ses cernes mauves, sa bouche ravissante et ses grands airs.

Il contemple ses mains qui flottent dans le bol. Quel idiot, je me mettrais des claques, si j'avais encore des mains, murmure-t-il. Ses mains gelées ressemblent à des barques mortuaires. Il les agite comme de petites palmes, il les voit onduler et grimace, il les voit changer peu à peu de couleur. Puis il bande l'une des deux. Ce n'est pas le plus dur. Le plus dur, c'est maintenant : bander une main meurtrie avec une main bandée. Cela lui prend d'innombrables minutes, il enroule la bande huileuse avec ses dents, il tourne la tête autour du poignet. L'odeur le charme et le saoule.

On dirait un fou. C'est juste un homme aux mains gelées.

Boris, les mains bandées, assis dans le fauteuil de la doctoresse, attend son retour. Cela devrait lui laisser du temps pour réfléchir.

Tiens, je ne peux pas fumer, se dit-il.

Il tente de porter à sa bouche son paquet de Camel. Serré entre ses deux pâtons blancs, le paquet tombe à terre, les cigarettes se répandent sur le sol et roulent sous la table basse en plastique, sous les chaises en Formica, sous le cheval à bascule, sous la voiture rouge et les autres jouets qui peuplent la salle d'attente du cabinet médical Gracchus-Babeuf.

C'est incroyable le nombre de choses qu'on ne peut pas faire quand on a les deux mains bandées. On ne peut plus rien faire du tout, sinon rêver.

4

Anna, restée seule, se souvient de Deborah Fox

Que fait Anna qui est restée seule ?

Elle court dans la chambre d'amis, elle pleure sur le canapé-lit de la chambre d'amis où elle est hébergée par Molly. Elle essaie de redevenir celle qu'elle était autrefois, celle qui s'était renommée Deborah, cette étoile d'un ciel à venir. Elle retombe lourdement sur le couvre-lit en velours jaune.

Où est passé le temps de quand elle était Deborah Fox.

Le maquillage creuse des rigoles sur sa joue et tache l'oreiller. (L'oreiller est maigre et rêche, c'est ainsi que les achète Molly, par ignorance plus que par puritanisme, pas du tout le genre d'oreiller auquel Anna est habituée, pas du tout le genre d'oreiller auquel elle confie d'habitude ses larmes.)

Jamais je n'avais imaginé être pauvre et seule, jamais. Sans amant, ni mari, sans amis, sans argent. Sans toit, désormais. Et c'est ce qui m'est arrivé. Je n'ai rien vu venir, j'étais à ma table et je travaillais, et soudain je me suis retournée et ma vie n'était plus là. À la place, un gouffre d'où montaient des cris et de la poussière.

Telle est la substance de sa plainte.

Personne ne souhaite entendre cela. Et le chœur proteste dans sa tête : Tu exagères, Deborah, secoue-toi, Deborah ! Redeviens Deborah. Redeviens Deborah Fox, revêts ta si bonne armure.

Mais le pseudonyme et la fiction approximative ne servent plus de refuge. Comme de vieilles peaux flétries et trouées.

La ci-devant Deborah Fox, écrivain en panne, se lève et observe ses quelques livres entassés dans la bibliothèque de Molly, entre *La Fêlure* de Fitzgerald et *Dominique* d'Eugène Fromentin. Ses livres que personne ne lit plus depuis quinze ans. Son pseudonyme est imprimé de différentes manières sur des couvertures qui gondolent un peu. Ce nom de renarde en cyrillique et en néerlandais. En grec et en arménien. Ce nom minuscule en turc et en japonais. Et les titres lui semblent étrangers.

Je suis Deborah Fox qui n'écrit plus. La dépouille mortelle d'un nom tombé en quelques années dans l'oubli. Deborah Fox n'existe plus. Ballon crevé de l'hétéronomie. Absurdité du pseudonyme. Aucune importance, dit-elle. Qui lit *Dominique* ? Qui sait encore quelque chose de Fromentin ? Pourtant le grand fleuve de la littérature coule toujours. Et elle s'apaise en regardant passer, devant des yeux imaginaires, le fleuve tempétueux de la pensée humaine (qui va brisant toute chaîne, comme on le lui a appris).

Ce qui est triste, c'est d'être triste. Il n'y a vraiment pas autre chose à dire là-dessus. Assez de ragots, assez de cancans. Silence dans les rangs. C'est ce qu'on lui a toujours répété. Tourne ta langue dans ta bouche. Réfléchis avant de parler. Ragot est un mot d'origine inconnue qui signifie bas bruit, cancan sans intérêt. Petite rumeur de mauvais aloi. Ce qu'ils disent ou rien. C'est toutefois de cela qu'il faut partir pour écrire. Le ragot. Mais sublimé. Des charentaises, mais ailées.

L'écrivain est un espion tapi au milieu des siens. Il trahit, c'est son caractère. Il persévère dans son être.

Tel le scorpion monté sur le dos glissant de la crédule grenouille, qui la pique et la tue au milieu de la rivière. Obligation de dire. Faire de sa vie la matière de son œuvre. Comme le peintre qui, son carnet d'esquisses à la main, attrape au vol une grimace, une démarche, la courbe d'une joue, un regard, une ligne de crête, un coucher de soleil. Le dessinateur s'entraîne sans cesse. L'écrivain aussi.

Anna s'est entraînée à mettre en mots, en phrases, sans clichés, sans redites, les espoirs brisés, les amours trahies, les ironies du sort, les amitiés trompeuses, les ambitions ridicules, les appétits sordides, la fatigue de vivre et les désillusions, ce qui fait rire et ce qui fait pleurer, elle a tenté de dire d'une manière neuve que le roi était nu et la reine aussi. L'amour, la mort, la politique, la laideur des sentiments, les poils pubiens, les petits gestes ordinaires et sadiques, la méchanceté, ou simplement ce que nos existences recèlent de trop ennuyeux, elle a tout fourré dans un livre qu'elle a intitulé : *À bas la mort*. Le contraire de *Viva la Muerte*. Un titre probablement pompeux, juvénile. Elle ne le referait pas aujourd'hui, donner un nom pareil à un livre, vaine bravade.

Si tu écris, si tu publies ce que tu nommes ta poésie, tes histoires, avaient prédit Boris et Marek et Molly, arrivera le jour où tu nous trahiras pour une poignée de lentilles, tu trahiras notre idéal et la révolution. Ces prophéties l'avaient plongée dans une colère muette.

En littérature, la colère est bonne conseillère et Anna n'a jamais cessé d'être en colère. A adoré écrire ce qu'il ne faut pas, dire les choses qui sont derrière les choses, ouvrir la porte interdite qui mène aux coulisses, ricaner sottement devant les mensonges utiles. Le tissu social de la bienséance et des conventions lui serre le cou comme les écharpes qu'on est obligé de mettre quand il fait froid. Si elle ne crache pas le morceau, elle meurt. Et le crachant, elle est morte aussi. Elle a cru que les choses étant dites, l'étau se desserrerait. Elle a aimé marcher sur les pelouses interdites, prendre le métro sans payer et écrire des histoires. Pourquoi écrire si cela ne dérange rien ni personne ? Les mots sont les armes de la pensée libre. Il faut s'en servir. (Sinon ils rouillent, sinon elle meurt.) Le silence, le règlement, la censure sont les principaux moyens de l'oppression politique, familiale, économique. Elle l'a pensé, elle l'a dit, l'a écrit et n'en a pas mesuré les conséquences. Le prix. Elle s'est efforcée pourtant de crypter son histoire, de ne faire de mal à personne, de ne pas faire de mal à une mouche. S'est efforcée de ne pas fâcher les camarades de lutte, ni le reste de la famille, ni personne en vérité. Elle a masqué les noms, combiné les destins, omis de citer diverses informations calomnieuses.

À bas la mort est un roman.

L'autocensure s'y déploie : pas de méchancetés, ou point trop, pas de désordre. Du caviardage, des ellipses, de la discrétion romanesque. Des déplacements, de la tambouille, un miroir en biseau le long des chemins creux de la vie.

Mais Molly et Boris l'ont assignée devant les tribunaux. La mort de Marek lui a été reprochée à mots couverts. Et de l'avoir salie. À mots découverts. L'impression que cela fait d'être accusée par ses proches de les avoir livrés aux lecteurs est innommable. Tu aurais pu y penser avant, a ricané Molly. Quelle lâcheté est la tienne, a murmuré Boris.

L'avocat qui la défendait, un ami d'amie, drôle et gracieux, lui avait donné rendez-vous devant la 17e chambre du tribunal de grande instance de Paris.

Ne vous inquiétez pas, disait-il, il ne va rien se passer,

absolument rien, votre famille a porté plainte pour la forme, sans le moindre espoir de l'emporter. La liberté de création est une réalité ici, avait ajouté maître Riou avec une fierté non dissimulée. La France est le pays de Voltaire, de Rousseau, de Madame de Sévigné, on n'y interdit pas si facilement la pensée, la liberté de penser, d'écrire, de chanter.

En montant les marches du Palais de Justice, cette volée magnifique qui lui rappelait celle de l'Opéra, Anna a remarqué qu'elle avait les jambes molles et le souffle court. Elle a essayé de faire diversion à sa peur en déchiffrant la signalétique obsolète du Palais. Elle a admiré le sol de marbre noir et blanc, les boiseries splendides, les murs immaculés, les plafonds à caissons, les plafonds lambrissés, les vitraux portant la main de la justice, le mot *jus*, la loi, avec le serpent et le miroir, symboles de la justice républicaine, et elle a lu les affichettes. Le greffier déjeune, disait l'une d'elles mal scotchée. Des flèches noires cerclées de noir, qui donnaient à ces affichettes l'air d'annonces nécrologiques, indiquaient des destinations obscures. Accueil du juge, du bureau d'ordre, bureau de ceci et accueil de cela, permanence des majeurs, section civile, galeries d'instruction, enquêteurs, doyens. Cabinets, archives, bureaux. Anna a pensé que tout cela ressemblait aux grands théâtres, à cause des escaliers, des hautes portes en cuir rouge et or et des petites annonces misérables. Un homme est passé près d'elle en murmurant des obscénités. Elle s'est empêchée de courir et s'est sentie coupable jusqu'aux os.

La 17e chambre a ouvert ses portes. Maître Riou est arrivé en courant, les lunettes couvertes de buée et un lacet défait. Molly, Boris et l'avocate ont surgi ensemble, visage fermé, des inconnus. Un petit bloc dur d'inconnus. Ils sont entrés dans la salle sans un mot pour elle et se sont assis au troisième rang.

La juge et ses assesseurs déplaçaient leurs dossiers.

L'avocate a lu sa plaidoirie d'une voix monocorde.

Anna a reconnu les phrases. Nous n'avons qu'une chose à en dire : ce livre est un abus de pouvoir. Pouvoir des vivants sur les morts. Honte et indécence. Trahison. Elle a reconnu les mots : lâcheté et abus, laideur. Et derrière les mots lus sans émotion, elle a reconnu les questions et le rictus sur les visages de ceux qu'elle aimait. Le *rien ne t'a donc arrêtée*.

Elle a cherché le regard de Molly. Il était plein de mépris et de haine. Elle s'est collée à sa chaise. Un monstre. Vous ne savez pas ce que c'est de se sentir un monstre. N'exagère pas. Elle n'exagère pas. Maître Riou a plaidé la liberté et la beauté, l'amour et la révolution. La poésie. Le roman. Elle se sentait un monstre, prête à se jeter aux pieds de ceux à qui elle avait fait du tort, parce que c'est sa nature. Si je n'écris pas je meurs.

La juge a refermé le dossier énorme. Nous nous demandons bien ce qu'il peut y avoir dedans, ce que sont ces innombrables pièces d'un dossier inexistant.

Elle a dit : Relaxe. Anna a entendu relax.

Plainte rejetée.

C'est moi qui suis rejetée, depuis toujours et pour toujours, a songé Anna en pleurs dans les bras de maître Riou. Devant la loi, devant la juge, elle avait gagné le procès. Cela ne comptait absolument pas à ses yeux. Il aurait fallu autre chose. Elle n'avait aucune idée de quoi.

Molly et Boris sont sortis du tribunal sans un regard.

Anna a renoncé à écrire. Et a coulé comme une brique.

Le temps est passé au galop comme il fait quand on rêve, quand on oublie de faire en sorte que tout, et jusqu'à la matière de sa propre vie, devienne la matière d'une illusion à décrire, d'une désillusion à analyser avant que tombe la nuit. La nuit où l'on ne peut plus lire.

L'existence d'un écrivain qui ne se sent plus le droit d'écrire la vie est une lutte vaine contre la culpabilité, l'empêchement, la honte, les voix rugissantes et mauvaises qui ricanent et menacent. Tourne ta langue dans ta bouche, pour qui tu te prends, je ne veux voir qu'une seule tête, réfléchis avant de parler, comme tu es sotte, réfléchis avant d'écrire, réfléchis aux conséquences de ce que tu fais. Peux-tu me dire à quoi ça sert de répandre des ragots de bonne femme, de salir les gens, de raconter ta vie sans intérêt, au lieu d'agir, de te rendre utile, d'aider les affamés et les malheureux, les vieux, les pauvres, au lieu d'apprendre la plomberie, la pâtisserie, les mathématiques ?

Écrire lui était déjà interdit avant. Lui avait toujours été interdit. Elle s'était bardée d'une obligation d'interdiction, alourdie d'un devoir de transgression, paralysée par la nécessité et l'empêchement. Mais elle ne s'en était pas rendu compte. C'est ainsi que souvent s'expliquent les courages : le courage des taupes. Elle voulait croire que l'on peut dire sans dire, écrire sans blesser. Les taupes ne savent pas ce qu'elles font. Anna Jacob (devenue Deborah Fox avec le succès de son premier roman) avait pensé sincèrement pouvoir passer entre les gouttes de la haine et de la jalousie, si légitimes, les unes et les autres. Elle avait cru à la littérature. À son pouvoir de réparation. De fixation. De creusement inéluctable. Nous avons besoin d'écrivains et d'archéologues comme nous avons besoin de beauté et de pain. « Nul n'a jamais vécu sur cette terre sans avoir son propre point de vue », a dit le poète Robert Browning. Et le tien, Deborah, tu n'as pas eu la force de l'imposer, tant pis pour toi, murmurent en elle les Voix. Tu as laissé passer le moment. Le moment où tu aurais pu te faire entendre. Tu dis que tu n'as pas surmonté la douleur du procès. Que tu n'as pas supporté les regards de mépris. La séparation, le rejet des tiens. Mauvaise excuse. Pauvre défense qui ne désigne rien d'autre que ton renoncement. Tu as cru pouvoir prendre d'autres chemins que les petits sentiers habituels. Mais non, ce n'est pas une affaire de chemin, c'est une affaire de naufrage. Nager plus loin, nager vers le large.

Assise sur le canapé, enroulée dans le plaid en mohair, le bout des doigts rouges et les ongles cassés, Anna rêve. Elle voit les choses ainsi : elle nageait, elle a voulu revenir sur la terre ferme. Mais les vagues la rejette. Les algues glissantes l'empêchent de grimper sur le rocher. Les arêtes aiguës font saigner ses doigts. Elle ne peut pas grimper. Elle monte et descend avec la houle et boit l'eau qui remplit la bouche et les poumons d'un seul coup, elle monte et descend et tend les mains vers l'arête de la roche. Funeste inattention aux choses les plus simples.

Deborah Fox a coulé.

Anna frotte ses yeux, se relève, retourne vers la marmite de fonte et ajoute des pruneaux. L'odeur des fruits envahit la pièce. Le repas est prêt, mais il n'y a plus personne avec qui le partager.

Comme je m'ennuie, geint-elle. Comme la vie est lente, murmure-t-elle, elle qui sait trop de poèmes par cœur.

Autrefois elle fumait des cigarettes. Les cigarettes, entrées lentement dans sa vie – oh le goût infect des premières bouffées avalées d'un coup d'estomac brusque pour plaire à Marek –, y avaient peu à peu occupé toute la place. Une cigarette pour faire fuir les cauchemars de la nuit, une cigarette pour scander la fin du petit déjeuner, une cigarette avant la douche et une autre juste après, une cigarette pour préparer un coup de téléphone, une cigarette pour lire une lettre, une cigarette en descendant l'escalier. Une cigarette sur le quai du métro, une cigarette en marchant dans les rues, une pause pour une cigarette, une cigarette pour se mettre au travail, pour ouvrir un livre, pour. Bientôt elles n'eurent plus de nom.

Cigarette est le nom d'un petit cigare, je ne l'avais jamais remarqué, pense Anna. Les cigarettes remplissaient la journée, le vide du temps en était ponctué comme par ces pitons rocheux qui aident à gravir une montagne. Mais pourquoi parler de montagne, quand la vie est une plaine, une vaste plaine jaunâtre ?

Les heures sont obèses, leur ventre traîne au sol. Des heures à se demander, Mon Dieu, quand donc cette journée finira-t-elle ? elle ne passe pas, elle ne passe pas d'une minute, que vienne le temps de la nuit, celui où l'on a décemment le droit de se recoucher avec cette sensation de s'être levé il y a à peine cinq minutes. Une journée de bouffée. Vingt-quatre heures. Trois mille six cents minutes. Anna ne voit pas comment le temps pourrait s'écouler. C'est comme si le sablier était bouché.

Anna refuse les aides simples. Les ruses que tout le monde connaît. Lire des journaux distrayants, téléphoner, faire des mots fléchés, parler à quelqu'un, faire des mots croisés, des mots perdus, remplir des grilles de chiffres, envoyer des messages, surfer sur des sites, regarder la télévision. Blaise Pascal nommait cela, avec mépris, le divertissement. Anna est une pascalienne à la petite semaine. Même le jeu de Scrabble est, pour elle, une chose sérieuse. Jouer pour gagner, quelle saloperie, pense-t-elle.

Blaise Pascal en bavait, elle aussi en bave.

Nuages filant.

Elle éteint le feu sous la fonte. Le poulet est cuit. Elle colle le front au carreau, Molly va revenir. Il est plus de treize heures.

La douleur de l'absence de tout ne passe pas, mais le téléphone sonne, alors Deborah espère quelque chose, quelque chose d'informe qu'elle nommerait : je voudrais que la vie reprenne. Malheureusement c'est maman, hurlant au milieu des sirènes qui vocifèrent sur le boulevard ; et elle a trois questions à poser.

Anna, j'ai trois questions à te poser.

Oui.

Tu es seule, j'entends que tu es restée seule, tu sais bien que tu ne dois pas, tu ne dois pas, Anna, tu ne peux rester seule. Où est Molly ?

Je ne sais pas. On s'est disputées.

Connais-tu un bon atelier d'écriture ? Un endroit où je pourrais me perfectionner.

Te perfectionner en quoi ?

Ce n'est pas une question aimable. Elle cache beaucoup de violence et de méchanceté. Pour se perfectionner, il faut être déjà entraîné à la chose, souhaiter et pouvoir améliorer une technique, un savoir-faire, un don. Il faut cultiver son jardin, encore faut-il posséder un jardin, ou en inventer un. Anna, qui était plus généreuse quand elle était Deborah Fox, ne reconnaît à sa mère aucun talent pour jardiner, aucun don pour travailler. Rien.

Fous-moi la paix, maman.

Mélini n'en a cure, tout à son affaire et le sourire dans la voix.

Ne fais pas la bête, tu sais bien que j'écris. C'est mon jardin secret, mais une mère n'a pas de secrets pour sa fille chérie.

Mon Dieu, maman, quelles bêtises tu profères, il ne me semble pas que tu aurais pu dire quelque chose d'aussi mensonger autrefois, quand tu ne me parlais pas, ayant mieux à faire, quand tu ne mendiais pas ma sollicitude ni ces bribes d'attention. Où vas-tu chercher ces intonations ? Tu écris. Je le sais maintenant. (Absurdité de ce bout de phrase, de cette intransitivité : j'écris.)

Anna. M'emmènerais-tu en voyage ? Il n'y aurait que nous deux. Je voudrais voir les pyramides avant de mourir. Je voudrais descendre le Nil sur la barque des morts. Honorer mes ancêtres égyptiens et mésopotamiens. Tu sais que je suis fatiguée, je ne vais plus tenir longtemps.

Non, maman. Nous n'avons pas d'argent. Je n'ai pas d'argent. On ne peut plus aller nulle part. Et les pyramides sont interdites aux touristes désormais. Les pyramides appartiennent au peuple égyptien et, en ce moment, il ne souhaite pas ta présence, ni la mienne. Et tu seras encore là, je te le promets, dans dix ans.

Anna se demande d'où vient cette voix désagréable qui sort de sa gorge et qu'elle ne reconnaît pas. C'est une torture. D'être celle-là. La bouche d'où sortent ces mots coupants. Peut-être est-ce ce passage répété qui a affiné sa lèvre inférieure. Peut-être est-ce ce passage à répétition qui a tordu ses commissures et changé imperceptiblement une bouche en cœur en bouche de triste vérité, bocca della crudele verità.

Mélini raccroche. Elle est la championne des raccrochages qui arrachent un bout de cœur. Anna garde l'appareil dans sa main. Le néant l'envahit de nouveau.

Pour faire passer le mauvais goût du coup de fil, le goût de mort que donne la certitude de l'amour enfui – l'amour qu'elle portait à sa mère, inconditionnel et magnifique, un amour transformé aujourd'hui en patchwork de reproches, de jalousie, d'impossibilités à être près comme à être loin l'une de l'autre –, Anna met le couvert, deux assiettes, deux fourchettes, deux verres et cætera, et en face de personne elle remplit son assiette.

Hop, en cinq minutes l'assiette est vide, lavée, rangée. Il est treize heures vingt, un samedi.

Pour damer le pion à sa mère jalouse, qui alors aura réussi son coup, redonner un peu d'énergie à ce légume sinistre, sa fille Anna devenue Deborah Fox, si mignonne autrefois – on ne peut pas en dire autant aujourd'hui : Anna passe furtivement en revue ses yeux rétrécis et pochés par le temps, ses tempes serrées par la rancœur, ses cheveux si secs, sa peau trop jaune, sa taille disparue, ses genoux cabossés et bleuis –, donc pour damer le pion à sa mère jalouse, Anna ouvre un nouveau cahier et calligraphie :

Mes phrases ressemblent aux jambes des vieillards. À du vieux bois qui craque, de la mousse a poussé entre les mots, on voit mal ce qui pourrait fleurir.

Mais je sais attendre le retour de la lumière.

Enfin, c'est ce que je me dis. Je psalmodie une chanson remontée d'on se sait où.

« La mer est splendide, les rosiers dégoulinent

et il y a deux chevaux devant la petite fenêtre. »

Elle se demande d'où surgissent ces chevaux. Et cette assertion étrange : « je sais attendre le retour de la lumière ».

Je fonds en larmes, je ne sais rien attendre, écrit-elle. Et pourtant je n'ai jamais rien fait d'autre que cela. Attendre.

Elle pose son stylo. Dehors, la pluie glacée s'est changée en neige. Molly ne viendra pas. Elle ne prévient jamais. Elle a toujours été comme ça. Les vitres n'ouvrent plus sur aucun paysage. Plus de chevaux, et moins de roses que jamais.

Et plus aucun bruit.

Le téléphone sonne de nouveau longuement dans le vide. Anna ne répond pas. Mélini peut bien piétiner, piaffer devant son téléphone, elle peut bien frapper à la porte mentale de sa fille, il est clair qu'elle n'obtiendra rien. Anna a repris son stylo et elle note, comme on trace à main levée une esquisse de paysage. Elle note les mots qui la traversent, quelle douceur dans l'offrande d'une noisette, elle se souvient du plaisir qu'il y a dans le tracé des lettres, elle fait des lignes.

« Je suis retournée rue Saint-Victor comme un fantôme, écrit-elle dans un cahier bleu. J'ai voulu marcher dans nos pas. Revisiter cette Mutualité où se sont jouées tant de choses pour moi. »

5

Retour en arrière : chez Boris, en Bretagne

> « Il faudrait que je tombe amoureux de toi, pour devenir intelligent. Et alors je perdrais du temps. »
>
> (C. P.)

La plage de Boris se nomme Lost March. Il en connaît chaque recoin, chaque flaque au milieu du sable mouvant, chaque galet, et les cinq mille petits chemins à travers la lande qui y mènent.

La pente descend doucement vers la plage. C'est le cap de la Chèvre, le bout du monde, selon sa famille qui en a tiré grande fierté pendant près d'un siècle. Un petit cap au bout de l'Asie, un endroit pour les juifs et pour les Bretons, disait sa mère qui arpentait encore les rochers à plus de quatre-vingts ans, canne en avant.

La mère de Boris, qu'on appelait Viva, s'est endormie un beau jour dans la lande pour ne jamais se réveiller. Les gendarmes ont dû ratisser tout le coin avec des chiens tirant sur leur laisse d'un air pénétré et idiot, pour finir par la trouver, à demi allongée et à demi assise, sur son promontoire favori.

Elle ne semblait pas morte, juste arrêtée comme une horloge. La mine fâchée, comme d'habitude. Et Boris a songé qu'il n'avait pas été là pour lui dire au revoir, pour tenir sa main.

Sans doute le cœur, a dit le docteur, ce qui n'était pas un diagnostic très risqué.

Elle avait laissé des instructions chez le notaire. Pour ses obsèques, elle voulait qu'on entende un rabbin et un dirigeant de la CGT. Ils sont venus parler devant tous les gens du pays. Personne n'avait jamais vu ici de rabbin ni de dirigeant syndical. Tout le monde a été favorablement impressionné : les deux hommes étaient des orateurs magnifiques et ils avaient reçu l'invitation comme un défi. C'est ce que voulait Viva. Organiser une compétition masculine ultime autour d'elle. Rassembler ses deux mondes devant sa famille et ses voisins.

Le rabbin, un homme sec avec des lunettes d'acier et des yeux bleus de fonctionnaire, a parlé de la grande famille de Viva, des hommes pieux qui l'avaient précédée sur cette terre, des bienfaits commis, des violences subies, de ce que les enfants ont à porter pour honorer leurs parents. Il a chanté et la voix profonde et charnue qui sortait de sa maigre carcasse étonnait. En vérité, s'il a bien prononcé plusieurs fois le prénom de Viva, il ne savait rien d'elle, mais il faisait son travail proprement, élégamment, sans affect, mais non sans fierté virile. Ce rabbin ressemble assez à un pasteur, a murmuré Molly à Boris, qui a souri. Le responsable syndical, un homme aux yeux de fennec, des oreilles rondes d'ours brun et de longs cils sur des paupières ravissantes, a indiqué quelle pasionaria avait été Viva. Les grèves qu'elle avait soutenues comme pédopsychiatre à Argenteuil, organisant la solidarité des jeunes épouses d'ouvriers, organisant des sortes de kolkhozes d'enfants de grévistes, sur le mode des centres d'enfants juifs, des colonies d'après guerre, modelées elles-mêmes sur le scoutisme, mens sana in corpore sano, horaires stricts, gymnastique quotidienne, chorale quotidienne, cours d'économie et d'histoire des peuples, alphabétisation des petits et des femmes immigrées, cuisine collective. Discussions enflammées. Engueulades enflammées.

Comme tout cela semble loin, c'était pourtant il y a cinquante ans à peine, a chuchoté Boris à Molly, qui a été émue.

On a jeté les cendres de Viva dans le bois, au-dessus de la grotte des naufragés. Les gens se sont dispersés, les gens du village et les cousins.

Une page se tourne, a dit quelqu'un.

Pourquoi elle a pas voulu se faire enterrer, a dit Yolande Capitaine. La crémation, c'est pas de chez nous.

C'était le vœu de la défunte, a répondu sa sœur, Marie Capitaine.

Ça doit être comme ça dans leur religion.

Mais elle en avait pas de religion, la Viva, a rétorqué Yolande, têtue. Brûler les gens, je trouve que ça devrait être interdit, surtout depuis qu'on sait ce qu'ils ont fait, les nazis.

Nous n'en saurons pas davantage sur cette discussion scabreuse. Tant mieux.

Plus personne devant vous, vous êtes en première ligne désormais, a dit joyeusement la dame de la crêperie des Korrigans où Viva avait son couvert et sa bolée de cidre.

Quelle remarque sempiternelle, a dit Molly à Boris en lui serrant le bras.

De jeunes pins, depuis, ont repoussé tout au bord du précipice, et Boris vient y rêver de temps en temps. Certains chemins ressemblent à des serpents dessinés par un enfant entre les ronces et la bruyère. Ils descendent vers l'eau changeante. Ils sont l'expression même de la liberté, pense Boris, capitaine dérisoire, Tartarin mélancolique, le genou plié sur un rocher en guise de lion. Certains chemins s'enfoncent au contraire entre deux champs. Ceux-là sont invisibles, peu de gens les connaissent. Au tournant des chemins creux, la mer soudain se révèle. C'est une expérience dont Boris ne se lasse jamais. L'expression même de la beauté.

Il court dans ces chemins depuis toujours. Seul.

Un jour, il y a emmené Molly.

Molly et Boris dévalent la lande mauve vers les rochers couverts de varech, Boris rattrape Molly, ils sont en bas de la dune, ils s'appuient tous les deux à la falaise ébréchée et regardent des voiles se gonfler au loin. Boris attrape Molly, il lui frotte les joues, les prend dans ses grandes mains et embrasse ce visage sur les paupières, sur les lèvres et sur le nez. Le ravissant nez droit, assyrien, de Molly.

Cela fait longtemps qu'ils s'aiment. Cela fait longtemps qu'ils marchent ensemble sur les petits chemins de contrebandiers. Et longtemps qu'ils regardent dans la même direction.

Ils sont maintenant assis sur une pierre plate face à l'océan. Il fait beau. Molly regarde le sable couler entre ses doigts. Elle imagine une armada de voiles brunes au large, elle voudrait être en cet instant à la barre d'un voilier et sentir le vent siffler à ses oreilles. Boris pense qu'il voudrait s'occuper de livres. Les dorloter comme des enfants. Il se voit dans une sombre boutique remplie de volumes reliés aux odeurs étranges, aux tranches dorées et gondolées, aux dos rouges, il y aurait aussi des disques, deux fauteuils et une bouilloire.

Inventer un chemin de livres. Une route de pensées. Voilà ce que j'aimerais faire, dit Boris à voix haute. Un chemin de livres, un chemin creux qui déboucherait sur l'océan étincelant.

Nous sommes les enfants d'une génération flouée, nous incarnons le gap, dit encore Boris en trébuchant sur une coquille de clam. Il répète ce mot d'un air satisfait. Le Gap. Tu vois, il y a la chaîne de vêtements qui masque la forêt de sens de ce mot. Derrière les pantalons kaki et les robes blanches, un changement de monde. Der-

rière la consommation de masse tra
raffinée, la violence couve. Nous cr
changement, je me souviens des courb
que dessinait mon père sur la table
doigt, une croissance liée au progr
tifique et social, l'école pour tous, le bac
tous, l'éducation des filles, des crèches partout, la fin des cous cravatés et des costumes trois-pièces enserrant des corps imprononçables, l'avènement de la liberté, une salle de bains dans chaque appartement, des vacances au soleil, le ski démocratique, des tongs pour l'été, des gibecières grecques, des kilims pour tout le monde, le progrès et la fraternité, les trains à grande vitesse, on voyait bien les signes, on les interprétait mal. À la place, la laideur pour tous, la consommation de la laideur pour tous, le spectacle de la laideur, des gadgets déments pour presque tous, la pauvreté comme non-dit, l'école en crise pour tous, le tourisme de masse, le tourisme de masse, le tourisme de masse, l'alpha et l'oméga de nos vies asphyxiées et malades. Il faudrait partir.

Nous ne partirons jamais, dit Molly. Je ne comprends rien à ce que tu racontes. Ces généralités. Du carton dans la bouche.

Et Molly exagère, car elle n'est pas toujours à l'abri des généralités. Nous l'avons parfois entendue en proférer. Cependant ce sont les siennes, elle s'en enveloppe comme d'une cape de vengeur masqué. Les généralités de Boris résonnent à ses oreilles comme les traces vaines et gênantes de convictions anciennes, un vieil air désolé.

Puis-je te rappeler que nous avons tenté de partir, autrefois ? Quel sanglant échec ce fut.

Et elle masse les tempes de Boris, elle caresse ses pommettes.

Des mouettes les encerclent, faisant de grandes ombres sur le sable mouillé.

Boris ! Il est trop tard et nous sommes trop fidèles,

esseux et trop vieux. Nous ne partirons que ınts et forcés, et je ne souhaite pas que cela nous ve. Nous ne partirons jamais, dit Molly. Tu me vois uitter le centre médical, tu me vois abandonner mes patients ? Et puis j'ai Anna sur les bras.

Alors, je vais ouvrir une vieille boutique de livres, un magasin d'antiquités, dit Boris en pinçant les lèvres, songeur. Et il voit sur fond d'océan étincelant, des objets rouges et or, et bleus et or, et du papier cristal. Quelque chose d'une bijouterie mais avec des mots, du papier vergé, des reliures indestructibles et une odeur fanée. En vérité, ce qu'aime Boris, c'est y penser.

Nous sommes assis sur les marches de l'escalier en bois, dit Boris, et nous jetons aux sansonnets les miettes du petit déjeuner qui est resté toute la journée sur la toile cirée, quel laisser-aller. Et rien d'autre n'existe. Quelle erreur, quelle sottise poétique.

Par exemple, dit Molly, tu ne devrais pas balancer tout ce pain, ces gros bouts de mie, tu les regretteras peut-être un jour, et même plus tôt que tu ne crois. Tu mourras de faim en pensant à une bergeronnette ironique au cou jaune et aux courtes ailes bleues qui se gavait de petit gador, un pain spécial aux miettes grasses. Et moi qui l'apprendrai trop tard, j'en mourrai de peine. Souviens-toi des paroles de Samuel Beckett, qui n'était pas la moitié d'un idiot. « Nous vivons en sursis dans un monde où la barbarie resurgit à tout moment. » Faisons des provisions de riz et de noisettes. (Lui économisait le chocolat.)

Boris parcourt la presqu'île, une améthyste autour du cou, c'est un porte-bonheur. Il a trouvé l'améthyste sur la falaise où autrefois il y en avait des centaines et aujourd'hui plus guère. Il l'a taillée dans son petit atelier, il l'a polie, il a fait briller ses facettes, elle ne le quitte jamais. Il court dans le bois qui appartenait jadis à ses grands-parents, il dévale les pentes.

Je ne vais pas avec lui, dit Molly.

Il se baigne comme un pauvre malheureux dans l'eau glaciale de la crique qui appartenait jadis à ses grands-parents, les criques n'appartiennent plus à personne.

Pourquoi le voyons-nous comme un pauvre malheureux ? Qu'est-ce qui nous permet de qualifier ainsi ce héros de l'eau froide ?

Boris revient sur les lieux de la perte. Il s'y agrippe. Son destin a commencé là. Minuscule, dérisoire. Quand il ne viendra plus ici, l'histoire aura eu lieu et la page sera tournée.

Comment analyser ce retour ? Comment comprendre ce qui s'est passé ? Il nous semble que Boris ne veut pas renoncer au lustre aristocratique de sa microscopique légende, à la trace d'une distinction. Il est pourtant prisonnier de ses valeurs qui sont tout à fait le contraire de la défense des privilèges et de la propriété privée. Et puis Boris déteste les familles nombreuses et bruyantes qui arpentent désormais son bois qui n'est plus à lui. Il leur en veut d'admirer les grandes fougères et les jeunes pins et de jeter leurs canettes dans la bruyère, où elles rebondissent avant d'être à moitié recouvertes par les tiges poilues, les grelots et les cloques mauves et pourpres. Il leur en veut de ne pouvoir rien partager avec elles. Il aimerait que ces gens soient des amis qu'il saluerait le matin, avec qui il jouerait au backgammon le soir sur le port. Mais les touristes de la pointe ne veulent parler à personne et ne lui demandent pas leur chemin. Ils font la Bretagne. Ils rient entre eux. Parfois ils demandent à Boris de les prendre en photo, tous rassemblés, les têtes qui se cognent sur un cliché dont, selon nous, personne ne se soucie. Et Boris le fait avec joie, reconnaissant à ces inconnus de se prêter une seconde au jeu de la fraternité.

Molly se moque de cette démagogie. Les photos sont l'expression de notre civilisation mortifère. Aucun effort, aucun travail, une pure accumulation de riens, de la consommation narcissique à l'état pur. La forme de lutte la plus hideuse contre le néant qui nous encercle.

Les gens photographient la tour Eiffel, gémit Molly, ils photographient leurs pieds boueux, ils photographient même leurs assiettes remplies de nourriture avant de manger. Nous photographions comme nous avalons, dit-elle. La photographie est une activité obscène, de plus en plus. Tu pourrais au moins leur dire ce que tu en penses. Comment puis-je vivre avec un homme aussi lâche ?

Dis-leur toi-même, réplique Boris, blessé. Comment puis-je vivre aux côtés d'une femme aussi insultante ?

Pendant qu'il court pour se libérer de sa généalogie pesante, de sa culpabilité indélébile, de sa compagne implacable, Molly prend des notes, elle recopie des phrases :

« Un conseil, ne peignez pas trop d'après nature. L'art est une abstraction, tirez-la de la nature en rêvant devant et pensez plus à la création qui en résultera. N'est un grand artiste que celui qui peut appliquer heureusement ses principes les plus abstraits et cela le plus simplement. Écoutez la musique de Haendel. »

Quand elles étaient petites, Anna et Molly peignaient toute la journée.

Puis le soir tombe et ils dînent. Molly a posé sur la table des crevettes, des harengs, du beurre, du pain, du vin et des prunes. Ils parlent de la vente de la maison de famille de Boris, ce manoir où personne ne vient plus depuis la mort de Viva. Le toit s'est effondré par pans d'ardoises, la cave est inondée, les fils électriques se baladent nus. Les arbres tout autour la menacent, les jours de vent. Elle est remplie de douleurs et de fantômes, les placards en bois craquent à chaque hululement du hibou.

Plus personne ne va dans la grande maison, dit Boris. Elle est louée à l'année par des Allemands. Elle va forcément être vendue et il ne restera rien de notre histoire. Pas une soucoupe de tasse à café. Je n'ai jamais aimé les soucoupes, je les méprisais même, un objet ridicule, disais-je, je le regrette aujourd'hui.

Je ne vois pas ce qui t'empêcherait de sauver des tasses, des soucoupes et même des bols, murmure Molly.

Boris ne répond pas, parfois Molly est bête, tout le monde l'est.

Tu te souviens de l'Allemand qui avait débarqué il y a quinze ans, un jour d'été. Il avait garé sa voiture de location sur la pelouse, il en était sorti d'un bond. Un grand type au teint couperosé et aux petits yeux ternes. Il est entré sans hésiter, sans sonner, comme s'il rentrait chez lui, il a fait peur à la jeune fille qui lisait dans le salon. Il avait l'air ému. Derrière lui marchait une femme de son âge, vêtue d'une jupe à mi-mollets, d'une veste brune sur un chemisier blanc et coiffée d'un chignon serré.

J'ai vécu ici en 1941, a-t-il dit. Nous étions très heureux. Meilleure époque de ma vie. Très beau. J'ai le sentiment, a-t-il dit, de rentrer chez moi.

L'air s'est épaissi soudain. Les sentiments et l'indécence sont parfois compatibles.

Elle a crié. Ma cousine Rachel a crié. Un revenant. Un fantôme allemand, un fantôme d'occupant. Un gros officier à la retraite avec sa Frau. Il osait vouloir montrer à son épouse, que voulait-il montrer, je ne le sais pas. Rachel a hurlé. Où sont ta conscience, ta vergogne ? Totale impunité. La guerre, vous savez. Nazi ? Mais non, pas du tout. Soldat, oui. Rachel pleurait maintenant, de honte, elle aurait voulu gifler cet homme, le confronter aux crimes dont il avait été complice, le frapper, oui, l'anéantir de colère, de mépris, de rage, et elle ne savait que verser des larmes. Pardon, nos morts. Pardonnez cette trahison lamentable. Il ne voyait pas le problème. Il n'avait fait que son devoir, il avait eu beaucoup de chance. Il faut bien obéir aux ordres, mademoiselle, ne jugez pas ce que vous ne comprenez pas. Il avait été très heureux. Les Allemands adorent la France. Ils adorent la Bretagne.

Il a dit cela d'une voix monocorde, spéciale.

Ma cousine Rachel ne vient plus dans la vieille maison depuis ce jour. Elle a été souillée. Rachel ne s'en remettra jamais. Ses cheveux sont devenus blancs, elle s'est mise à trembler. Un sourire éperdu s'est accroché à son visage et l'a figé.

C'est tellement exagéré, dit Molly en s'agaçant. On dirait que vous êtes les seuls à avoir vécu cela, l'Occupation. Les seuls juifs remplis de peine. Les seuls à avoir été dépossédés, les seuls à ne plus pouvoir entretenir votre manoir glacé. Je te déteste plaintif, Boris. Tu as vraiment besoin de faire un drame de cette histoire banale ?

Boris ne répond pas, c'est impossible, les mots qu'il faudrait pour expliquer sa douleur, il ne les sait pas. Il mange une tranche de pain et jette des miettes aux mouettes qui tournicotent.

Les charges ont commencé à devenir lourdes, les gens de la famille à pousser des soupirs et à se plaindre de la cherté de tout. Avoir les moyens est devenu une rengaine : qui a les moyens d'entretenir des hectares de terre de bruyère, un manoir sur la lande, son humidité, les vents, les tempêtes, l'arthrose qui mine les maisons comme elle ronge les humains. Les volets qui claquent et rompent et peuvent tuer en tombant. Tuer un mulot qui passe. Au début, nous l'avons louée par Internet, tu te souviens, quelques semaines par-ci par-là. Je faisais les photos pour le site *votremaisonàvoustoutseul.* Ça a marché pendant quelques années.

Comme toute chute, celle-ci a débuté sournoisement, en pente douce. Ce qui est triste, c'est que personne de la famille ne vient plus. Des Allemands s'y relaient chaque été. C'est encore pire que d'avoir vendu. Ce qui semblait si raisonnable a tourné en une maladie lente et cruelle. Voir chaque année la vieille maison perdre un peu plus de son âme. On aurait dû dire d'accord, mais pas d'Allemands. Mais cela semblait délirant. Pourtant cela ne l'était pas. L'éponge à effacer le passé est un outil délicat. Je ne sais pas trop comment cela se passait. Chaque nouvelle injonction de l'agence de location agissait comme une injection de Botox dans un visage : les nouveaux placards, le sol fonctionnel, les nouveaux verrous, la literie standard, les halogènes standard, le fil barbelé autour du jardin qui ne fut jamais clos.

Boris rêve à voix haute du temps assez proche où il sautait sur les marches de pierre sans avoir de portail ni de barbelés à franchir.

Ce n'est pas un bien grand deuil, murmure Molly, rétive. T'es juste vieux. Une femme est venue, de l'agence immobilière, dit-elle plus fort. Pendant que tu courais. Une femme blonde à lunettes noires, vêtue d'un trench rouge. Des talons évidemment. Elle se tordait les chevilles dans les graviers, elle s'accrochait à son vaste cabas et à sa pile de dossiers pour ne pas tomber, elle a trébuché, les feuilles de ses contrats se sont envolées dans les jeunes épinettes du chemin et les ajoncs, elles se sont piquées sur les tiges, une œuvre d'art, et j'ai dû me mordre les joues pour ne pas rire.

Je l'ai emmenée voir le manoir. Elle a poussé toutes les portes, ouvert tous les placards en grimaçant, soulevé les coussins des canapés comme on regarde les dents d'un cheval, elle a passé son doigt sur le rebord des fenêtres et il y avait de la poussière. Elle n'aime pas l'odeur de la maison, mais elle a peut-être un acheteur. Elle a insisté sur ce fait, une odeur atroce.

Les factures s'accumulent dans l'entrée, et les assignations diverses.

Mieux vaut, dit Molly, vendre, renoncer à tout cela, plutôt que de se sentir peu à peu dépouillés de biens matériels que nous n'avons rien fait pour acquérir. Nous n'avons rien fait pour les conserver. Et nous les avons perdus, voilà tout. Personne ne pourra t'empêcher de parcourir le cap à grandes enjambées, ni d'aller voir le coucher de soleil le soir à la pointe, ni de te baigner dans les criques. Tu détourneras le regard en passant devant tes souvenirs d'enfant, tu ne seras pas le premier.

Elle pense à Mélini en disant cela. À Mélini l'autarcique qui s'est allégée d'à peu près tout.

Excuse-moi, dit Boris, tu es bien philosophe quand il s'agit de ma famille. Si on vend le manoir, je me débarrasserai de la petite maison attenante et je ne mettrai plus jamais les pieds ici. C'est ma famille, Molly. Nos sales petites racines, tu comprends. Notre refuge. Les traces de nos vies. J'ai déjà perdu pas mal de choses, tu as remarqué ?

Elle ne répond pas. Quoi dire ? Un toit d'ardoises qui flanche n'a jamais consolé de la mort.

Un silence. Elle riposte.

Tu n'as plus de famille, Viva repose dans la montagne, tu es fâché avec tes oncles, tes tantes, tes cousins, et moi je n'ai quasi plus personne. Mais il y a vos petits-enfants à Cordélia et toi, et il y a Cordélia. Des liens si ténus, des cheveux de sorcière, des fils d'araignée. Regarde en avant, Boris, la nostalgie rend vieux.

Quelle sottise, dit Boris. Voilà deux fois que tu répètes ce mot. Vieux. Jamais tu ne l'aurais prononcé autrefois. Un mot vulgaire, et bête aussi. Un mot dont je n'aurais jamais pensé qu'il entre dans mon vocabulaire.

C'est comme soucoupe, dit Molly. Deux mots nouveaux. Et elle lui caresse les joues.

L'an passé, Molly et Boris ont passé quelques semaines avec Cordélia. Une gifle à leur vision d'eux-mêmes.

Tu te souviens de cette torture, dit Molly. Moi j'ai encore chaque seconde dans la tête. J'ai le rôti devant les yeux. Un énorme rôti, juste sous mon nez, qui me bouche la vue quand je pense à ici.

Et Boris éclate de rire. Raconte-moi encore.

Molly lui raconte.

L'amour a ce visage pour Boris et Molly, ils se racontent des histoires. Ils tissent une étoffe de mots d'une particulière douceur autour d'un mystère qu'ils appellent nous.

6

Une digression de Molly à propos d'un rôti

Ma mère faisait un rôti extraordinaire, avait dit Cordélia. Elle le cuisinait à la perfection. Vous ne voulez pas que je vous en fasse un ?

Comment refuser ?

Comment refuser quoi que ce soit à Cordélia ?

Je l'ai emmenée acheter un rosbif pour six, dit Molly en gloussant.

Soixante-cinq euros, ils ne se mouchent pas du coude, a-t-elle dit en sortant une carte de crédit.

Mais reprenons du début.

Elle est arrivée un soir d'été, dit Molly. Tu t'en souviens ?

Je peux venir passer quelques jours ? J'irai à l'hôtel si vous n'avez pas de chambre. Vous n'avez pas de chambre. Pas même une minuscule chambre de bonne, comme on dit, alors que plus personne n'a de bonne. Pas la plus mesquine chambre d'amis ? Il est vrai que plus personne n'a tellement d'amis non plus. C'est grand pourtant chez vous ? Ah bon, vous n'avez plus accès à la grande maison. Comme c'est dommage ! J'avais oublié que vous l'aviez louée. Vendue ? Louée ou vendue ? Ce n'est pas exactement la même chose ! Oh, mon Boris, tu l'aimais tant et j'y ai été si heureuse. Je ne parle pas pour toi, tu remarques ma délicatesse envers Molly. Je ne saurais dire si tu as été heureux avec moi, et puis c'était il y a si longtemps. Il n'y a pas de chambre dans la petite maison ? Du tout ? Pas grave, je ne veux pas vous déranger, je sais trop ce que c'est d'être contraint par les lois de l'hospitalité à s'entasser les uns sur les autres, d'être contraint à perdre le minimum d'espace intime si précieux pendant ces fichues vacances, comprends-moi, Boris, je détesterais plus que tout me sentir comme une intruse, vous encombrer, Molly et toi, je me doute que votre intimité après toutes ces années doit avoir bien besoin qu'on soit aux petits soins avec elle. Un couple, c'est tellement. Nous savons si bien ce qu'il en est. J'ai réservé à l'hôtel des Flots, je ne vous embêterai pas, tu sais que je viens de subir une opération terrible. Mon psy dit que j'ai un courage qui confine à l'inconscience, déni, déni, mon psy s'appelle Denis, d'ailleurs. Non, pas Denis Dailleurs, Denis, je n'aime pas donner son patronyme, il est trop célèbre, c'est gênant, comme du voyeurisme, tu comprends. Une ablation des testicules. Je veux dire des ovaires. Oh le lapsus, déni, déni… J'ai supplié, ils m'ont laissé l'utérus et un rein. Non, je blague pour le rein.

Elle m'avait prise par les épaules, dit Molly, et je l'avais laissée faire. Normalement je ne supporte pas qu'on me touche, mais je ne voyais pas comment l'éviter.

Oui, j'aurais pu y rester, a dit Cordélia d'un air mutin. Sur le billard. On goûte mieux la vie après de tels moments ; j'aimerais tant voir les enfants. Les enfants, cela vous maintient en vie, non ? Ce friselis d'existences gourmandes d'avenir. Ces petites murènes frénétiques et goulues.

(Les enfants, c'est Tong et Feng. Boris et Cordélia ont eu un fils, Borg, et Borg, à peine âgé de vingt ans, et au grand dam de son père, a eu deux enfants à son tour, ramenés de Canton, avec leur mère et des prénoms chinois. Tong et Feng sont jumeaux, ils ont sept ans. Ils passent le mois de juillet avec Boris et Molly. Deux garçons calmes et gentils. Pas murènes pour un sou.)

On a dit oui. On : toi, ci-devant mari de Cordélia, et moi qui suis pour elle la nouvelle femme. Nous sommes allés la chercher à la gare. Elle agitait le bras et de loin je voyais le vernis écarlate de ses ongles, de sa bouche en cœur, le rouge de ses joues, de ses cheveux rouges, et j'ai senti que j'allais souffrir. Elle m'a tendu un paquet, j'ai un cadeau pour toi, j'ai traversé Paris pour le trouver. Malgré la chaleur et mon ventre, malgré les coutures qui me plient en deux et ressemblent au bâti grossier d'une robe de grossesse, tu veux les voir ? Déjà elle avait soulevé son tee-shirt et me montrait les quatre boutonnières violettes en train de cicatriser au milieu d'une vaste zone de chair encore très agitée.

Cela fait un mal de chien, a dit Cordélia.

J'en étais convaincue. J'ai porté la valise sans roulettes jusqu'à la voiture. Une tonne. Un travail de galérien, de cantonnier.

Je ne peux rien porter, a dit Cordélia, embêtée. Et c'est ma seule valise en ce moment, j'ai déménagé et je n'ai plus que celle-là, remarque je trouve cela un peu vulgaire les valises à roulettes. Ces milliers, ces millions de pèlerins traînant leur pécule derrière eux, écrasant des pieds sans même s'excuser car ils ne le savent même pas, courant tandis que l'objet tressaute derrière eux, oui, cela a quelque chose d'obscène. Oh je suis désolée, Molly, tu n'as pas mal au dos, j'espère, tu es tellement sportive, vraiment merci, c'est extrêmement gentil de m'avoir invitée, très élégant. Je suis si contente de voir les enfants, où sont-ils ? Dis donc, Boris ? Tu laisses Molly porter ma valise ?

J'ai une hernie, as-tu rétorqué.

Depuis que Cordélia a posé sa sandale compensée sur le quai de la gare de Quimper, tu n'as plus été le même, tu t'es changé en huître, ai-je ajouté.

Tu n'ouvres pas ton cadeau ? m'a lancé Cordélia gaiement.

Je conduisais, je me suis excusée, dès qu'on est à la maison je l'ouvre, je suis bien curieuse de savoir ce que c'est, ai-je dit hypocritement. Je sais très bien que c'est un flacon de mon eau de Cologne, de l'eau de Perséphone. Cordélia m'a appelée trois ou quatre fois avant de partir pour me redemander le nom de mon parfum.

Je l'oublie à chaque fois, mais j'adore cette odeur ! Tu me concéderas que Perséphone est un drôle de nom pour une eau de toilette.

Le soir du rôti, Cordélia rayonnait. Elle l'a apporté sur la table avec des larmes dans les yeux et nous avons applaudi.

Feng a dit : Tu fais drôlement bien la cuisine !

J'ai servi les endives braisées.

Et il y a une surprise, a dit Cordélia. J'ai fait un gâteau !

Les enfants ont applaudi de nouveau.

Molly elle fait pas de pâtisserie, a dit Tong. Jamais. C'est cool que tu sois là. D'habitude, on a des Danette ou des bananes.

Cordélia s'est levée de table pour serrer Tong sur ses seins. J'ai détourné la tête.

C'est parce qu'elle est docteur, a tenté Feng plein de sollicitude. Et qu'elle veut écrire un livre.

Bien sûr, a dit Cordélia. Laisser une trace.

Laissez tomber, j'ai dit.

Le gâteau a surgi aussi noblement que le rôti. C'était

un marbré comme quand on était petits. Pas de quoi s'emballer, à mon avis. Ils l'ont dévoré.

J'ai fait la vaisselle et cassé deux verres. Dans le salon, Cordélia, Boris et les enfants jouaient aux Mille Bornes. Quand je suis revenue, Cordélia portait ma veste en laine à boutons dorés.

Feng m'a dit que je pouvais l'emprunter, a-t-elle dit tout de suite. Je suis si sotte, je n'ai pas emporté de pull.

Je t'en prie, garde-la aussi longtemps que tu voudras, ai-je répondu, maudissant la générosité facile des enfants. La bonté de Feng me fatigue quelquefois. J'ai jeté un regard circulaire dans le salon. Sur la table, le sac fourre-tout de Cordélia était largement ouvert. J'ai eu envie de le refermer un peu. Cela me gênait. Ou de le fouiller et de critiquer ensuite chaque objet que j'aurais étalé comme pour un jeu de Kim. Personne ne connaît plus le jeu de Kim. Je signale que ce bas monde le doit à Kipling. Le malheureux Rudyard et son casque colonial ont été oubliés, ce n'est pas grave. Mais le jeu est splendide. Il faut observer des objets sur une table. Deux minutes. C'est long, en vérité, car il est nécessaire de s'accorder un temps long pour regarder des objets auxquels on ne prête habituellement pas attention. Les objets contenus dans le sac de la précédente épouse de l'homme aimé, par exemple. Les observer, les emmagasiner, recouvrir la table d'un tissu et les énumérer.

Ce qu'on oublie a toujours un sens.

Je n'ai pas fouillé dans le sac, bien sûr.

Sur le canapé s'étalait un grand pochon violet en plastique contenant divers produits de beauté et de maquillage dont elle ne se sépare pas. Un peu plus loin, son iPad et des journaux. J'étais envahie. Envahie par tout cet attirail, j'ai secoué les épaules pour rejeter au loin cette pensée minable. Noblesse oblige.

Cordélia a gagné la partie de Mille Bornes, les enfants ont protesté avec admiration. Elle s'est levée et a examiné la bibliothèque. Elle a sorti le thriller que je lis secrètement quand je me relève la nuit, prise d'anxiété sans cause, ou juste pour le continuer. Il s'intitule *Double Face*. C'est l'histoire d'une femme qui se réveille un matin, elle ne reconnaît rien autour d'elle, même la couleur de ses murs a changé. Et elle comprend, en entrant dans la salle de bains, qu'elle a vieilli de trente ans dans la nuit.

Il a l'air bien, je peux le prendre ?

Bien sûr, a dit Tong, tu peux prendre tout ce que tu veux, Coco. Tout ce qui est à nous est à toi.

Cordélia s'est plongée dans *Double Face*.

Bon, je vais me coucher, a-t-elle lancé au bout de dix minutes. L'air marin, ça m'épuise.

Je t'accompagne, ont répondu les jumeaux d'une seule voix.

Ils ont disparu tous les trois dans le chemin qui descend vers l'hôtel.

Ça va être dur, t'ai-je dit. Mais les enfants sont si contents.

Tu ne parlais plus depuis l'arrivée de Cordélia. Nous sommes montés nous coucher.

À notre réveil, Cordélia était là, sur la terrasse, en train de dévorer un croissant. Un sac de papier brun rempli de croissants industriels était posé sur la table.

J'ai pensé que vous aimeriez. Mais je ne sais pas où tu mets le café, Molly.

Je vais en faire, ai-je dit, sans préciser que je ne bois plus que du thé.

Cordélia et toi avez évoqué différents épisodes de votre vie ancienne sans que cela me fasse souffrir, je pensais à mes patients. À Angelika Broch, à ses grands yeux trop limpides, à sa vie en suspens, j'aurais aimé pouvoir lui injecter quelques milligrammes de la vitalité abusive de Cordélia. En vérité, celle-ci racontait les épisodes mythiques et cent fois racontés de votre vie au Mexique. Boris, Cordélia et le tremblement de terre. Cordélia, Boris et les morts. Les révélations sur la corruption des entrepreneurs qui a causé l'effondrement de tant d'immeubles de la périphérie de Mexico, et un vrai massacre au centre de la ville. Cordélia face à des milliers de corps désarticulés. Les manifestations d'ouvrières. Les coopératives de production qui ont permis à certaines de s'autonomiser, de conquérir un destin. Cordélia fabriquant des objets tressés et colorés avec des camarades mexicaines qui l'adorent.

Tu grognais en mettant trop de miel sur ton croissant industriel.

Je me demandais pourquoi Boris n'a plus jamais voulu entendre parler de tout cela, s'est exclamée joyeusement Cordélia. Le Mexique, c'est si loin, nous étions des gens différents. Mais cela reste notre vie et c'était passionnant, je trouve. Et très beau. Je ne sais plus rien de la Cordélia de ce temps-là, je ne suis plus la même. Toi aussi, Molly, tu as sûrement changé. La Molly militante est devenue un médecin respecté. Je trouve que tu ne devrais pas m'en vouloir. Oui. Vous vous êtes retrouvés de manière si.

Je ne t'en veux absolument pas, voilà ce que j'ai dit à Cordélia.

Et c'était vrai.

Je suis toujours une militante, ai-je dit à Cordélia.

Et c'était vrai.

Mais je n'avais pas envie de l'entendre faire des commentaires absurdes. La manière dont nous nous sommes retrouvés, toi et moi, ne la concerne pas. Je suis sortie de la pièce sans savoir où j'allais. Parfois on fait cela, non, sortir d'une pièce sans savoir où aller, hésiter sur le seuil de la porte, entrer dans une chambre ou dans la cuisine sans penser à rien. Chercher une contenance, un geste domestique. Oublier l'inutilité du langage, les mots en trop.

Tu me sonnes quand tu vas te baigner, a crié gaiement Cordélia. Les enfants ont dit que tu te baignais dans l'eau glacée par tous les temps. Je le faisais aussi avec Boris. Communion avec la nature, iode et plancton, vertus primitives de l'océan, rien ne prouve que ce soit vrai, il y a, certes, des centenaires dont les doigts de pied n'ont jamais connu l'eau glacée de la baie, mais rien ne prouve non plus le contraire. Tu as arrêté, Boris ?

Tu n'entendais rien de ce que disait Cordélia.

Tu n'entendais plus non plus ce que je te disais.

Nous sommes descendues toutes les deux à la plage. Je sentais que Cordélia voulait me voir en maillot de bain. Me juger, me classer, me critiquer, imprimer en elle mon image pour en être jalouse et surmonter cette jalousie en m'embêtant sans l'air d'y toucher. Je ne pouvais rien faire contre sa volonté. Je me suis débarrassée de mon jean et de mon tee-shirt et j'ai couru vers l'eau transparente. Je suis entrée d'un coup dans l'eau froide.

Tu es encore très bien de dos, m'a-t-elle dit en se jetant à l'eau à son tour. De dos, on peut te prendre pour une jeune femme, ton dos en forme de guitare, a-t-elle dit.

Nous nagions désormais côte à côte comme deux amies. Je pensais que j'aurais dû prescrire un veinotonique plus puissant à Antoine Mouche pour l'été. S'il fait une phlébite je ne me le pardonnerai jamais, me disais-je.

Cordélia parlait.

Tu devrais quand même faire quelque chose pour ta peau. On est pareilles, des peaux de rousses, trop fines, délicates, le fardeau ashkénaze, ton visage est très marqué, je trouve. Et tes bras. C'est comme moi, regarde !

L'eau dégoulinait sur son bras et sa main tachetés, agités hors de la mer comme le bras d'un nouveau-né ou de quelqu'un qui se noie.

Mais bon, tu es vraiment belle de dos, et puis tu es une scientifique, disait Cordélia, tout à notre euphorique complicité. Tu as des soucis plus sérieux. Les malades s'en foutent, j'imagine, des rides et des taches de leur docteur. Tu vois des cas tellement horribles.

J'ai plongé profondément, je me suis enfouie dans ma tête, j'ai fermé les écoutilles, j'ai fait de mon âme un sanctuaire. La voix de Cordélia vrillait mes oreilles. Angelika Broch a surgi devant mes yeux. Les taches noires sur ses jambes de trente ans.

Nous sommes remontées de la plage pour préparer le déjeuner. Le chemin de contrebandiers était étroit et glissant, les ronces nous griffaient les mollets, un geste minuscule et Cordélia se taisait pour de bon. Nous avions l'air contentes et heureuses. Je m'accrochais mentalement à un tableau de Dürer, sa *Melancholia*. Vita brevis, ars longa, seul le travail existe, pourvu que Sophie Joseph ose m'appeler, j'aurais dû lui dire de le faire, elle peut faire une rechute de son Coëtlogon, les indicateurs étaient mauvais, je ne lui ai rien dit pour qu'elle parte en vacances tranquille. Partir en vacances tranquille, quelle expression hypocrite. Quel éloge de la politique de la tête dans le sable. Quel manque de confiance dans la vie, dans l'être humain. Boris se moquerait de moi s'il savait mes pensées, me disais-je.

Décroche, me répètes-tu souvent.

Et je vois un téléphérique écrasé dans la neige.

Les intentions de Cordélia sont apparues peu à peu, comme en pointillé dans son monologue. Nous épluchions des radis pour la salade, équeutions des haricots, pelions quelques patates. Feng a surgi et il coupait un oignon. J'avais des visions de doigt sectionné.

La préparation des repas, comme les voyages en voiture, est propice aux questions intimes. Surtout les séances d'épluchage. On dirait qu'une sorte de brume douce isole les travailleurs réunis autour des bassines. Une chaleur de paroles, un rêve modeste et partagé. Nous pensons que c'est un moment favorable aux déclarations d'amour. Mais Cordélia avait un autre souci en tête. C'est un des moteurs de sa terrible vitalité, cette passion pour le malheur des autres, pour le commentaire acide de la vie absurde des voisins, des problèmes tragiques des cousins. Cordélia vit de ragots.

Comment va Anna ? Toujours en panne ? C'est tellement bizarre. Anna était beaucoup moins solide que toi. J'ai toujours trouvé son histoire pathétique. Une manière de faire de l'argent avec sa vie, non ? Les artistes sont des monstres de stérilité, des parasites, et si elle s'est retrouvée toute seule, cela n'a vraiment rien de surprenant. Une âme trembleuse, sans force, finalement.

Cordélia prétend être une connaisseuse en tremblement d'âme.

Je trouve que vous les médecins, vous devriez vous faire entendre davantage. Question utilité, il n'y a pas photo. Tout le monde pensait qu'elle était la plus brillante. Moins jolie que toi, mais plus brillante, spéciale, destinée à un destin. Le destin, vaste programme. Elle vit de quoi ? Tu sais que mon scénario va être acheté par un producteur ? Oui, cela fait deux ans que ça traîne mais ils y croient tous énormément. Tu connais Perdican ? Il pourrait jouer Bolivar. Ce serait un Bolivar extraordinaire. Je pense à lui depuis le début.

Cordélia a courbé la tête d'un côté, plissé les joues et les yeux, levé une main et fait des gestes avec ses doigts, et pris un air extatique de tenancière de bordel vantant une de ses employées. Un air très reconnaissable et dont elle ignore que je le connais par cœur. Un mélange de vanité, de fausse compétence, d'autorité copiée sur on ne sait qui. Un air de mauvaise comédienne.

On dit dans le milieu qu'elle est très déprimée.

Bolivar ou Perdican ? ai-je riposté pour rire.

Mais non, je te parle d'Anna. Tu sais : on me questionne beaucoup, comme je suis un peu dans ce milieu. J'essaie de l'aider, de la remettre à flot, je considère qu'elle est un peu de ma famille, comme toi, Molly. Tu ne trouves pas qu'elle fait penser à une pauvre caravelle coulée par une flottille ennemie qui aurait été trop cruelle pour elle ? Les gens savent comment faire mal, ils sentent l'odeur du sang et de la malchance. C'est vrai qu'elle n'a plus un sou ? Qu'elle a vendu tout ce qu'elle avait ? Elle n'avait pas grand-chose, non ? En plus elle n'est pas aussi cool que toi avec votre pauvre mère, je pense. Vous êtes tellement adorables, Boris et toi. Il n'y a pas beaucoup de gens de notre génération qui. La psychanalyse, non ? Elle a ? Moi je n'y crois pas du tout, remarque. Les gens sont ce qu'ils sont, et c'est leur force vitale qui fait la différence. Il y a des études qui mesurent l'orbe du rayonnement de chacun. C'est comme les rayons autour des saints. Ils ont inventé un appareil qui le mesure, un genre d'échographie. La pauvre Anna doit avoir un mini-orbe.

Cordélia, ai-je dit, on n'est pas des lapins Duracell. Je suis très contente pour ton film, excuse-moi, je dois travailler un peu.

Elle a ramené ses cheveux rouges en chignon vexé.

Tu n'aimes pas que je parle de ta sœur, tu n'aimes pas que je parle de Boris, tu n'aimes pas que je parle de toi. Je n'ai rien à dire sur les petits garçons. C'est pas facile, le dialogue, dans ces cas-là.

Elle a appelé Tong et Feng.

Venez, les mecs, Coco vous emmène boire un Coca en ville.

Je t'ai cherché partout, tu t'étais recouché et tu lisais une biographie du pédagogue et résistant Janusz Korczak. Je me suis blottie contre toi. Et cætera. Non, pas et cætera, tu protestes : pourquoi n'osé-je jamais les mots de l'amour. Les baisers sur le ventre et les caresses, tes doigts sur mes seins, ta bouche soudain changée en autre chose, un animal, et moi changée aussi, chaude et souple et palpitante, fesses et seins, je n'ose pas parce que c'est ridicule et banal, la chaleur intense des gestes intimes. La magie mille fois dite, l'infini et cætera. Ne dis pas et cætera, tu protestes. C'était bien. Océanique, tendre, consolant, immense, bien. L'amour physique est plus fort que toutes les mauvaises pensées et, de manière provisoire mais réelle, plus fort que le désespoir.

Mais on ne pouvait pas demeurer couchés. Toi oui, moi pas. Chez nous on se couche pour mourir, rester debout est la première dignité.

La journée s'est traînée comme les précédentes. Il a été impossible d'empêcher Cordélia de préparer le dîner. Pour la première fois, j'éprouvais la sensation humiliante de la propriétaire expulsée. Je me sentais poussée hors de ma vie. Les cheveux collés par l'eau salée, je regardais mon bras gauche, mon bras droit et mes mains désormais étrangers. Leurs affreuses taches.

Je te comprenais mieux, Boris. Ou peut-être encore moins qu'avant. Toi, tu ne disais toujours rien. Et je crois que je t'en admirais. Il y a de l'élégance à ne pas cracher sur son passé, à ne rien renier de ce que l'on ne reconnaît pourtant pas.

On est repartis par le même train, Cordélia a trouvé une place dans notre wagon.

C'est mieux, a-t-elle dit. Je ne sais pas comment j'aurais fait pour la valise.

J'ai pris un somnifère sans le dire à personne. Pour faire passer le temps plus vite. J'ai été réveillée par un cri de Tong. On était presque arrivés à Paris. Je rêvais, j'ai cru qu'il avait été piqué par un serpent au venin mortel. J'ai bondi, me demandant comment on rapporterait son corps à Borg.

La valise de Cordélia a disparu, a-t-il dit d'une voix blanche.

Volée.

Ou échangée, a dit Feng.

Cordélia ronflait fort, la tête sur ton épaule. J'ai eu une seconde de satisfaction. À cause des ronflements.

Il faut tirer la sonnette d'alarme, a proposé Feng.

Tu ne disais rien. Pour ne pas réveiller Cordélia ou à cause de l'accablement provoqué par la nouvelle.

Nous sommes allés voir le contrôleur et nous avons dégotté la seule valise sans propriétaire qui cahotait sur son étagère. Une valise sans roulettes, comme celle de Cordélia, mais beaucoup plus petite. C'est un échange, pas un vol, a noté le contrôleur dans son cahier de bord.

Tong a ouvert la valise avec des soupirs de satisfaction de détective. Elle ne contenait que des boîtes de conserve de thon et de sardines.

Faut en ouvrir une, a-t-il suggéré.

Pas question, avons-nous répliqué en chœur, soutenus par le contrôleur, un genre de délégué syndical désabusé.

C'est interdit, a-t-il expliqué. Propriété privée. On n'a pas le droit d'ouvrir un bagage. Il est possible de faire exploser une valise, mais l'ouvrir, certainement pas.

On arrivait à Versailles. Le contrôleur a ramassé ses affaires, il était pressé de rentrer chez lui.

Nous étions seuls avec notre problème. Et pressés de rentrer chez nous. C'est un sentiment banal. L'appel de l'écurie, je crois. Une urgence vous prend d'être à la maison, de sentir l'odeur de renfermé de la maison, d'ouvrir les fenêtres et le courrier, de désengourdir l'air. On voit certaines personnes qui, des dizaines de kilomètres avant la gare d'arrivée, rangent leurs affaires, remettent leur veste, sortent le ticket du métro qui les ramènera chez elles.

On voit des gens qui tiennent la clé de leur porte d'entrée dans le creux de leur main. Et cela fait un peu de peine, on pense à des prisonniers revenant volontairement dans leur cellule. À des zombies rentrant dans leur caveau.

Réveillez Cordélia, les gars, j'ai ordonné. Dites-lui qu'elle a gagné cent boîtes de thon au naturel et énormément de sardines piquantes. J'appelle votre père, c'est à lui de s'occuper de tout ça.

Cordélia était toute fripée et ébouriffée par sa sieste ferroviaire. Elle ne réagissait pas encore. Je me suis dit pourvu qu'elle ne comprenne pas ce qui lui arrive avant la gare.

Tong et Feng entouraient leur grand-mère avec une tendresse adorable et agaçante. T'inquiète pas, Coco, on va le trouver, le trafiquant. Et si ça se trouve, tu es riche maintenant.

Tong rêvait d'ouvrir une boîte.

Tu feras ça avec ton père, j'ai répété.

Tu ne disais rien.

On a filé dès l'arrêt du train : Borg était là, tout joyeux de voir ses fils, hop, il a pris stoïquement les sardines, sa mère et l'affaire en main.

Tu vois, dit Molly pour conclure, notre génération n'est pas très différente des autres. Les années nous fissurent et nous ramènent à nous-mêmes. Tu portes la charge de Cordélia, de Borg et des deux petits zigotos. J'ai Anna et Mélini, compte-t-elle sur ses doigts. Et nos souvenirs troués de secrets. Un très petit monde pour nous qui voulions que tout le monde se donne la main.

Et elle se tait.

Anna et Mélini, Boris ne veut plus en entendre parler.

Il faudrait qu'Anna s'en aille, elle ne peut pas rester chez toi, dit-il. Elle n'a pas à être là. Elle me chasse de chez nous, elle me sépare de toi, elle nous attire vers le fond. C'est elle ou moi.

Alors c'est elle, a dit Molly très triste. Il va falloir que tu trouves un endroit où aller.

7

L'occupation de la rue Vauquelin

Le 15 octobre quand a retenti le gong de la fin des expulsions, Boris a emménagé rue Vauquelin.

On a occupé une maison vide, dit-il. Seize familles y sont logées. Seize familles africaines. Seize femmes, sept hommes, une trentaine d'enfants. C'est une vraie maison, elle est très jolie, elle se trouve en face de la bibliothèque Sigmund-Freud.

Avec d'autres camarades, Boris a installé des lits de camp et des tables, des armoires. Une armoire par chambre et par famille. Ils ont fabriqué des lampes avec des bouteilles récupérées, des ampoules volées, du fil trouvé dans des poubelles derrière un hypermarché, des commutateurs neufs ; ils ont fabriqué des tables de nuit avec des cagettes de raisin et de pommes qui sentaient encore bon le fruit, ils les ont recouvertes de tissus de coton et de petits tressages. Ils ont branché une dérivation pour l'électricité et récupéré deux frigos géants. Les enfants ont rapporté des guirlandes qui les décorent. Ils ont mis des photos et des dessins sur tous les murs. Au milieu des sacs Tati déchirés, des gazinières récupérées, des fils en plastique pour accrocher après lavage des salopettes et des parkas, des caleçons de couleur, des couvertures à carreaux, des couettes légèrement puantes, ils ont suspendu des saris et des morceaux de toile de jute en guise de paravents, des pans de velours en guise de rideaux, ont posé des pans de raphia en guise de nappes sur les cartons. Les tissus sont le début de toute civilisation.

Il est resté cent jours.

Les enfants n'étaient pas sauvages, au contraire. Les mères étaient vaillantes, pleines d'idées et d'humour. Ils sont devenus amis.

Et puis ça a mal tourné.

8

Anna et Molly vont à un meeting

Anna a quinze ans, elle est assise dans un coin sombre du café que l'on nomme le Mahieu, un nom qui lui fait penser à un condisciple de Jean-Paul Sartre. Maheu, ce devait être son nom. Tout ici lui fait penser à jeansolpartre, comme dit Boris Vian qui a écrit : « La vie c'est comme une dent, D'abord on y a pas pensé, On s'est contenté de mâcher, Et puis ça se gâte soudain, Ça vous fait mal, et on y tient. » À la fin du poème, on arrache la dent, on meurt.

Les banquettes sont rouges, les garçons de café sont vêtus de noir et blanc, pingouins à l'ancienne, et le café crème mousseux ressemble à un gouffre, à un volcan dans lequel elle croit pouvoir s'engloutir. Elle devrait être rentrée à la maison pour le dîner. Là-bas sa chaise est vide et son assiette. Ne pas se contenter de mâcher, parce que ça se gâte soudain, ça vous fait mal et on y tient, alors Anna ne mange rien.

Mélini et Bob, ses parents l'attendent. Quelle chance d'avoir fui. Elle regarde son bras poilu et maigre, sa main qui tient une petite cuiller en aluminium. Elle lit des poèmes de Paul Éluard en buvant un grand crème, c'est ainsi que tout commence. En évidences poétiques pour échapper à la mort. Si je deviens communiste, je ne mourrai jamais. Elle lit l'amour la poésie. Les poèmes qu'a écrits Paul Éluard disent la lutte, l'amour, le tous ensemble. Elle ne sait pas qu'il se nommait en vérité

Eugène Grindel. Peu de personnes le savent. Elle lit les poèmes de Paul Éluard comme on se désaltère. Pour ne plus être seule. Elle déclame à voix basse :

Entre tous mes tourments entre la mort et moi
Entre mon désespoir et la raison de vivre
Il y a l'injustice et ce malheur des hommes
Que je ne peux admettre ; il y a ma colère

Il y a les maquis couleur de sang d'Espagne
Il y a les maquis couleur du ciel de Grèce
Le pain le sang le ciel et le droit à l'espoir

Anna c'est moi, écrit Anna dans son cahier rouge, et la bouche pleine de mots. Le pain, le sang, le droit à l'espoir sont les piliers de ma rêverie. Je suis Anna, la bouche pleine de sang. Je ne veux pas mourir. Je cherche une issue de secours, le tunnel de la vie va trop vite et m'effraie. J'attends Molly. Nous allons à un meeting.

Molly entre. En vérité, elle n'entre pas, elle est devant la porte à tambour, elle fait des signes.

Anna se lève. Anna et Molly, Molly et Anna, ensemble, à la conquête du monde. Et ce qui les exalte plus que tout, c'est ce sentiment de liberté qu'elles ressentent en marchant l'une à côté de l'autre, sans se tenir la main, vers quelque chose de très vague, leur avenir. Elles descendent le boulevard Saint-Michel, elles passent devant la Sorbonne, le jour baisse, le fond de l'air est doux, les feuilles des platanes vibrent, une lumière rose teinte les murs de l'abbaye de Cluny. Elles s'arrêtent quelques instants devant l'immuable vitrine d'un magasin d'art qui s'appelle le Parthénon. La vitrine est remplie de statuettes d'argent qui représentent des Athéna de toute taille. Athéna, déesse de la guerre et de la sagesse, protectrice des héros et des artisans, divinité préférée de Mélini. Dans la vitrine, il y a aussi des colliers à motifs géométriques, des broches, de petites chouettes en céramique aux yeux comme des roues de charrue. Passons notre chemin, elles longent la statue de Michel de Montaigne, continuent par la rue des Écoles, se retrouvent rue Monge, un trajet fait déjà mille fois, étonnons-nous qu'on n'y puisse déceler l'empreinte de nos pas. Aux abords du Palais de la Mutualité, et dès les zones vertes du Collège de France, l'air a changé de nature. Il s'est chargé d'ondes mystérieuses, d'ondes de barricades, de promesses et de menaces. Ce sont celles que sécrètent les manifestations, les rassemblements. Les gens qui descendent ensemble dans les rues, leurs bouches ouvertes dans la même direction.

Dans les rues adjacentes sont rangées des dizaines de cars de CRS. Rue d'Arras, les hommes aux allures de Martiens sont tassés en cohorte les uns contre les autres. La rue Monge est barrée, et celle des Bernardins remplie de gendarmes mobiles. Devant l'église Saint-Nicolas, au coin de la rue Saint-Victor – que de saints pour surveiller la mêlée –, des carrés de casques. C'est la quincaillerie sombre et inquiétante de la violence policière. Le bruit de métal des casques, des jambières, des coudières, des boucliers, des matraques, ce bruit tenace fait frémir ceux qui passent.

Les portes sont ouvertes et l'on entend des chants à l'intérieur de la Mutualité. Anna et Molly y entrent furtivement, elles craignent qu'on ne leur demande ce qui les amène là. Et elles ne sauraient quoi dire. Elles craignent qu'on n'alerte leurs parents. Elles sont venues comme attirées par un aimant, comme les enfants qui suivirent le joueur de flûte d'Hamelin.

Le service d'ordre est composé de garçons de leur âge, alignés le long des murs et des portes, un ruban rouge au bras, en blouson de cuir, tous. Ils ont l'air fiers de ce qu'ils font, ils ont le regard perdu dans le vide du mur d'en face, mâchoires serrées, ils pèsent de tout leur poids sur leurs rangers. Ils sont de toutes tailles, et le contraste entre les petits maigres et les immenses armoires à glace, les petits gros, les grands maigres balafrés et les jeunes gens bien sous tous rapports est d'un comique saisissant. Ils me font penser à une ribambelle en papier, écrit Anna. Comme nous aimions les réussir, ces ribambelles, les déplier triomphalement, et puis souvent, pouf, elles tombaient en miettes, à cause d'un coup de ciseaux du mauvais côté.

Leur père a enseigné à Molly et Anna qu'on ne dévisage pas les hommes. Un enseignement silencieux mais indélébile. Il est même préférable qu'elles fassent comme si elles ne les voyaient pas du tout.

La tribune est décorée de drapeaux rouges, de tissus rouges, le fond de l'air est rouge. Les affiches sont noires et blanches. On y voit les visages de nos héros, les silhouettes de nos martyrs, écrit Anna. Et tout cela qui devrait être violent et effrayant est merveilleux et ensoleillé. Et doux à vivre comme l'est une promenade dans les prés. Karl Marx, Léon Trotsky, Ernesto Che Guevara, Frantz Fanon, Hô Chi Minh, des barbes, des barbiches, des yeux perçants qui nous scrutent, un peu de côté pour la plupart. Un cercle de famille. Aïeuls, pères et oncles. Pas de femmes, mais personne pour le remarquer.

Un homme parle.

C'est la première fois, note Anna dans son cahier rouge, que nous écoutons un discours politique, que nos regards sont captivés par une tribune, cinq hommes assis devant des micros et des verres d'eau, convaincus que leurs phrases peuvent changer le monde. Des phrases comme une houle. Camarades, il ne sera pas dit. Camarades, nous ne permettrons pas. Camarades, écoutez la voix des sans-voix, des sans-terre, des sans-joie. Camarades, nous sommes ici par bonheur rassemblés, notre force est immense, et nous allons gagner.

Compagni, compañeros, compañeras, amis, frères, ils ne disent jamais sœurs, sœurs est un mot pourri.

Camarades, partout l'injustice et partout la colère. Partout la violence d'armées régulières et illégitimes, et partout des hommes, des femmes et des enfants qui tiennent tête aux oppresseurs. Campesinos. Obreros. Mineurs de tous les pays. Paysans sans terre.

À la ribambelle de ceux et celles qui se lèvent et disent non à la misère et à l'oppression, à l'injustice, à la fatalité, fait écho la ribambelle des garçons plaqués aux murs. Camarades, debout ! Ils se lèvent et se tiennent par la main. Une farandole. Ils se lèvent, ils lèvent la tête et le poing, et nous chantons. Et certains ont les larmes aux yeux.

Nous nous asseyons sur des strapontins au fond de la salle, des strapontins en Skaï rouge, note encore Anna. C'est notre premier meeting. Ce n'est pas le Grand Métingue du Métropolitain que nous chantait Mélini quand elle était d'excellente humeur, c'est un assez petit meeting à la Mutualité pour soutenir les luttes des camarades du monde entier. Un meeting d'avril pour saluer le printemps des peuples, exalter notre optimisme. Camarades, debout, nous ne sommes rien, soyons tout. Et nous sommes fières d'en être. Comme un seul corps.

9

55 fauteuils manquants

Je suis retournée rue Saint-Victor comme un fantôme, écrit Anna dans son cahier bleu. Je voulais respirer la poussière des années enfuies et m'asseoir un instant dans un fauteuil défoncé, regarder la scène, les planches, le rideau, ma Mutualité. Je me suis perdue rue des Écoles, il faisait un froid atroce. Mon châle laissait passer le grésil, les magasins étaient fermés. Mes oreilles rouges à crier. Mon nez prêt à tomber. J'ai trouvé enfin l'église Saint-Nicolas-du-Chardonnet. J'ai vu qu'il y entrait des hommes à la nuque rouge et des prêtres de combat. À quelques mètres de là, j'ai reconnu les marches de pierre du Palais de la Mutualité. Je les ai gravies sans prendre garde à d'infimes détails qui auraient dû m'inquiéter. Je me suis arrêtée pour m'orienter. Les grilles de la grande salle étaient fermées. Une voix m'a hélée.

C'est privé, madame. Vous n'avez pas le droit d'entrer.

Il est donc possible qu'on n'ait pas le droit d'entrer dans un lieu où s'est décidée votre vie. Je peux entrer dans l'église du Chardonnet remplie de momies intégristes, je ne peux pas tenter de remettre les pieds dans mes pas d'antan à la Mutualité.

Je veux juste, dis-je.

Privé de quoi, pensé-je.

C'est privé, je vous demande de sortir.

La jeune femme porte une robe de cocktail et des

talons très hauts. Elle est ornée de faux cils. Au bout de ses mains, de faux ongles.

Vous n'avez rien à faire ici, ce sont des salons privés.

Un rachat magnifique, deux ans de travaux pour redonner sa splendeur à ce joyau historique où Charlie Chaplin a enregistré la musique de certains de ses films, où l'on a entendu Jacques Brel pour la dernière fois, où Léo Ferré, où Édith Piaf qui aimait Marcel Cerdan. Le bâtiment compte désormais, outre l'auditorium de 1 732 places assises (escamotables), trois salons au premier étage et neuf salles de réunion au second, qui donnent sur un jardin suspendu et un bar.

GL Events qui s'est approprié les lieux dispose d'un bail de trente-cinq ans. GL Events, quel drôle de nom qui n'en est pas un. Un nom qui me fait penser à l'affreux J. R. Ewing. GL Events est une pieuvre déployant ses tentacules d'événements. Qu'est-ce qu'un événement ? Quelque chose qui arrive. GL Events gère des événements qu'il définit ainsi : un concept, un lieu, un message. Attardons-nous sur ces mots : concept, lieu, message. Ils définissent chacun à sa manière quelque chose qui n'arrive pas. Justement. GL Events crée ce qui n'arrive pas. Il y a eu des événements, cela n'arrivera plus. Le nouveau directeur de la Mutualité déclare vouloir y accueillir aussi bien des soirées événementielles, des lancements de produits que des défilés de mode.

Voleurs, pensé-je. Menteurs.

Avant, il y avait 1 789 sièges rouges dans la grande salle. 1 789 fauteuils et strapontins cabossés. Personne ne vous a donc expliqué pourquoi il y en avait 1 789 ?

Comme il est étrange, me dis-je, de se prévaloir de l'histoire – un lieu d'histoire, un lieu où la légende, un lieu où tant de choses magnifiques naquirent, vécurent et moururent, je m'en étouffe –, comme il est étrange de convoquer les événements pour les fouler aux pieds, pour

les asphyxier sous les euphémismes et les moquettes. La geste politique enfouie comme des moutons de poussière sous les mots du marketing, collants comme une crème.
Où sont les 55 fauteuils manquants ?

Nous nous regardons la femme et moi et nous nous haïssons. Nous nous hérissons comme des chats en colère.
Le faux art déco est vraiment le comble de la vulgarité, lui dis-je, et les événements festifs sont la lèpre de notre monde.
Malheureusement, elle ne comprend pas.
Contactez notre direction, répète-t-elle.
Avec joie. Je veux les voir. Immédiatement. Où sont-ils ?
Malheureusement, ils sont en réunion.
Et je lis dans son regard que jamais elle ne me fera entrer, que jamais je ne pourrai rencontrer un des petits cadres de son entreprise de rats, j'ai oublié de mettre un manteau, un chapeau et des bottes, n'importe quelles bottes auraient fait l'affaire, il en faut assez peu pour se rendre conforme aux codes en vigueur, mais j'ai oublié le plus important, un sac à main de dame et une once de fond de teint, petits signes d'allégeance qui auraient servi ma cause d'espionne. Montrer patte blanche, patte farinée.
Bien sûr, dis-je en souriant. En réunion.
Et je sors dans la rue, les poings serrés et les larmes aux yeux.

Anna referme son cahier.

10

Boris quitte la rue Vauquelin

Le soir, Boris s'assoit au bas de l'escalier en bois clair, comme il le faisait sur les marches de l'escalier de sa maison bretonne.

Être assis sur les marches d'un escalier est une façon de regarder le monde. Il caresse des yeux son orbe si charmant. Il caresse des yeux les marches esquintées, les trous faits par des cigarettes, les encoches des jours. Les escaliers intérieurs des maisons ont une magie familière et solennelle. On redevient enfant rien qu'à les regarder. On se voit sautillant sur les marches, lisant, les bras serrés autour des genoux sur la marche préférée, espionnant une fourmi qui l'escalade – pour elle un Annapurna – ou encore glissant sur la rampe. Faire dévaler des jouets, imaginer une porte secrète, un panneau qui tourne, l'entrée d'un souterrain. Les escaliers intérieurs des maisons font penser aux toboggans. Ils sont une source de jeux inépuisable.

Boris contemple l'étang et les herbes qui flottent, de la glace y est accrochée. Les vitres sont si sales qu'on les dirait d'un verre inégal et épais, comme des lunettes d'autrefois. Il se reproche de n'avoir pas fait les carreaux. En deux mois, jamais il n'y a touché. Comment expliquer ce manquement étrange ?

Au début, l'occupation de la maison a ressemblé à une fête permanente. Boris retrouvait des sensations enfouies. L'impression d'emmagasiner plus d'oxygène quand il respirait, et une envie de serrer tout le monde dans ses bras. Une légèreté imprévue. Il se sentait rajeunir, d'heure en heure, à chaque course dans l'escalier avec Amine, Camara, Ismaël, Laïssa, Nouhou et Scholastique, Wenish, Sylvanus, Mohamed, Opportune ou Mariama.

Toujours Boris a aimé jouer. Jouer fait oublier le monde, et la peur et la mort. Il a vite appris ses jeux préférés aux enfants. Des jeux de force et d'adresse, des jeux où l'on se faufile et où l'on s'affronte. Le plus fort n'est pas celui qu'on croit. Vois-tu, disait Boris à Sylvanus, dans poule renard vipère, la poule mange la vipère qui tue le renard qui bouffe la poule. On ne sait rien d'avance. Ils jouaient à 1, 2, 3 soleil, aux pinces à linge, à la balle au prisonnier, au béret, une main dans le dos, et à mère veux-tu, en hurlant parce que tout le monde trichait. Il y avait aussi la thèque, l'ours, Sagamore ou la bombe. Ce sont des jeux métaphoriques, qui parlent de destin, d'héroïsme, de baraka, de lutte collective, de ruse aussi. Des jeux de plage d'autrefois qui étaient devenus le pain quotidien de Vauquelin, comme s'est appelée la maison occupée.

Ils avaient ficelé dans les arbres des enceintes de récupération qui diffusaient toutes sortes de musiques. Et une plancha devant l'étang pour faire des viandes grillées et des légumes glanés au marché chinois, au marché de Vitry, au marché d'Aligre. Deux marmites bouillonnaient toute la journée, d'où montaient des odeurs inconnues de Boris. Des fumées enveloppantes, des parfums épicés.

Les femmes, en vaquant, le regardaient avec perplexité, mais ça les amusait de le voir bondir comme un cabri un peu bedonnant. Elles se moquaient de ses vêtements en bataille, troués aux manches, mangés aux mites, boutons manquants, et de sa calvitie de moine. Dans ses yeux bleus elles voyaient une joie qui les étonnait et les émouvait. Un homme bon.

Seul l'instant est vérité.

L'automne avait été magnifique. Le soleil baignait le patio, le linge séchait en claquant doucement.

Boris avait voulu cette maison comme un démenti aux tristes clichés qui courent sur la crasse des squats, la laideur organique de la grande pauvreté. Les litres de produit à vitres et les kilos de chiffons, il les a apportés avec lui, comme la cire pour les parquets effondrés, mais les femmes qui aimaient le regarder jouer avec les enfants lui ont dit en riant, Tu es un peu fou, toi. Il s'est senti ridicule, et les militants de l'association l'ont entraîné dans des réunions interminables de gestion de la lutte contre le propriétaire, la ville, les huissiers, les cars de gendarmes mobiles désormais postés au bout de la rue.

C'est une lutte, pas des vacances à la ferme, lui a dit un camarade agacé par ses manières de vieux baba. Les familles n'ont pas l'intention de vivre ici définitivement, on ne s'attache pas, c'est juste un moyen de chantage, une base rouge, un enjeu. On s'en fiche que ce soit beau, on s'en moque que ce soit propre. Maniaquerie petite-bourgeoise, phobie de nanti terrorisé par l'autre. Pauvre type, va. Ce que veulent les camarades africaines, c'est un appartement correct pour chacune, pas loin de l'école et pas trop inaccessible, parce qu'elles travaillent – quand elles trouvent un travail – aux petites heures du jour et qu'il faut pouvoir rejoindre les immeubles de bureaux, les administrations, les usines où elles passent la serpillière et d'énormes aspirateurs qui pèsent cent tonnes.

Cela n'empêche pas la beauté, a songé Boris, mais sa paresse naturelle et son désespoir aussi ont eu le dessus. Paresse, désespoir et poussière, vieux alliés de toujours. Il a baissé la tête et regardé le sol encore astiqué, plus pour longtemps. Vieux baba. Il a pensé qu'un autre aurait frappé, il a pensé qu'il ne savait plus s'il savait le faire, jeter un poing en avant, jusqu'à atteindre le visage du garçon. Il a pensé aussi qu'une bagarre ficherait tout en l'air.

Il a préféré mettre en route une petite école, il s'est chargé des cours de français, d'histoire, de géographie et d'anglais. Il a préféré organiser l'alphabétisation des femmes, vers cinq heures de l'après-midi, et apprivoiser celles qui dissimulaient la gêne de ne pas savoir écrire. Les rassurer. Leur apprendre. La joie de quelqu'un qui déchiffre soudain l'univers imprimé est une des choses les plus belles du monde. Quand Mathilda, qui a presque quarante ans, a pu lire enfin une page du manuel, il a eu honte des larmes de fierté qui lui venaient. Mathilda l'a serré dans ses bras et elle a rigolé. Il a eu le sentiment qu'elle savait sur lui des choses qu'il ignorait. Il a eu envie de lui confier sa vie.

Aux enfants il racontait des histoires.

Les garçons aimaient celle d'Epaminondas, le petit garçon qui ne faisait jamais rien comme il faut. Et celle d'Helen Keller, la petite fille aveugle sourde et muette qui apprit à lire et à écrire grâce à une femme qui l'avait prise en affection. Ils adoraient les colères d'Helen Keller, ses rages qui la prennent devant les difficultés. Ils adoraient la bonne volonté d'Epaminondas qui met du beurre sur sa tête pour traverser la rivière un jour de grand soleil.

Le ménage, Boris n'avait jamais appris. Ce n'était pas maintenant qu'il allait s'y mettre. La maison a perdu progressivement de son éclat, de sa drôlerie des premiers jours. Mais les histoires faisaient un rempart contre la réalité.

Puis le froid a commencé à attaquer. Les draps et les boubous, les châles, les jeans et les cotonnades ont cessé de claquer dans le vent. Les planchas ont disparu. Un matin il n'y avait plus rien. Les enceintes ont été cassées tout de suite. C'était aussi de sa faute. Il avait mis du temps à comprendre qu'il était seul à rêver d'une maison douce, d'un palais rose, d'un défi aux règles de la pesanteur. Peut-être que s'il avait donné l'exemple, peut-être que s'il avait pris la peine de fixer des règles de vie comme on ne peut éviter de le faire quand on est cinquante dans une maison de ville de deux étages assez délabrée, peut-être que s'il avait eu vingt-cinq ans de moins, peut-être que si Marek avait été là, ç'aurait été possible, mais les choses se sont assez vite déglinguées.

La nuit, allongé près de l'étang, en regardant le ciel vide, Boris, comme d'habitude, se faisait le procès de son inaptitude à l'autorité.

Au bout de quinze jours, il y a eu des papiers qui voletaient par terre. Des feuilles de journaux, des emballages. Au bout de trois semaines des assiettes pas lavées traînaient avec des restes de nourriture. Au bout de six semaines, la maison était devenue laide et des mégots jonchaient les escaliers où plus personne ne jouait.

La tension montait aussi.

Plusieurs femmes l'avaient pris en grippe parce qu'il s'occupait trop des enfants. C'est quoi ce vieux bonhomme trop gentil, mal rasé, trop souriant, qui pourrait être ailleurs, dans un costume correct, et qui reste là, c'est quoi, ses raisons ?

Les militants autoritaires étaient acceptés sans problème : ils ne cherchaient pas du tout à être acceptés, justement. Ils avaient l'habitude, ils venaient au squat comme on va au bureau, branchaient leurs ordis, faisaient le boulot, enregistrer les signatures des pétitions, préparer la prochaine marche, faire les papiers pour les demandes de HLM, remplir les contrats de travail à la journée. Organiser les visites médicales.

Et franchement, comment comprendre un Français qui veut qu'on l'aime, il n'a donc rien d'autre à faire sur cette terre ? Où ils sont tes femmes, tes enfants ? Bizarre, non ?

Les femmes et les militants qui ne l'aimaient pas ont vite trouvé le point sensible de Boris, son mutisme. Un Blanc qui est là à jouer sur l'étang avec des bouteilles en plastique, un Blanc qui passe ses jours accroupi à apprivoiser des chatons, vous devriez vous en méfier, disaient les femmes qui ne l'aimaient pas.

Un dérangé sexuel. Ou même pire.

Boris a senti se lever cette hostilité en même temps que montaient les périls extérieurs, la parenthèse enchantée avait été brève. Il ne parvenait pas à nommer ce malaise, qu'il reconnaissait pourtant si bien. Celui qui l'avait accompagné toute sa vie.

Tu vas nouer tes jours aux jours d'un enfant muet, d'un enfant sourd, d'un enfant jamais grandi, avait-il dit à Molly quand elle l'avait sauvé, la première fois, quand elle l'avait recueilli comme un gros chat pelé, quand elle lui avait appris à avoir confiance, un peu, en elle.

Elle avait juste dit : Je serai toujours là pour toi.

Viva n'avait pas même l'idée de telles sottises. Comme tu as l'air sinistre, mon fils, disait-elle. Ça, on peut dire que tu n'es pas un battant, et Boris imaginait une porte qui bat, que Viva lui claquait au nez. Il éprouvait si fort qu'elle fût déçue et vexée. Ça vient sûrement de ton père, disait Viva innocemment, ton père, l'époque l'a cassé, voilà tout. Les enfants cachés, tout ça, ils ont bien réussi leur coup, les Schleus. Ton père, j'ai cru le tirer de là, mais on ne pouvait rien pour lui. Pauvre bonhomme. Seuls les plus forts s'en sortent, tchto delat ! Tout le monde n'est pas cheval de course, ni bête à concours.

Boris Yankel a grandi enfermé dans un livre. Le livre des poètes du ghetto de Czernowitz. Il ne connaît pas les mots du monde qui l'entoure, mais il connaît le cœur d'une poète nommée Rose Ausländer comme si c'était le sien, et quand il court dans la lande, ce sont les vers d'Avrom Sutzkever qui lui viennent aux lèvres.

Le monde grouille d'hommes
et ne sait ce qu'est l'homme
mais la larme unique
qui dit la mort fait pencher
le fléau de la balance.

Alors il a recouru à ses armes habituelles. Il a rebaptisé les enfants, il leur a raconté des histoires.

Boris est muet devant les adultes, d'une manière générale il ne sait pas quoi dire en société. Il aime parler aux enfants. Boris aime tous les enfants. Leur sourire. Leur faire sentir combien ils sont importants. Combien ils sont plus importants que les adultes ne le pensent. Boris aime leur faire comprendre qu'il les comprend. Il les jette en l'air pour les faire rire. Il voudrait pouvoir leur greffer dans l'âme la certitude d'avoir été vus. Vus par lui comme une réparation. Comme s'il avait été envoyé sur la terre pour réparer cette meurtrissure des enfants qui n'ont pas été regardés. Les comprend-il vraiment, ce n'est pas sûr, nous nous demandons ce que cela signifierait : comprendre tous les enfants.

Il se passe entre lui et chaque enfant rencontré quelque chose de particulier, d'unique. Il agit ainsi sans s'interroger jamais sur ses raisons. Tu aimes tous les enfants sauf le tien, aimait à dire Borg. Et c'est dommage pour moi, parce que c'est justement moi. Et Boris trouvait cela injuste. Il fondait en larmes. Il ne savait pas combien cela était vrai.

Les enfants d'abord. C'est la noblesse unique, disait Boris, citant Victor Hugo, dès que Borg avait tourné les talons. Les enfants comptent plus que tout.

Avec Borg qui ne dormait pas la nuit, il jouait à empiler des cubes. Regarde, c'est Babel. La tour de Babel. Vlan, on fout tout par terre, les humains ne se comprendront plus jamais, les langues volent en éclats. S'il y a eu ensuite une fêlure, la cause en est obscure.

Il observait Sylvanus et Mohamed, si petits avec leur capuche rabattue sur le museau, et il pensait qu'ils étaient la poésie même, si ressemblants à une photo noir et blanc (c'est une chose de nos vies, regarder le monde à travers des images déjà vues mille fois) ; ainsi ces deux garçons à capuche se superposaient-ils aux deux autres, enfants des années cinquante cahin-caha sur une route, et Boris tremblait d'émotion, de tendresse devant les deux petites silhouettes, en devinant leur bravoure.

Souviens-toi de toutes les fois où tu t'es trompé sur des enfants, lui aurait dit doucement Molly si elle avait été là. Il aurait voulu qu'elle soit là.

Il a donné aux enfants de Vauquelin les noms de ses poètes préférés de Bucovine. Les poètes du ghetto rachetaient, avec leurs mots si précis, l'injustice qui frappait les enfants en exil de Vauquelin et leurs mères. Une maison de deux étages occupée par cinquante êtres humains avait quelques traits communs avec un ghetto d'Europe centrale, et pour Boris, c'en était même la réinvention. Il a donné aux enfants les noms suivants : Rose Ausländer, Ilana Shmueli, Immanuel Weissglas, Heinz Kehlmann, Selma Eisinger, Klara Blum.

Il leur a enseigné des poèmes de Rose Ausländer :

Nous sommes devenus des épines dans les yeux des autres, énonçait-il.

Allez, Ilana, approche-toi, Selma, viens, Klara, et

vous, Rose et Immanuel, sortez d
pieds dépassent, répétez après m

Et les enfants répétaient en r

Nous sommes devenus des
autres.

Ils comprenaient parfaitement le s
était devenu un Opinel pour dépiauter la
couteau à mille lames pour ouvrir, effiler, râper, cr
sculpter la réalité.

Boris ne se sentait bien qu'aux côtés des enfants. Il se réfugiait auprès d'eux. Eux, ils poussaient de petits glapissements heureux en répétant le poème des épines, en inventant des gestes crochus pour dessiner dans l'espace glacé des tiges de fleurs griffues.

Il ouvre le cahier où il notait les tâches à accomplir, les tours de garde, les noms de gens, des objets inconnus, des nourritures. Il retrouve une phrase de David Grossman qui lui semble éclairer quelque chose de son étrange comportement. « Plus d'une fois j'ai eu l'impression qu'en trouvant le mot juste je réparais quelque chose d'infime. Je ménageais pour moi-même et pour ceux qui liraient ce livre une maison dans un monde devenu presque entièrement exil. » C'est cela, se dit Boris. Je ne sais pas trouver le mot juste, mais un nom juste pour un enfant lésé, cela devrait être possible. Et une maison juste paraît à portée de main. Un abri comme un témoignage. Une utopie concrète, simple comme une pomme. (Il pense à une pomme à cause de Newton, à cause aussi de ce Nicolas Vauquelin auquel il s'est intéressé et qu'il a décrit aux enfants : un bon type, un bonhomme intéressant, un fils de pauvres passionné par tout ce qui peut s'apprendre, un pharmacien acharné à découvrir de nouveaux éléments. Chrome, nicotine et pectine. Un bonhomme très gentil qui vivait en 1800. Un magicien, a demandé Sylvanus. Oui.)

ever et raconter des histoires, cela n'aura pas ible très longtemps.

n jour, il s'est rendu compte qu'il avait raconté utes les histoires qu'il savait à la petite Rose-bis, à lana, à Selma, à Isak. Il leur a proposé de faire des sculptures avec la glaise qu'il a trouvée sur un chantier. De la bonne glaise, ni trop sèche ni trop collante. À sa grande surprise, les enfants ont été enthousiastes. Rose Ausländer, qui s'appelle Laïssa Kori de son premier nom, a parlé pour la première fois.

Je vais sculpter des princesses dans leurs robes de bal, a-t-elle dit. Plus tard, vois-tu, j'organiserai des défilés de mode, une fashion week dans le pays de maman, à la Sierra Leone. Les rédactrices en chef de *Vanity Fair*, de *Dépêche Mode* et de *Vogue* seront là. Il y aura tous les couturiers du monde et ils admireront les robes que maman invente pour m'endormir. Les capes, les châles, les boubous. Et les top models viendront. Le monde nous regardera. On ne parlera plus des machettes, des bras et des jambes qu'on trouve sur les routes, chez nous. On ne nous considérera plus comme des gibiers. On ne dira plus que nous venons d'un pays de fous ni que nous sommes des victimes. On parlera des cols de reine que j'ai appris à découper dans le papier.

Boris était stupéfait.

Il a serré Rose dans ses bras, il lui a dit qu'il viendrait et qu'il serait fier.

Je ne sais pas si je t'inviterai, a-t-elle répondu, ou alors il faudra que tu te rases bien et que tu t'achètes des habits, et aussi que tu ailles chez le coiffeur.

En attendant, ils ont tous plongé leurs mains et leurs bras dans la glaise un peu froide.

Boris s'est souvenu d'une phrase d'Alberto Giacometti, qui correspondait exactement à ce qu'il avait ressenti en écoutant les paroles de Laïssa Kori dite

Rose Ausländer : « Je fais de la sculpture pour mordre sur la réalité, pour me défendre, pour mieux attaquer, pour me nourrir, pour grossir. Grossir pour mieux me défendre, pour mieux avancer dans toutes les directions, pour me défendre contre la faim, le froid, être le plus libre possible pour tâcher de mieux voir, de mieux comprendre. »

Contrairement à son habitude, il n'a pas dit la phrase de Giacometti aux enfants, il n'en a pas eu le temps. Il aurait fallu expliquer qui était ce type, leur montrer des statues et des dessins d'Alberto. Boris est paresseux. Quelque chose se casse dans ses élans. Il porte en lui un renoncement qui est sa fêlure. À quoi bon, a-t-il pensé, ils n'en feront rien et, un jour, ils seront morts, eux aussi.

Nous trouvons cela dommage. Ç'aurait été un joli moment, assis autour de l'étang recouvert de feuilles brunes, assis sur la margelle, ils auraient écouté, et certains n'auraient jamais oublié. « Je fais de la sculpture pour me défendre, pour mieux attaquer, pour être libre. »

Mais les voici entourés par six ou sept mères furieuses et un garçon de l'association logement qui déteste Boris sans qu'il comprenne trop pourquoi.

Tu es un fou, toi, a lancé une des mères. Les enfants, je ne veux plus qu'ils te parlent. Jean-Claude nous a dit que tu les as baptisés dans une religion qui n'est pas de chez nous. Tu as osé leur donner des noms, pour qui te prends-tu ? Un marabout ? Un sorcier ? Un chef de village ? Un responsable ? Retire les noms, retire-les tout de suite. Jean-Claude a dit que tu caresses les cheveux des enfants et que tu leur coupes des mèches et des boucles quand on a le dos tourné. Rends-les-moi. Les cheveux et les ongles, pour un étranger, c'est interdit d'y toucher. Jean-Claude a dit que tu leur racontes des histoires d'enfants brûlés. Sous prétexte de les faire travailler dans ta petite école, tu leur dis des choses affreuses sur les Africains. Comment tu as osé leur parler des machettes, tu as vu les machettes, tu veux les voir ? Si on te coupe le bras dans ton sommeil, ne t'étonne pas, tu l'auras bien cherché. Tu as dit à Laïssa qu'elle pouvait très bien ne jamais se marier, mais tu es un fou, tu as des droits sur elle ? Tu te crois son oncle ? Tu n'as rien à nous apprendre, rien. Tu as un démon en toi.

Elle criait maintenant, elle a arraché Rose à la terre glaise, elle a plongé ses mains sales dans l'étang, les a secouées, a secoué la petite fille, elle l'a tirée par le bras, les autres mères ont attrapé les enfants et leur ont tapé les mains pour en faire tomber la glaise, Jean-Claude a surgi et piétiné la statue qu'avait modelée Rose, cette reine sortie de la terre qui se dressait pour défendre la fillette, cette statue qui aurait pu devenir l'emblème de sa liberté à venir.

Cela a eu lieu en novembre.

C'était un avertissement. La glaise a été utilisée pour faire de la maçonnerie. Les enfants n'avaient plus le droit de parler à Boris. Certains le faisaient pourtant et l'entouraient, et quelques mères les y encourageaient.

Quelques semaines ont encore passé.

Boris a envisagé de quitter le squat, mais il ne le pouvait pas. Ç'aurait été une désertion. D'autant que la police avait resserré son cordon, la nourriture et les autres biens de consommation étaient contrôlés à l'entrée par les gendarmes mobiles et les types des renseignements généraux. Les occupants étaient photographiés tous les jours.

Il y a eu des visites de l'hygiène publique. Les inspecteurs n'ont rien trouvé. Pas de nitrates dans l'eau, pas de champignons hallucinogènes dans les poutres du bas, pas de plomb qui aurait rendu possible l'expulsion, mais ils reviendraient avec d'autres mesures à prendre, le zinc, peut-être.

C'est une nuit d'hiver très froide et très terrible qui a eu raison de Boris et provoqué les fractures de ses poignets.

Boris s'était pris d'affection pour Mathilda. C'était la femme la plus douce qu'il ait rencontrée de sa vie. Elle avait fui la Sierra Leone et les machettes, rejoint des cousines à Bondy, près de Paris, trouvé des ménages à faire, des bébés à garder. Et puis les complications s'en sont mêlées, avait-elle dit. L'immeuble où elle vivait avait été condamné pour insalubrité, elle s'était retrouvée dehors avec les enfants, Laïssa et Wendy. Puis quelqu'un leur avait indiqué le squat de la rue Vauquelin. Elle riait tout le temps, elle mettait sa main devant sa bouche, elle levait les yeux au ciel, elle fronçait le nez, elle agitait un peu sa tête, elle pouffait, et cela émerveillait Boris, qui voyait bien quelle absence d'avenir lui revenait. Mathilda adorait le silence de Boris. Elle restait des heures à côté de lui, elle écoutait les histoires avec les enfants. Elle lui cuisinait du mafé. Elle rigolait en disant, Quel bébé pas grandi, comment tu as fait, Boris, pour traverser toute la vie en restant si tendre, si doux ?

Un soir de décembre où Boris lit à Mathilda des poèmes d'Avrom Sutzkever tirés d'un livre intitulé *L'Aquarium vert*, un soir où ils se sont enveloppés tous les deux dans une couverture devant l'étang gelé qui brille de mille feux sous la lune, plusieurs personnes les encerclent. Ils parlent fort dans une langue que Boris ne connaît pas. Ils crient, et Mathilda crie aussi. Et puis des coups partent. Des coups de poing et de pied, pas des coups de couteau. Tout le monde sort des chambres et tout le monde hurle. Les enfants pleurent de peur. Des lames brillent puis disparaissent. Dans le noir, une voix dit sèchement : Pas de sang.

Boris ne comprend rien, il frappe au hasard, il prend des coups de pied dans le dos, il tombe. Deux types qu'il n'a jamais vus lui enfoncent les poignets dans l'eau glacée et les maintiennent ainsi.

Longtemps.

Il sent qu'il perd la sensation de ses mains.

L'eau a gelé autour, il est prisonnier de l'étang, il ne parvient pas à remonter ses bras. Le silence est retombé, il est seul.

On s'en va, disent les voix qu'il ne connaît pas.

Tout de suite, disent-elles.

Les femmes et les enfants en cohorte triste sortent de la maison de la rue Vauquelin en portant les matelas et les casseroles, les couvertures et les habits entassés dans des sacs Tati. Des diables chargés de choses diverses et des remorques débordantes escortent le convoi.

Avrom Sutzkever pleurerait de les voir passer rue Pierre-Brossolette et s'installer dans le square désert de la place Paul-Painlevé.

Nous pleurons de rage.

C'est ce que pense Mathilda Kabbah, sa main dans la main de Laïssa Kori. Désormais je t'appellerai Rose, lui dit-elle, et tu verras, on le retrouvera, Boris. Mais pour le moment, rien à faire, que suivre le cortège.

Boris a réussi à s'arracher à l'étang et il s'est enfui dans la nuit. Il a dormi dehors, et le matin, il s'est présenté à la fin de la consultation de Molly Jacob. Il n'a pas pu lui dire la vérité, il ne voulait pas salir la légende de Vauquelin.

On a joué, a-t-il dit.

Je ne me suis pas rendu compte, a-t-il dit.

Et Molly l'a cru.

C'est cela qui est étonnant.

Revenu à Issy-les-Moulineaux, attendant au Café Français que Molly vienne le chercher pour rentrer à la maison, assis à une table devant la station de métro, il regarde ses mains bandées.

Deux mois ont passé qui ont semblé deux siècles. Et il se sent plus fatigué qu'il n'a jamais imaginé pouvoir l'être.

11

Retour sur le canapé d'Issy-les-Moulineaux

Anna ne bouge pas du canapé défoncé, elle est envahie par le passé. Le froid, dehors, redouble. Elle est assise, ses cahiers autour d'elle, le bleu pour la nostalgie, le rouge pour la politique, le noir pour Mélini. Un stylo – le seul objet, dit-elle, qui lui reste de son père dont elle ne parle jamais, n'y pensant même pas – est posé, ouvert, sur la table en bois.

Dans l'air flottent des fantômes qui ne tiennent pas dans les cahiers.

Sonnerie grêle qui fait sursauter.

Mélini, infatigable, rappelle, indifférente à la parole donnée. J'ai la sensation physique de son visage ramassé et résolu devant le mien, note Anna. Ses yeux froids, sa détermination magnifique à persévérer dans son être. Mélini veut tout de la vie. Chaque jour, elle négocie au plus serré son emploi du temps, les cadeaux qu'elle s'est promis, une petite visite, un coup de téléphone, elle planifie et organise sa vie comme une bataille, elle est le général de ses désirs. Mélini est impitoyable, la réalisation de ses caprices est pour elle un devoir moral. Les êtres qui l'entourent sont les personnages anecdotiques, souvent interchangeables et toujours remplaçables, d'une histoire qu'elle contrôle entièrement, la sienne. Des acolytes, des seconds rôles, des soubrettes, des suivantes, des chevaliers servants. Ainsi en va-t-il parfois des survivants. Mélini est un tank, écrit Anna, et moi, un lièvre qui fuit, oreilles repliées, dans le sillon.

Anna, tu as pensé à mon atelier d'écriture ? Je me sens tellement mal.

Oui, maman. Je sais, je n'ai pas eu le temps. Je t'ai dit que je n'allais pas bien, je travaille.

Anna s'entend dire *je travaille* et cela lui serre le cœur, ce *je travaille* qu'elle a haï toute sa vie. *Je travaille* est le mot magique pour dire laissez-moi tranquille. Le mot même de Mélini quand Molly et Anna étaient de petites filles tapant au carreau de la fenêtre. Au carreau dépoli de la porte vitrée.

Anna, ne m'appelle pas maman, ne m'appelle pas Mélini non plus, je ne me reconnais dans aucune de ces syllabes. Appelle-moi…

Écoute, je pense à autre chose qu'à t'appeler, je pense à autre chose, tu comprends ?

Anna se sent habitée par un mimétisme effrayant.

Mélini comprend qu'elle pourrait être entraînée sur le terrain boueux du malheur de sa fille cadette, et elle bat en retraite. Elle se recroqueville, puis elle s'élance. Elle prend une voix fâchée de femme du monde.

À bientôt, n'oublie pas ta vieille mère qui se meurt dans la solitude.

Et elle raccroche.

NOTES PRISES DANS LE CAHIER NOIR

Je suis petite, je suis seule avec elle, nous allons acheter des fleurs. (Où est Molly, mystère, à l'école peut-être, à moins qu'elle ne soit avec nous et que mon souvenir ne soit fautif. Le souvenir, bien souvent, procède par cadrage. J'ai pu effacer Molly de la scène, j'en suis capable, ma mémoire en est capable.)

Mélini adore les fleurs coupées.

La rue Mouffetard embaume, et si je ne connais plus aujourd'hui le nom de toutes les fleurs, je les savais quand j'avais huit ans.

Mélini vient négocier des tulipes pourpres pour son vase noir, des iris pour le salon, des branches d'asters, des aubépines, des tiges d'acanthe et des branches de cerisier pour le meuble noir de l'entrée qui ressemble à un sarcophage. Des agapanthes. Les fleurs coupées sont l'expression du désespoir des femmes.

Elle tend sa main au clochard qui lui ouvre la porte de sa voiture adorée. La chose se nomme Arsinoé. Celle d'avant s'appelait Doryphore.

Je connais cette main gantée par cœur.

Appelez-moi Oriane. Elle dilate les narines. L'intérieur rouge et irrité de ce nez busqué et royal me dérange. Comme me dérangent la nicotine sur les côtés des phalanges de maman, les ongles jaunes de l'index et du majeur, les renflements rouges à la base de son pouce. Ses mains de prolétaire, ses mains d'immigrée des bords de la mer Noire, où les vieilles femmes ont les pattes avant torturées et des mollets de coq aux veines violacées.

Le clochard salue.

Une clope, ma reine ?

Servez-vous, cher ami.

Il fait un entrechat de cinéma. Son pantalon qui pue glisse dangereusement. Il le remonte. Les deux, ma mère et lui, rient.

Et les voici les meilleurs amis.

Je n'aime pas tellement les clochards.

Je n'aime pas les excentricités de Mélini. Ses moulinets, ses rires faux. Je n'aime pas qu'elle appelle les flics et les vendeuses mon lapin, ni qu'elle fume à la chaîne des Gauloises bleues sans filtre, le coude gauche sorti à la fenêtre de la voiture. Je n'aime pas qu'elle ne me regarde jamais.

Je la regarde sans cesse. Je suis si fière d'elle. Tout le monde admire son éclat, la raucité de sa voix, les noms qu'elle donne aux objets, les noms qu'elle donne aux cailloux. Ma mère adore les cailloux. Je ne demande qu'à être un caillou. Je suis moins qu'un caillou. Je suis une enfant désespérée.

Oriane, maman, c'est un nom vraiment ridicule. Je chuchote par honnêteté. Pour la protéger de la honte. Le clochard va se moquer.

Gilbert m'appelait Oriane. Ne me regarde pas ainsi, Anna. Je peux prononcer le nom de Gilbert sans que tu fasses cette tête sombre, sans que tu prennes cet air buté, tu sais très bien qui était Gilbert. Je peux murmurer le prénom d'un ami qui me manque si cruellement sans devoir supporter ton regard noir de petite puritaine. Tu es bien la fille de ton père. Toujours de son côté.

Le clochard s'est incliné devant ma mère.

Il ne me salue pas, je ne fais pas partie du spectacle.

Maman achète des fleurs.

Clarissa Dalloway le faisait.

Mrs Dalloway achète des fleurs. Elle pense à un homme qu'elle a perdu.

Gilbert est l'homme qui incarne pour ma mère l'autre vie, la vraie vie vivante. Une vie remplie de cigarettes, de carafons de vin rosé, une vie sous la treille, nocturne, romanesque. Gilbert est le nom proustien de cette vie. Mélini aime évoquer le vitrail de Combray qui représente Gilbert le Mauvais et l'affreuse Gilberte Swann, la fille sardonique d'Odette la mondaine. Penser à Gilberte au bois, poussant son cerceau, est pour moi une souffrance, et je ne sais pourquoi elle me fait si peur. Je mélange tout, le vitrail, qui a des résonances de Barbe-Bleue, ce prénom de fille aux airs garçonniers et sexuels en même temps. Pendant que je me débats avec tous ces maudits Gilbert et Gilberte, Mélini est Oriane de Guermantes, elle s'avance, entourée de personnages flous et malfaisants, qui ricanent dans mon dos et savent des choses que l'on me cache.

Trente ans plus tard, Gilbert est mort, les poumons crevés. Gilbert a succombé à un pneumothorax, qu'enfant je confondais avec un poumon d'acier. L'emphysème qui l'asphyxiait a eu raison de lui. Il a peut-être aimé Mélini. Elle n'aime pas ce mot d'amour, elle ne l'emploie pas. Elle aime pourtant, et elle aime, à la manière dont on aime une preuve, l'amour de Gilbert qui est un témoignage de son vrai moi. Quand Mélini prononce le mot Gilbert, son visage change, ses joues s'éclairent, tout s'ouvre, son front, ses yeux. Sa bouche s'ouvre, bouche en cœur.

Elle choisit des branches, des feuillages. Des feuillages de hêtre. Des branches de châtaignier, de coudrier de Trébizonde. Des branches de chêne et d'aulne.

Maman, écoute-moi, Gilbert me fait peur, il a de

grandes dents et des mains immenses, et il rit, il rit, il rit. Gilbert est un loup, bien sûr, c'est une évidence. Un loup qui mange les petites filles stupides. Gilbert a un nom de loup. Elle n'écoute pas, elle est loin, elle bat des mains, elle montre ses beaux ongles incurvés, elle montre ses griffes au fleuriste qui se courbe devant elle comme devant une reine. Maman, écoute, j'ai vu Gilbert nu. Et j'ai eu peur. Maman n'écoute pas. Elle choisit des tulipes, une par une, elle en fait un bouquet. Les têtes oblongues des tulipes vibrent dans l'air, elle choisit des pavots et des glaïeuls. Une nuit, Gilbert est entré dans ma chambre, je ne le dirai à personne tant que je n'en aurai pas la preuve et de preuve je n'en aurai jamais. J'ai rêvé, car cela ne peut être vrai. Rien de ce que je ressens ne peut être prouvé, je l'ai compris depuis longtemps. Rien.

Maman, je t'en supplie, chasse Gilbert qui est entré dans ma chambre et s'est agenouillé à côté de moi. Chasse-le de mes cauchemars. Je n'avais jamais vu de sexe d'homme dressé, les mots qui nomment le sexe masculin m'étaient inconnus, les mots bite et engin et pine et queue – et même zizi peut-être – je ne les avais jamais entendus – comment avais-je fait, mystère ! – et j'ai eu peur, j'en ai perdu la voix. Et j'ai gardé au fond du cœur une angoisse et une honte indicibles.

Mélini n'entend rien. Le lendemain, sous la tonnelle, tu t'en souviens, le lendemain sous la tonnelle, vous buvez votre vin rosé, dont la couleur est si belle et l'odeur infecte. La carafe en terre bleue, les verres autour. Vous rigolez bien. Assise en tailleur, sous l'énorme lampe à pétrole qui se balance, auréolée d'une nuée de moustiques et de phalènes, je dessine des dizaines de dinosaures à l'entrée de dizaines de grottes.

Mélini, tu as vu ce que dessine Anna, demande Gilbert dont l'ombre énorme se détache sur le mur de pierre sèche. Mélini, ta fille est en chaleur, dit-il en riant comme un fou. Anna dessine des bites.

Je ne dessinerai plus jamais.

Le fleuriste s'incline devant ma mère qui sourit de nouveau. Le fleuriste est arménien comme Mélini. Il y a beaucoup d'Arméniens, rue Mouffetard. Ils ont des cils très noirs, ils rient tout le temps eux aussi, mais c'est un petit rire en dedans, hu, hu, hu, la bouche serrée, les yeux plissés, et leurs boutiques ont une odeur d'épice spéciale, écœurante et délicieuse. Une odeur de terre sucrée, âpre, qui reste dans le nez et la gorge comme une couche légère de poussière.

Il enveloppe les tulipes dans du papier journal.

Oh, dit Mélini, j'ai oublié mon porte-monnaie.

Je les offre, dit Missel.

Pas je te les offre, cela il ne peut pas, sa dignité quand même, mais je les offre. Seigneur contre princesse, un combat singulier. Et sa bouche se tord. Il ne peut rien lui refuser, et elle ne veut pas payer. Rien. Jamais.

Elle lui tend une main qu'il effleure de ses lèvres furieuses. Elle remonte, royale, dans son carrosse républicain.

Mélini se fout royalement de ne pas être aimée du peuple laborieux, d'être vouée aux gémonies par des commerçants serviles.

Des imbéciles, voilà tout, dit-elle du bout des lèvres, montrant ses dents légèrement marquées par le bâton de rouge. Ils n'ont qu'à se révolter.

Mélini aime les princes et les clochards. Aristocratiquement.

Moi, une fois encore, j'ai peur.

J'ai peur de leur vengeance. Je les imagine rassemblés en foule. Une foule de crémières, de fleuristes, de larbins, de cuisinières, de caissiers de supermarché armés de fourches et de couteaux. Je les imagine forçant les portes de la voiture.

Démarre, maman, vite, fonce, ils nous haïssent, ils veulent nous tuer. Les cailloux jetés contre nos vitres. Et maman qui cale toujours en côte.

Nous voici mortes pour n'avoir pas payé. Nous voici mortes pour avoir montré de la condescendance. Et aucun clochard pour nous défendre.

Franchement, maman, pourquoi tu ne veux pas payer ?

Les feuilles du cahier noir battent comme des ailes. Parfois en écrivant, on a le sentiment qu'au bout de la phrase qui tâtonne, la vérité va surgir.

Anna ne connaît que deux phrases sur les mères. La première est : Elle était exubérante, folle, comme seules les mères savent l'être. Et la seconde : Dans une existence, la mère est la personne la plus étrange, la plus imprévisible, la plus insaisissable, que l'on puisse rencontrer.

On dirait les axiomes d'un problème d'algèbre.

Devant l'équation, Anna se sent comme une poule devant un couteau.

Le téléphone sonne.

Anna répond.

C'est Mélini, la gueule enfarinée. Suave. Anna tente sa chance.

Franchement, maman, pourquoi tu ne voulais jamais rien payer ?

La farine tombe tout de suite et la suavité s'évapore.

Moi, pas du tout ! Qu'est-ce que tu vas inventer encore ? Je te rappelle, Anna, que tu n'es pas autorisée à colporter tous les mensonges dont ta tête est remplie. Tu te souviens de ce qui t'est arrivé ?

Anna rentre la tête dans ses épaules, elle repense aux gestes de Gilbert. Pourtant cette dernière phrase n'est qu'une vacherie qui cache la gêne de sa mère. Mélini déteste la vérité, tellement assommante, tellement ennuyeuse. Et aussi vulgaire qu'une étiquette de prix sur un objet.

Elle a raccroché.

Cette fois-ci, peu de chances qu'elle rappelle, songe Anna, pas mécontente, et elle reprend son stylo.

12

Mélini oublie son chéquier

Je recense toutes les fois où Mélini n'a pas payé. Les mille et une nuits de la grivèlerie.

Elle va deux fois par semaine chez Jean-Marc Lantenois, profession : thérapeute manuel. Jean-Marc Lantenois adore cette vieille dame aux os tordus, au bassin d'enfant torturé, aux épaules d'ancienne reine de beauté. Il admire qu'elle rallume sa Gauloise sitôt la kinésithérapie respiratoire achevée.

Cette cigarette que j'allume juste après le soin est la meilleure de la journée, déclare Mélini, contente de son petit effet. Les poumons dégagés, c'est bien meilleur. Personne ne peut imaginer.

Et ils fument encore une Marlboro ensemble, assis sur la table de massage. J'aime bien vos Marlboro, dit Mélini, royale.

Comment lui demanderait-il de le payer ?

Au bout de deux ans, il ose murmurer quelque chose. Quelque chose comme : Chère, très chère amie, savez-vous que mes honoraires, comment souhaiteriez-vous que nous traitions cette. Il ne dit pas les mots argent et prix de la séance. Il marche sur des œufs frais, il est sur des charbons ardents. Il n'a aucune envie de perdre cette patiente, il l'adore, il n'a aucune envie de la blesser, de la vexer. Aucune envie de revenir sur cette terre si basse où l'on paie les thérapeutes manuels qui, au demeurant, vivent des soins qu'ils prodiguent et ont besoin de manger, même peu, est-ce bête ? Personne n'a envie de faire de la peine à Mélini, si petite désormais, courageusement dressée sur ses tibias tordus, ses fémurs qui s'émiettent, ce bassin trop visible, ce bassin de traviole qui fait souvent dire au thérapeute admiratif : Vous êtes unique, chez vous tout est cabossé, tout est à l'envers et pourtant ça marche ! Il pense à tout cela, il s'en mordrait les joues de honte.

Ah, dit Mélini, je ne savais pas. Je croyais que vous m'aimiez sincèrement. Je vais vous payer tout de suite, je suis si déçue. Si embarrassée.

Et elle fouille dans sa poche.

Mélini n'a pas de sac, que mettrait-elle dedans ? Les hommes ont-ils des sacs à main ? dit-elle. Et puis cela fait mal à l'épaule. Et on vous vole, des pickpockets armés de ciseaux arpentent la ville à la recherche de bandoulières à sectionner. Pas de sac, pas de main dans le sac, autant de mauvais coups évités.

Oh, je n'ai pas mon chéquier, cher Jean-Louis. Comme c'est idiot, je vous réglerai ma dette la semaine prochaine ? Vous avez ma parole d'honneur, croix de bois, croix de fer.

Jean-Marc n'imagine pas une seconde que sa chère princesse puisse abjurer, ni même être simplement une sale menteuse.

Mélini ne retourne jamais chez son cher Jean-Louis. Elle n'a jamais su son nom, elle oublie vite son adresse.

Où habitait-il déjà ce brave Jean-Claude ? Je n'étais pas sûre que ses soins servissent à quelque chose, mais il était très gentil, très très gentil, et il m'offrait toujours une ou deux cigarettes avec notre bière.

Mélini cultive la légèreté et l'égoïsme. C'est son jardin.

C'est cela, Anna, fais-moi la morale. Quelle brave fille tu es. Et vois où cela te mène. De qui tiens-tu ce côté ennuyeux ? Cette lourdeur. Pas de moi en tout cas. Il n'y a pas à dire, il y a un rapport entre le popotin et l'âme, tu ne penses pas ? Pourquoi, c'est une autre affaire. Ma mère, qui était danseuse, le disait souvent, on a les formes qu'on mérite, et nul n'a jamais vu un esprit raffiné dans un corps de cheval de trait. La profondeur est à la surface, comme le savent les patineurs.

Merci, maman, j'adore la sagesse des anciens, les maximes de patineurs et les gentillesses qu'on prodigue dans ta famille.

Pour me venger, ou pour la protéger, ou par superstition, ou pour les trois raisons fondues en une seule, par lassitude et lâcheté, je n'ai jamais dit à Mélini que son Jean-Marc était mort assez brutalement d'un cancer du poumon.

J'emmène Mélini faire des courses. Je la réprime en lui prenant le volant. Je l'empêche de fumer quand je conduis. Mais elle est contente quand même.

Oh, zut, j'ai oublié mon chéquier, dit Mélini qui fouille dans sa poche arrière de pantalon en descendant de la voiture. (Elle y a plongé sa main avide pour sortir son paquet de cigarettes.)

Je paierai, maman.

Mélini disparaît dans les rayons du supermarché. Je la retrouve plus tard. Elle est assise par terre, au milieu des feuilles de chou abandonnées, des trognons, des branches brunes de céleri. Elle mange une grappe de raisin.

Je maraude, dit-elle sans lever la tête. Tu as du feu ?

Très drôle, dis-je, une fois de plus tu m'offres le mauvais rôle, une fois de plus, pour toi, je fais le gendarme, la bourgeoise, l'empêcheuse de provoquer en rond.

Je prends Mélini sous les aisselles, je la soulève de terre, ses pieds gigotent. Je remarque ses chaussettes japonaises bigarrées, ses chaussettes comme des gants. Ses orteils s'agitent dans ses sandales, Mélini a de si grands pieds au bout de ses petites jambes. Mais je ne me laisse pas attendrir, je crie : Tu te fiches de moi ?

Pas du tout ma chérie, ce raisin avait l'air exquis et, chose surprenante, il l'est. Goûte ce grain.

Merci, je n'ai pas faim.

Anna, quel mal vois-tu à manger sur place ? Tu es du côté des patrons de supermarché désormais ? Une femme révolutionnaire comme tu l'as été. Tu sais ce qu'ils font aux petits producteurs de raisin, tu sais ce qu'ils se mettent dans les poches, les patrons des Shopi, des Mammouth, des Corsair, les gérants des G20 ?

Je ne sais quoi répondre. Sinon que cette appellation de G20 me fait rire. Chaque fois que j'entends un dirigeant du monde dire, Je me rends au G20, je vois des queues de poireaux dépasser de son cabas. J'interromps ma rêverie, je repose ma mère à terre. Si je parlais, je dirais : c'est de la triche, maman, le directeur de la supérette t'as reconnue, tu sais parfaitement qu'il ne va pas t'arrêter. Tu sais parfaitement qu'il n'y aura ni procès ni prison. Il est simplement gêné.

Et j'ouvre la bouche, j'ose parler, je le dis.

Tant pis pour lui, rétorque Mélini. Prenons quelques légumes.

Elle épluche avec soin un chou-fleur pour qu'il pèse moins lourd sur la balance et coûte par conséquent moins cher.

Tu manges les feuilles de chou-fleur, toi ? Alors pourquoi les payer ? Tiens, je prends une rave. Rien à jeter dans une rave. Une syllabe intéressante pour un légume qui mérite mieux que sa réputation de rutabaga. J'adore les raves, dit Mélini. Quand je dis rave, je pense ravissante. Ravageuse. La rave est une pin-up. Et j'aime aussi l'aile de raie. J'ai une passion pour la raie. Tu crois qu'ils ont des ailes de raie en ce moment ?

Nous arrivons à la caisse.

Mon Dieu, j'ai la tête qui tourne, dit Mélini. Pardon, madame, je me sens mal, c'est certainement mon diabète, ou bien mon cœur ? Vous nous laisseriez passer ? Oh pardon, faites attention où vous mettez vos tongs, j'ai laissé tomber mon dentier.

Elle se penche en grinçant, elle ramasse l'objet hideux.

Je grimace. Les quelques personnes de la file ont pitié de cette vieille femme mal fagotée au dentier mal fixé, aux gros doigts de pied bariolés, qui tangue sur sa canne, au bras d'une fille revêche. On ne laisse pas mourir une personne à la caisse d'un supermarché. Mélini est si bonne comédienne, elle jubile, elle trépasse presque.

Passez donc.

Nous payons vite le trognon de chou-fleur, les poireaux raccourcis de leurs feuilles, la rave blanchâtre, les bières, le jambon sous cellophane, les Kleenex mentholés.

Dans la voiture aux banquettes vérolées de trous de cigarette, entre deux bouts de kapok qui jaillissent des déchirures, Mélini sort de ses poches ses trophées. Elle étale sur ses genoux une flasque de vodka, des bonbons anglais, une petite boîte de câpres et deux canettes de bière à la cerise au doux nom de Mort Subite.

Je t'adore maman, dis-je dans un accès de malhonnêteté hystérique. Avec toi on survivra toujours.

Héhé, fait Mélini, la survie, tout est là.

13

Ma mère en maillot de bain

Je recense toutes les fois où Mélini a usé de son pouvoir magique de survivante. Je pense à l'atelier d'écriture où je l'ai amenée à sa demande expresse et répétée. Ne pas refaire les mêmes erreurs, tout est là.

Mélini, je voudrais tant que tu m'aimes, murmuré-je. Tu te souviens du jour où j'ai voulu t'acheter un maillot de bain ?

Il faisait chaud, nous marchions dans les rues, nous sommes entrées dans un magasin aux murs dorés, aux allées quadrillées par des tringles remplies de cintres où flottaient, comme plaqués sur des corps invisibles, des milliers de maillots fluorescents. Mélini avait eu un sourire de gremlin et elle avait écrasé sa Gauloise sur le capot d'une voiture avant d'entrer dans la caverne magique. J'étais fière de ma bonté. On ne voit pas tant de personnes mal aimées et s'éloignant des rivages d'une cinquantaine amère se promener avec une marâtre – même calmée par les avanies du temps – pour améliorer sa garde-robe. Lui acheter des pulls en mohair et des robes couleur de temps. On n'en voit pas. Jamais. Elles ont raison.

Nous entrons dans la grotte et Mélini commence à regarder les tenues de sirène. Les vendeuses s'affairent autour d'elle, battant des mains et s'émerveillant, comme elles font toujours. Mais Mélini ne s'en laisse pas conter, elle n'a jamais été dupe des marchandes du Temple : Tout ce qu'elles veulent, c'est te refiler leur came, dit-elle, lucide. Elles sont prêtes à tout. Aux flatteries les moins acceptables. Aux compliments les plus grotesques. À des chantages éhontés. La passion de vendre. Moi je n'ai jamais eu la passion d'acheter. Nous ne sommes pas faites pour nous entendre.

Essaie quand même, dis-je. Et j'attends, sans trop y croire.

Mais la voici qui s'avance dans l'allée ombreuse entre deux rangées de maillots voltigeant sous l'effet de la climatisation, jusqu'à une cabine d'essayage. Elle est emballée, comme un pot de miel, dans une sorte de coque jaune qui lui donne l'air d'un poussin diabolique. Le haut de ses cuisses flotte un peu dans les vastes ouvertures du maillot. Ses bras maigres ressemblent aux ailes d'un moulin tournicotant hors du bustier trop massif.

Sublime, dit la vendeuse, passant ses ongles vernis de noir dans ses cheveux rouges de fausse Mylène Farmer. Ses petits seins sautillent hors de son tee-shirt doré, maman les observe avec une indulgence inhabituelle.

Vous avez l'air d'une adolescente, surtout avec vos cheveux en pétard assortis au maillot, dit la vendeuse en minaudant à fond. Et elle cogne le sol de son sabot à semelle rouge compensée, comme une girafe psychédélique.

Mélini a en effet une banane jaunie à la nicotine qui rebique sur son front et pousse d'une belle manière verticale, très tonique, très motarde. Elle sourit, assez contente de son effet.

Je ne me vois pas bien, dit-elle avec un petit friselis à la joue. La lumière du jour, dit-elle, un maillot a besoin de la lumière du jour.

Et elle franchit les portes coulissantes et se retrouve dans la rue, sous le soleil, les mains sur les hanches, les pieds dans ses chaussettes à doigts.

Nous la suivons.

Elle prend des poses devant la vitrine, elle est très contente.

Les passants se retournent. Certains rient franchement, c'est offensant.

Je t'en prie, maman, dis-je. On est en ville, pas à la plage.

Mélini nous ignore, moi, mon tee-shirt informe, mes vêtements gris, mes sandales et mes cheveux ternes. Elle s'adresse à la vendeuse.

Mon lapin, vous ne trouvez pas qu'il est un peu trop décolleté ? À mon âge, c'est ridicule, non, de montrer la naissance des seins. J'ai l'impression qu'on ne voit que les plis de ma peau trop large et ces deux poils. Auriez-vous par hasard une pince à épiler, c'est vilain comme tout, les longs poils blancs sur un décolleté féminin. Ce n'est pas comme vous : avec votre adorable poitrine, vous pourriez parfaitement vous balader torse nu. Vous devriez même.

Oh, madame, dit la vendeuse ravie, vous êtes trop gentille ! Et le maillot vous va à merveille, vraiment, on dirait qu'il est fait pour vous, le jaune, l'orange et le bleu vous donnent un air joyeux.

Mélini s'est éloignée, elle est déjà dans la rue, elle vogue vers le boulevard, je suis sûre que quelqu'un a dû appeler le SAMU ou Sainte-Anne. Je cours, je l'attrape par les épaules, je la bloque.

Rentre immédiatement, maman, ça suffit maintenant.

Mélini nous lance, à la vendeuse et à moi-même, son sourire de vamp, narines pincées, lèvres en avant, sourcils légèrement haussés, yeux écarquillés, cils frémissants, pommettes relevées délicatement de deux doigts.

Je ne me résignerai jamais à avoir engendré un être aussi conventionnel que toi, dit-elle en égrenant un rire perlé et en montrant les dents. Mais j'aime beaucoup ce maillot de bain. Quel adorable cadeau, ma chérie.

Nous rentrons.

Rhabillée, Mélini sort fumer sur le trottoir, elle a le cœur gai et chantonne d'un air malin la *Romance du muguet*.

On y va, maman ?

Je m'excuse encore auprès de Mylène la vendeuse, qui me regarde avec apitoiement et aussi un certain mépris.

Vous ne savez pas la chance que vous avez d'avoir une mère pareille. Elle est tellement drôle, tellement originale, je l'adore.

La vieillesse, elle ne saura jamais ce que c'est, dit Mylène philosophe et sagace.

Je sais, je ne la mérite pas, dis-je.

Et nous nous éloignons, tels un rat et une tourterelle. Je suis le rat.

14

Les cigognes nous regardent

Mais la pire des humiliations que m'ait infligées Mélini, note Anna dans le cahier noir sur lequel elle a écrit : *Un livre à ne jamais publier,* l'humiliation la plus douloureuse a eu lieu lors de cet atelier d'écriture, où je ne l'emmènerai plus jamais malgré son insistance. Ni dans celui-là, ni dans un autre, et bien que tout cela n'ait plus beaucoup d'importance.

C'était aux plus beaux jours de Deborah Fox. Je me croyais invulnérable, j'avais laissé mon armure de côté. Je voyais l'avenir comme une suite de surprises délicieuses. Ah ah ah, comme dit un ami, et cet ah ah ah, j'y pense souvent, il résume tant de phrases amères et inutiles.

La vie : ah ah ah.

Aimeriez-vous, chère madame Fox, animer un atelier d'écriture à la Villa des Pages au Vésinet ? a demandé au téléphone une voix chichiteuse. Et j'ai dit oui, parce que j'avais renoncé à dire non. Mais ce n'est pas exactement cela.

Longtemps je n'ai rien su dire d'autre que non non non, non à tout, non pour tout, non tout le temps. Et, à d'autres saisons, d'autres périodes, je disais : oui, oui, oui, oui à tout, et tout le temps, à tout le monde. Bien sûr, oui. Je me souviens d'une petite statue d'ivoire biface qui ressemblait à cette manière de faire, elle avait deux visages que l'on faisait pivoter. Anna Jacob, autrefois, disait non. Deborah Fox, révolutionnaire assagie et souriante, disait oui. L'Anna Jacob d'aujourd'hui ne sait plus trop la différence, un non, un oui, peut-être aussi qu'on ne lui demande plus son avis. « On ne veut plus d'étoiles désormais, éteins-les toutes », disait Wystan Auden.

Madame Fox n'est pas au courant de l'existence de cette Villa, apparemment fort connue, mais ce serait vexant de prendre un air étonné. Ce serait se moquer. Comme il est vexant d'avouer ne pas reconnaître quelqu'un qui vous salue. Dire oui transporte dans un monde flou où l'on ne reconnaît plus rien et où tout glisse, sans trop d'importance. Oui, oui, oui. Bien sûr, oui, comme vous voudrez.

Madame Fox accepte d'animer l'atelier d'écriture du 11 décembre prochain, a conclu la voix chichiteuse, et satisfaite, parlant à ses supérieurs, j'imagine, à ses complices du Vésinet. Merci beaucoup madame, nous sommes fiers et honorés. Nous vous envoyons une lettre-contrat.

Longtemps, écrit Anna, avec un peu de honte, je prenais pour argent comptant ces compliments. Nigaude. Analphabète sociale. Les compliments, les nous sommes si fiers, les nous sommes honorés : des mots qui ne veulent absolument rien dire. Des mots aux allures de pièces jaunes, des brouettes de mots dévalués qui ne sonnent même plus sur le pavé.

Je peux t'accompagner, a dit Mélini, au courant de cette rencontre, je ne sais comment.

J'ai dit oui.

Tu m'emmèneras en voiture ?

J'ai dit oui. Et aussi que je passerai la chercher. Et j'ai été, pendant quelques instants, fière de ma bonté.

Le 11 décembre de cette année-là, année de la gloire passagère de Deborah Fox, dont la photo ravissante et légèrement surexposée tapisse pendant quelques semaines les tables basses des salles d'attente des dentistes et des kinésithérapeutes, les tablettes des salons de coiffure, je passe prendre Mélini. Elle m'attend sur le trottoir, le vent glacé fait voler ses mèches de gremlin. Elle a enfilé un énorme pull à col cheminée en crochet noir et blanc. Par-dessus, elle porte une veste à longues franges, en peau retournée. Et des moufles suédoises avec des étoiles jaunes.

Je reconnais ce pull.

Mais c'est mon pull, maman.

Ah, oui. Comme c'est amusant ! Mais oui, il était à toi. Il ne t'allait pas très bien, t'en souviens-tu. Tu critiquais ouvertement ses larges mailles qui laissent passer l'air et le reste. Je pensais que tu ne l'aimais plus. Et puis tu as énormément grossi, ma chérie.

C'est vrai, je réponds, ne voyant rien d'autre à dire, c'est vrai je ne l'aime plus. Je le trouve absurde. Ces grosses mailles trouées, on dirait le filet d'un chasseur de phoques. Mais est-ce une raison ?

Tu veux que je conduise ? dit-elle, postée du côté conducteur, et ouvrant déjà la portière, je dis oui.

Nous filons vers l'ouest sur la route verglacée. Soudain, en me faisant remarquer que des oiseaux blanc et noir nous escortent à basse altitude, Mélini rate à demi un virage, la voiture sort de la route et nous nous arrêtons dans un grand crissement de freins sur un bas-côté herbu. Mon cœur bat à tout rompre, je descends de la voiture et me mets à la place du chauffeur en poussant ma mère à celle du mort.

Nous n'avons pas échangé un mot.

J'ai murmuré : Merci, maman.

C'est tout.

D'une voix légèrement éraillée, elle demande si elle peut fumer une cigarette.

Et je dis oui.

Alors elle reprend de la vigueur, saisit une des trois paires de lunettes accrochées à son cou et la pose sur son nez.

J'ai apporté une petite brochure sur l'histoire de la clinique de la Villa des Pages et sur celle du Vésinet, dit-elle, contente. Je te la lis. Je l'ai trouvée à l'office du tourisme d'Île-de-France, c'est très bien fait, ces organismes-là. Écoute les expériences que faisaient les médecins de cette clinique.

Et elle lit en mettant le ton d'une manière exagérée.

Selon le docteur Ponza d'Alexandrie, on est parvenu à accroître énormément l'embonpoint de certains animaux en les faisant vivre continuellement sous l'influence de la lumière violette. On a fait aussi en Amérique des expériences sur des veaux qu'on enfermait dans des étables éclairées par des vitres bleues, et l'on a constaté que leur poids augmentait plus rapidement que dans les conditions normales. Quant à l'influence excitante ou calmante des couleurs sur les animaux, nous savons que le rouge excite le taureau et le dindon, tandis que les lunettes aux verres bleu foncé ont été souvent employées pour calmer les chevaux emportés.

La folie scientiste ne date pas d'aujourd'hui, dis-je, ne sachant si elle me range parmi les chevaux emportés ou les génisses obèses, pensant aux expériences innombrables qui ont remplacé depuis cent ans les innocentes manœuvres en couleurs des médecins hygiénistes et des savants optimistes qui se sont succédé à la Villa des Pages du Vésinet.

L'atelier d'écriture se tient donc dans cette Villa des Pages, un nom bien choisi. C'est un petit château 1900, blanc, posé au milieu d'un parc. Il s'est d'abord appelé Villa des Doges, il y a cent ans, et a été le lieu d'une longue histoire de combats pour la santé mentale, peut-être, ou pour autre chose de plus difficile à nommer, une mainmise sur les êtres. Un lieu où bien des hommes et des femmes, en tout cas, ont souffert, et tout mon corps tressaille en recevant les ondes de ce passé cruel, fait d'incompréhension et de rationalité aristotélicienne. Je pense aux tortures infligées à Théroigne de Méricourt. À ces milliers de fous enchaînés, misérables, réduits à leur douleur et mourant dans la fange, désespérés.

Que faisons-nous là ?

Nous entrons dans un grand salon lambrissé, nous sommes entourées de cigognes peintes sur des carreaux de faïence qui datent de l'époque où l'établissement s'était spécialisé dans l'hydrothérapie, les douches écossaises et – comme l'a découvert Mélini – le soin des pathologies mentales par immersion dans des milieux de couleur – rouge pour animer les neurasthéniques, violet ou bleu pour calmer les agités. Sur certains murs il y a de grands panneaux où l'on peut lire tout un développement sur ces sujets. Mélini enchantée s'y attarde.

Regarde : une théorie de soin des lypémaniaques, sitiophobes en particulier.

Les quoi, maman, dis-je, exaspérée. Un lypémaniaque, ce doit être un genre d'homme-loup, j'imagine.

Pas du tout, triomphe-t-elle. Tu sais bien que *lypè* signifie en grec tristesse ou peine. Les lypémaniaques sont des fous de chagrin, des maniaques du désespoir. Souvent persécutés, ou croyant l'être, ils restent prostrés, en larmes, sur leurs paillasses. Tournés vers le mur, ils se protègent contre des coups et des empoisonnements imaginaires et meurent par le poumon.

Je me détourne, je trouve tout cela affreux.

Mais déjà nous ne sommes plus seules. Un petit groupe de jeunes filles s'avancent vers nous. Elles sont trop minces, elles ont des yeux inquiets. Les épaules trop hautes, la peau pâle. Un docteur de cinquante ans les accompagne. Il est bronzé, détendu, il a une mèche blonde et un regard moqueur, son jean délavé dépasse de sa blouse blanche. Il se jette sur Mélini, lui arrache sa veste à franges.

Bienvenue, madame, nous sommes fiers d'accueillir ici, à la Villa des Pages qui a reçu dans ses murs tant d'artistes et de poètes, la grande Deborah Fox.

Elle lui tend une main souveraine, j'attends qu'elle révèle la triste vérité : Deborah Fox, c'est l'autre. J'attends qu'elle dise : je suis sa mère.

Le docteur comprend sa bévue en regardant l'invitation décorée d'une mauvaise photo qu'il tient dans sa main gauche, et il ne sait plus comment continuer. Il prend le parti du comme-si-de-rien-n'était. Je pense aux artistes et aux poètes enfermés ici au cours des décennies passées. Comme je les plains. Le comme-si-de-rien-n'était est le plus douloureux des bâillons.

Bienvenue, redit-il, ridicule. L'atelier débute immédiatement, vous avez carte blanche pour initier nos patientes à la sublimation qui guérit, aux merveilles de la catharsis de l'écriture, aux triomphes de la psychothérapie narrationnelle.

Je ne sais pas, je ne sais absolument pas de quoi vous parlez, je ne suis pas sûre de souhaiter le savoir, dis-je, agacée. Mais nous sommes ravies de vous rencontrer.

Et nous nous asseyons. Des piles de feuilles et des Bic bleus sont posés devant chaque participante.

Nous allons commencer par un exercice, dis-je.

Moi, dit Mélini, m'interrompant et souriant d'un sourire raffiné, très grande dame, tragique et simple, magnifique, j'aimerais d'abord savoir qui sont ces charmantes jeunes personnes qui, comme moi, aspirent à dominer leurs peines, à les transfigurer en les racontant au monde, à devenir, cathartiquement, des écrivains.

Il y a un frisson de sympathie dans l'assistance, le docteur blond approuve par tous ses pores cette excellente attitude vis-à-vis de ses patientes. Son intuition ne l'avait pas trompé, la véritable artiste, c'est celle avec la mèche et le mégot. Bénie soit la vieille renarde, murmure-t-il.

Je viens de comprendre, émergeant de mon brouillard, que je me suis mise dans un mauvais pas. Je rétrécis. J'ai froid et mes yeux me piquent, Mélini a pris les choses en main. Devant elle, défilent les jeunes filles, elles se nomment et lui envoient des sourires. Je ne peux plus bouger, paralysée sans doute par la jalousie et la colère. J'ouvre la bouche mais ma voix m'a quittée. Plus un son. Où vont les voix qui s'évaporent ? Comment se sert-on de ses cordes vocales quand le violon est désaccordé ? J'ai oublié ce que c'est que parler, me dis-je, et je me sens ensorcelée.

Je suis devenue muette, soufflé-je. Maman, je te laisse faire.

Elle n'entend pas mais elle sourit de toutes ses dents. Je t'en prie, ma chérie, ne verdis pas ainsi, tout va bien.

J'aurais dû dire : je me laisse faire, puisque c'est de cela qu'il s'agit.

Les jeunes filles la mangent de leurs grands yeux. Elle leur prodigue de petites caresses sur les épaules et les cheveux.

Nous allons jouer, dit ma mère. Au portrait chinois. Je vous propose de prendre Deborah Fox ici présente comme modèle. Après tout, c'est autour d'elle que nous sommes réunies. Quand vous aurez procédé aux métaphores du portrait, consigné les images qui vous sont venues, je vous montrerai comment les tricoter, comment les crocheter ensemble, à l'instar de ce pull à grands trous que vous me voyez porter. Je l'adore car il est à la fois cuirasse et douceur, air et tissu, laine et soie. Un pull au crochet à col cheminée noir et blanc, c'est à cela que doit ressembler un roman, et c'est vers cela que nous allons naviguer.

Mélini n'a pas dit qu'elle était ma mère, et ce n'est plus la peine, je suis, pensé-je, aussi anéantie que si j'étais morte. Elle est sur la scène, elle a pris la lumière, elle m'a escamotée, et ce petit morceau d'espace que je croyais avoir conquis, elle l'a annexé.

Votre amie est incroyable, elle a de la présence et du charisme, l'aura d'une étoile, il n'y a pas d'autre mot, quelle star, murmure à mon oreille le docteur en blouse. Elle doit faire des ravages. On ne croirait jamais que c'est vous l'écrivain.

Pendant qu'il susurre, les filles écrivent en me regardant du coin de l'œil. Je transpire et j'ai froid. Les cigognes de la Villa des Pages claquent du bec en se moquant de moi. Un rayon de soleil a traversé les hautes fenêtres de la salle de réception, cette paix particulière qui accompagne les moments de concentration collective nous enveloppe un instant.

L'horloge sonne. Une vieille horloge aux résonances ténébreuses.

Les ateliers d'écriture sont des cercles magiques d'où l'on ne sort jamais.

Mélini, plus guillerette que jamais, ramasse les feuilles. Elle les lit en plissant les yeux avec un air tendre et gourmand que je ne lui connaissais pas.

Lisons-les à haute voix, propose-t-elle.

Et elle se lance, mettant le ton de manière ostentatoire, cette manière des actrices des années vingt.

Si elle était un animal, madame Fox serait une renarde dodue, si elle était une fleur, ce serait une orchidée déguisée en ortie, si elle était un vêtement, une cape de Fantômas. Si elle était un légume, ce serait une aubergine blanche. Si elle était un fruit, ce serait une pêche de vigne, et si elle était une tragédie, ce serait celle d'Électre.

J'aimerais bien que nous nous attardions un peu sur cette affaire d'Électre, pensé-je, prisonnière de mon silence contraint. Électre, fille de Clytemnestre, et sœur d'Iphigénie, tu as, me dis-je, encore bien du pain sur la planche. Autrement dit, tu n'es pas sortie d'affaire. Le meurtre te sied, paraît-il. Mais non, idiote plumée, c'est du deuil qu'il s'agit. Il serait temps que je me mette à croire à la force du rite. On ne peut, comme je l'aurais aimé, rester sur la rive. Ces jeunes filles prisonnières ont des regards de sorcière.

Mélini orchestre la suite, critique et complimente la troupe d'Euménides de la Villa des Pages, tricote ensemble les morceaux de cadavre exquis, et je suis d'Électre le corps électrique. Nous jouons *Électre* au milieu des cigognes, des images de fous entravés, des souvenirs d'hydrothérapie. Une Électre au bras arrêté par une Clytemnestre désormais avertie des risques du métier.

La séance continue, Mélini leur apprend à écrire une lettre à un être aimé. Le silence concentré et tiède retombe sur la salle de réception. Je m'agite un peu, n'est-il pas temps de rentrer, la séance a déjà bien assez duré, n'es-tu pas fatiguée, maman. Nul n'y prête attention.

Ma gorge me fait mal.

Mélini écrit.

Puis vient le temps des lectures, lettre à ma mère, lettre à ma mère, lettre à ma mère. Toutes elles ont écrit à leur mère pour lui dire qu'elle leur manquait et qu'il était rude cet exil, cet abandon. Maman chérie, je sais combien tu m'aimes, et comme il sera bon, le moment de nos retrouvailles. Elles ont les larmes aux yeux. Mélini a allumé une Gauloise, ses yeux sont rouges aussi. Pas les miens. Allez vous faire foutre, les mères et les filles, me dis-je, cet étalage de bons sentiments ne fait aucun bien à quiconque.

Mélini félicite les jeunes filles, elle dit : Moi aussi je vais vous lire quelque chose. Ce n'est pas une lettre à ma mère, elle est morte, vous vous en doutez, depuis bien longtemps, et nous ne nous entendions guère. Non, c'est une lettre à ma fille. Comme celle qu'écrivit Calamity Jane à sa fille Jane Hickok, ou comme celle que chantait Grand Corps Malade.

Mon Dieu, pensé-je, comme tout cela est répugnant. Et tout le monde sait que les lettres de Calamity Jane, toutes belles qu'elles soient, sont apocryphes et inventées. Ces sentiments qui glougloutent à la surface des âmes me font horreur. Et pourtant j'écoute ce que lit Mélini.

Ma fille est douce comme un abricot – je me rengorge un peu – et subtile comme une libellule – j'éprouve alors des doutes. Ma fille escalade les montagnes sans jamais s'essouffler – mes doutes se précisent. Ma fille est forte et vive comme une chèvre. Ma fille s'occupe de la terre et des étoiles, des malades et des bien portants – ah, cette fois-ci, je crains de la reconnaître –, elle sait mieux que quiconque donner ce qu'elle n'a pas à ceux qui n'oseraient le lui demander. Elle a une voix d'or. C'est une aventurière au cœur infini, et personne, mieux qu'elle, ne sait recoudre un bouton.

Toutes les participantes la regardent avec affection. Elles disent qu'elles voudraient connaître cette fille, et Mélini fait de petits gestes éloquents.

Mais ne serait-ce pas vous, Deborah Fox, cette fille adorée ? dit quelqu'un. Mais oui, bien sûr, quelle belle surprise, quel coup de théâtre, quelle belle déclaration, vraiment, et quelle belle idée de venir ici avec votre mère sans nous dévoiler son identité. Quelle belle découverte pour nous. Elle est une telle artiste, si rayonnante, si originale, un écrivain incroyable. Rien d'étonnant à cela, les chiens ne font pas des chats.

Et toutes entourent avec admiration cette star restée si simple, la mère de Deborah Fox.

La nuit est tombée depuis longtemps, et nous repartons.

Les effusions du départ, je les écourte, tant ma poitrine me serre.

Je conduis sans mot dire, très vite.

Mélini a envie de parler.

Tu n'as pas bien compris ce que j'ai voulu faire, dit-elle. Nous ne nous comprenons jamais, comme c'est étrange. Je voulais te faire plaisir. Mais la main n'écrit pas ce que la tête indique. Et j'avoue que mon portrait a fourché.

Je ne tourne pas la tête vers elle.

Tu as tort d'être fâchée. L'essentiel est qu'elles ne t'oublieront pas, ajoute-t-elle, redoutable, flatteuse, hypocrite. Deborah Fox sera dans leurs mémoires pour toujours.

Je ne dis rien, ayant perdu ma voix.

Si je pouvais parler, je dirais, les coins de la bouche baissés, Tu as fait un très beau portrait de Molly, mais était-il utile que je l'entende ?

15

Les chaussures vieillissent aussi mal que les humains

Anna relit ses pages, quel mauvais souvenir, elle soupire, elle sourit aussi, parce que c'est drôle cette aventure, cette douleur qui jaillit comme un petit volcan et refroidit ensuite comme fait la lave.

Puis elle ferme le cahier noir et le cache derrière ses chaussures posées en tas dans le bas du placard que Molly lui a attribué à son arrivée.

Ma mère est une héroïne, un excellent personnage, pense-t-elle en hésitant à sortir le tas de chaussures de l'ombre poussiéreuse pour les apparier et les cirer, pour les ranger et leur donner une apparence décente.

Anna ne sait pas comment faire avec la vie de tous les jours.

Les chaussures.

Les boutons manquants et les trous dans les poches.

Elle regarde les chaussures en vrac. Comme elles sont laides. Les chaussures vieillissent mal, comme les humains souvent. Elles se plient et cassent et sont tout de suite ternes. Et elle n'a jamais aimé les cirer.

Molly le faisait et sans doute le fait-elle toujours.

Anna entre dans la chambre de Molly et, la nausée au bord des lèvres, esquissant un sourire gêné, elle ouvre les deux battants du placard. À l'intérieur, trois douzaines et demie de paires de souliers alignés étincellent. Des ballerines blanches. Plusieurs sortes d'escarpins noirs, des sandales vernies, des chaussures brunes à lacets qui font penser à Mary Poppins, des richelieus, des tongs, des Converse rouges, des bottines en daim fauve, des bottes molles en nubuck noir qui ressemblent à des fleurs fanées, des escarpins rouges à plate-forme, des poulaines aux bouts arrondis, des bottes en caoutchouc, des escarpins à talons aiguilles dorés, des bottes d'écuyère, des bottes bleues à talons de cow-boy, des camarguaises, des babies de cuir à triple bride, des mocassins, des Doc Martens noires, et même une vieille paire de spartiates.

J'en étais sûre, murmure Anna, et elle sent une morsure entre ses côtes, au niveau du cœur. Tout ce qui les sépare, sa sœur et elle, envahit son âme désertée.

N'avions-nous pas juré de nous éloigner des objets, sachant qu'ils sont uniquement là pour isoler les gens, les couper les uns des autres, comme des murs de feutrine, n'avions-nous pas juré de ne pas nous attacher à nos bols, à nos robes, à nos colliers, à nos bonnets ? N'avions-nous pas rêvé de marcher pieds nus le reste de nos jours ? Poches trouées, semelles inutiles. N'avions-nous pas promis de ne veiller ni sur nos affaires ni sur celles des autres ? De nous élever au-dessus du ceci-est-à-moi ?

Un sentiment familier de trahison l'envahit. Un chagrin. Exactement semblable à celui que l'on éprouve quand on a décidé de sauter ensemble dans la piscine, un deux trois, et qu'on se retrouve seule sous l'eau, après le choc de la surface, seule pour descendre vers le fond, seule pour remonter. N'avions-nous pas juré de ne pas céder aux sirènes du ceci-est-à-moi ?

Comme une enfant, elle essaie les chaussures, les unes après les autres, comme une Cendrillon lassée d'attendre son prince, elle se pavane, juchée sur la pointe des pieds, les bras en corolle au-dessus de sa tête. Comme une voleuse, son cœur bat. Comme un envahisseur qui aurait enfoncé la porte, la rage et le mépris luttent dans sa poitrine. Comme une traître, son sang pulse plus fort, et la vie en elle palpite. La tentation de jeter les chaussures l'effleure. Si je jette les chaussures de Molly, elle redeviendra celle qu'elle n'aurait jamais dû cesser d'être, ma sœur chérie, ma jumelle adorée, mon double. Pieds nus, sœurs aux pieds nus, nous recouvrerons nos souvenirs communs, plus rien ne nous séparera. Et ces années comme des peaux inutiles, comme des croûtes, tomberont en poussière.

Il y a un conte qui décrit précisément cela : une jeune épousée brûle la peau de sanglier que revêt son époux dans la journée. Elle voudrait qu'il soit nuit et jour le prince étincelant de beauté, le prince à la peau douce qu'elle retrouve la nuit. Anna se souvient de cette partie exaltante du conte, mais elle en a oublié les conséquences.

Elle jette le costume hanté de sa sœur.

Ces dizaines de petites prothèses pointues, elle s'en débarrasse en les versant dans un sac-poubelle noir de cent quarante litres, elle les regarde, chaussures désormais tombées de leurs socles, vieux bouts de cuir et de tissu assemblés. Une chaussure dépareillée, une chaussure toute seule, c'est tellement minable, tellement absurde. Elle pense aux piles de chaussures que l'on entasse une fois l'an dans la rue, des montagnes de la taille de petits corons, pour dénoncer les mines antipersonnel semées pour tuer et mutiler. Aujourd'hui, des millions de ces mines sont encore enfouies en Afghanistan, en Angola, au Cambodge, au Kurdistan, au Mozambique, au Rwanda, au Kosovo. Détournées de leur objectif initial, les mines ont été utilisées massivement, de façon anarchique, posées manuellement ou disséminées par obus, avion ou hélicoptère et continuent la guerre après la guerre. Les Cambodgiens les appellent les « sentinelles éternelles ».

Sentinelles éternelles, les mines, les chaussures dépareillées, de quelle guerre oubliée ?

Anna bascule le sac sur son épaule et se sent une âme de tueuse d'enfants.

Le téléphone sonne.

Elle décroche, c'est sûrement Mélini, ses rages ne durent guère.

C'est Molly. Une voix furieuse.

Je n'ai pas ma clé, si tu es à la maison, ouvre-moi, je sonne à la porte depuis une heure.

Anna se rue dans l'entrée, son sac-poubelle sur l'épaule. Puis elle bifurque, jette le sac dans sa chambre et referme derrière elle dans un claquement. Et elle ouvre à Molly.

Salut, Molly.

Molly a une sale tête. Les visites sûrement l'ont accablée. Elle pose dans la petite entrée obscure son cartable de médecin de ville, le stéthoscope en tombe. Et les seringues.

Merde, dit-elle.

Anna a l'impression qu'elle lit dans sa tête.

Tu veux du thé ?

Il faut qu'on parle, dit Molly. Elle est tendue comme jamais.

Il faut qu'on parle, cette phrase fait trembler Anna. Elle a toujours été annonciatrice de catastrophes. C'est une phrase mauvaise comme une malédiction. Une phrase qui rappelle leurs sombres heures. Les mots comme des coups de hache. Ce qui a été énoncé ne peut plus être effacé. Les propos qui suivent les *il faut qu'on parle* sont toujours rigides et durs comme de la pierre, accusations, sentences, ultimatums. Les malentendus jamais n'ont été levés par des *il faut qu'on parle*, qui, au contraire, les ont empesés et alourdis de mots inappropriés, d'égratignures nouvelles. De coups de griffes que jamais n'abolit la mémoire. Les *il faut qu'on parle* sont lourds de flèches empoisonnées non encore décochées. Ego en bataille, paille dans ton œil, poutre dans le mien. Moi moi moi, ce que toi toi toi, moi qui croyais, moi qui ai toujours, toi qui n'as jamais, toi, toi, toi, trahisons à l'infini. En vain, absolument en vain.

Précisément.

Cela ne peut plus durer, Anna, dit Molly de sa voix sèche et précise de docteur, de sa voix répressive de proviseur à lunettes. Boris ne peut plus rester dans la maison occupée de la rue Vauquelin. Elle est vide désormais, les familles sont parties cette nuit, et il ne peut plus se servir de ses mains, elles sont bandées, elles ont gelé. Il m'attend au Café Français, sur la place Vaillant-Couturier, à la sortie du métro, il boit un thé derrière la vitre en regardant la dalle où souffle le vent en tourbillons, arrachant aux passants transis leurs chapeaux et leurs bonnets, dénouant leurs écharpes, arrachant leurs parapluies. Il faut que j'aille le chercher. Pour cela, il faut que j'aie ta promesse de t'en aller.

Anna ricane. Boris si magnanime, Boris au cœur comme une maison squattée aux mille chambres ne supporte plus de me voir ici. Il s'en est bousillé les mains de rage. Il ne peut pas me le dire lui-même ? Il ne supporte pas quoi précisément ?

Il voulait venir te le dire lui-même, dit Molly. Te dire cela et deux ou trois autres choses, apparemment. Mais je lui ai fait remarquer que nous étions chez moi. Que tu vivais chez moi. Que tu y étais chez toi. Par définition. Et que je ne supportais plus vos disputes depuis bien longtemps.

Anna regarde Molly, son visage crispé, ses yeux rapetissés par l'effort de raison, elle tente une sortie par la blague.

Général Molly, vous m'impressionnez. Du haut de ces pyramides cent quarante siècles nous contemplent.

Quarante siècles, Anna. Quarante !

La figure de Molly est contractée par l'exaspération. Les blagues absurdes de sa sœur Anna l'irresponsable la bouleversent. Elle s'enferme dans la cuisine. Elle téléphone, Anna entend sa voix monter et descendre.

Puis elle passe dans le salon sans un coup d'œil vers Anna, attrape son sac et sort en claquant la porte.

Anna est envahie par la colère qui saisit face aux gens n'aimant pas que l'on suive une autre route qu'eux. Cette colère sans mots. Celle qui l'a étouffée, bousculée, entraînée sur les pentes acides qu'elle a dévalées.

Bon, mais quid des chaussures, comme vous vous le demandez.

Comment régler ce petit détail : un sac-poubelle de cent quarante litres contenant toutes les chaussures bien-aimées de Molly, en vrac et déjà cabossées, gît derrière le divan d'Anna, dans la minuscule chambre que Molly, dans son immense noblesse, lui alloue.

Comment peut-on en arriver là ?

Sans y penser davantage, Anna se réinstalle dans le canapé défoncé du salon et attrape son cahier. Cette fois-ci, pour penser au cas de sa sœur Molly, pour tenter de la comprendre, elle prend le cahier rouge resté ouvert.

16

Autrefois, quand elles étaient ensemble, elles étaient invincibles

Viens, a dit Molly à Anna, viens demain. Nous préparons une grande manifestation. Ce sera dangereux. Ce sera important.

Elles n'ont pas dix-huit ans. C'est la fin de l'été. Elles sont devenues des militantes professionnelles. Molly l'aînée et Anna la cadette. Elles passent leur vie au local. Comment a-t-il surgi ce mot qui est devenu le plus familier des vocables, le plus chatoyant ? D'où vient-il ? De la clandestinité. Des années sombres. Local se dit à la place d'une adresse. Local se dit à la place de tout. Local est un substantif parfaitement neutre et il désigne un lieu qui est le contraire de toute maison. Je vais au local. On se retrouve au local. Je dois déposer des choses au local. La réunion est à dix-neuf heures, au local.

Plus rien d'autre n'existe.

Le local n'a pas de fenêtres, le local est gris et rempli de trucs bizarres, de hampes, de piles de dossiers, de chaises cabossées. De pupitres d'école. Le local a un sol en ciment, des murs en crépi déchiqueté traversés de hautes traînées de crasse et d'anciennes peintures écaillées. Le local a une grande hauteur sous plafond. Le local ressemble au garage à bateaux des écoles de voile, mais sans les coques luisantes et écaillées, sans l'odeur de la mer ni celle du caoutchouc. Le local sent la cigarette.

Le jour de la manif est aujourd'hui, et c'est un jour de printemps.

Dans le cahier rouge, Anna a pris ces notes. Elle calligraphie dans la marge ce quatrain de Yeats.

Maintenant que je n'ai plus d'échelle,
je dois rester en bas,
d'où partent toutes les échelles,
dans l'infect bric-à-brac du cœur.

Nous fabriquons les banderoles dès l'aube, a écrit Anna, il y a longtemps déjà. Les draps déchirés en long, volés dans les placards à linge des maisons, jonchent le sol de ciment du hall de la faculté, nous les enjambons et nous traçons d'immenses lettres au ventre gonflé. Puis nous les colorions et augmentons les pleins et les déliés.

La phrase se déploie. La phrase s'élance, conquérante. Il semble alors que les mots sont plus forts que tout. Il suffira de les porter dans les rues, de s'amasser nombreux derrière eux, de leur donner corps.

Oui, il s'agira de leur donner corps.

Et ils vaincront.

Vaincre, vaincra, vaincront, ces formes verbales sont parmi nos mots préférés.

Le monde de la lutte, le lexique du combat sont notre territoire. Ce monde que nous n'avons jamais cessé d'habiter.

Dans la rue avec nous est, selon moi, le slogan qui résume le mieux cet état d'esprit.

Oui, ce que nous aimons par-dessus tout, c'est cela : marcher au milieu de la rue. Marcher au milieu de la rue, au milieu du boulevard, en se tenant crochetés par les coudes, bras dessus bras dessous, et en chaîne sauve de tout vertige. Nous sommes ensemble. Dans la rue ensemble. Et c'est comme un appel à la liberté. Montez des usines, descendez des collines, camarades, descendez de vos appartements, vous qui nous regardez passer, accoudés à vos balcons, le nez collé à vos vitres, descendez, camarades, marchons ensemble.

Nous marchons aujourd'hui, hier nous peignions, c'est tout à fait la même chose, en réalité.

17

Painting sisters

La première tentative d'envol, a noté Anna dans son cahier bleu, le cahier de la vie de l'âme, est celle que j'appelle la tentative des *painting sisters*. Deux sœurs peignent, écrivent, dansent et font du trapèze ensemble, inséparables, unies pour se faire connaître du monde entier.

Ou non, même pas, et je remarque combien ma pensée est imprécise : elles agissent ainsi pour faire exister la beauté du monde, faire vivre leur regard. Faire entendre leur petite voix.

Dans le cahier à couverture bleue, Anna Jacob note : Je reviens en arrière, j'y retourne, je fais toute leur place aux échos de la première tentative. La tentative des *painting sisters*. À cause de mon rêve.

Elle écrit : J'ai rêvé que j'étais sur une digue, dans un tableau de Winslow Homer, la mer était forte et ma sœur Molly pleurait. Il y avait eu une régate, nous devions concourir. Les bateaux étaient partis sans nous. Nous revivions l'éternel destin des filles qui restent sur le môle.

Je me retrouvais projetée dans mon enfance, quand nous peignions et naviguions sans crainte, pleines d'espoir, ensemble et infatigables. Le monde pouvait trembler : nous arrivions.

Non, cela n'est pas exact. Nous ne pensions pas au monde en ce temps-là. Le monde était où nous étions, ce monde que je n'ai jamais cessé d'habiter, ici et maintenant, pour toujours devant le chevalet, sur la pelouse, face à la mer, dans le bonheur d'avoir réussi à attraper la couleur précise d'un pétale d'anémone, la courbe d'une pensée. Nous peignions, Molly et moi, par prédilection, des pensées violettes au cœur noir, au velouté inouï.

Il faut peindre ce que l'on voit.

Nous ne voyons pas tout à fait la même chose, et imposer sa vision est un combat terrible. On ne le sait pas au début. On ne le sait pas quand on est une petite fille devant sa toile, devant sa palette, devant ses tubes de peinture ou ses pastilles de couleur. Les boîtes de peinture sont des objets magiques. Il suffit de douze pastilles, parfois de seulement six : indigo, bleu, vert, rouge, orange, jaune, et l'on peut recréer le monde. Montrer ce que l'on voit.

On peint, et la vie advient. Cette découverte primordiale est à l'origine de toutes les autres.

Il faut beaucoup y travailler. Et, si l'on a eu le destin de naître fille, il faut être deux. Pour faire face. Oser montrer ce que l'on voit.

Dans ce monde patriarcal, servons-nous de mots trop lourds pour nous, comment faire autrement : les mots n'ont pas été polis pour nous. Disques et poids, flèches et javelots trop lourds pour nos épaules, pour nos bras, pour nos doigts. Ce que voient deux petites filles n'est ni admissible, ni recevable, et ne peut être entendu, ni vu, ni lu. Pourtant cela existe pour toujours dans ce monde qu'elles ne quitteront, d'une certaine manière, jamais.

Munie de ma boîte de couleurs, acharnée à attraper la lumière, le blanc et le noir, les rouges et les bleus, intrépide, je peins nos destins, les insolubles contradictions des filles. Nos espoirs, nos désillusions ont la forme d'un éventail, d'une ombrelle, d'un livre, d'un pinceau, d'un regard, d'un élan, d'une douleur, d'une mèche ramenée sur une nuque, d'une robe de mariée.

Peindre ce qu'elles voient, elles veulent à tout prix le faire. Au début, elles ne peuvent deviner ce qui se mettra en travers de leur chemin. Elles ne savent pas quelle négociation il faut mener pour se faire une place minuscule. Minuscule et provisoire. En attendant, elles marchent d'un même pas, se comprennent d'un demi-regard, peignent l'une à côté de l'autre, se critiquent durement et s'encouragent fraternellement. Elles se jurent de toujours peindre et de ne jamais se marier. Elles sont dans leur monde plusieurs heures par jour.

Mais la vie les rattrapera, la vie ordinaire, avec les rivalités, les échecs, les illusions, la jalousie et le temps qui file. L'amour et la révolution, l'échec de l'amour, les pièges de l'amour, les illusions de la révolution, les borborygmes de l'histoire les sépareront malgré elles.

Pour le moment elles font encore des pointes, elles se moquent. Elles travaillent. Elles explorent états d'âme et emplois du temps, elles se livrent à leur jeu favori : ricaner ensemble, croquer des personnages ridicules, les dessiner avec des mots. Les écrire comme on peint. Les peindre comme on raconte. Se ficher du monde.

But affiché : apprendre à voir ce qu'il y a derrière les choses.

« De même que l'artiste remplit des pages de fragments, de drapés, de jambes et de nez, je m'empare de ma plume pour coucher sur le papier toutes les formes qui me passent par la tête. C'est un entraînement pour l'œil et pour la main. »

Elles travaillent sans cesse : donner toujours une immense importance aux petites choses, sans oublier de sourire de soi, un peu, du coin des lèvres. Traiter les drames et les chagrins par la dérision et l'ellipse.

Pour ne pas regarder le vide, nous peignions des montagnes japonaises, nous copiions inlassablement, ma sœur et moi, des images du monde flottant d'Utagawa Hiroshige et apprenions le mouvement de la main qui permet de comprendre comment pousse un arbre. Des estampes coloriées dans les poches, que nous caressions du bout des doigts pour nous rassurer, nous sortions sur la lande pour décrire un coucher de soleil. Décrire comme on dessine. Où est la limite d'un nuage ? Où est la ligne entre ciel et terre ? Tout vient des différentes intensités lumineuses. Comment écrit-on la lumière ? Il n'y a pourtant que cela, la lumière. Toujours s'exercer à mettre sur le papier « une oreille, un nez, un bras ».

On peut rendre les choses réelles en les traduisant en taches de couleur. C'est la solution numéro un.

On peut rendre les choses réelles en faisant semblant de faire une révolution. C'est la solution numéro deux.

On peut rendre les choses réelles en les traduisant en mots. C'est la solution numéro trois.

Cette entière réalité des choses traduites en mots signifierait que celles-ci ont enfin perdu le pouvoir de me blesser. C'est le seul remède puisque nous avons été jetées hors du paradis – ce monde rond comme une bulle –, où nous travaillions ensemble, *painting sisters*. C'est le seul remède puisque la solution numéro un a échoué et que la solution numéro deux n'a guère mieux réussi.

Mais, écrit Anna, avant de tourner la page entièrement noircie de son cahier, la solution numéro trois s'est heurtée à son tour à de sérieuses difficultés. Elle compte sur ses doigts.

Solution numéro un, la peinture, *painting sisters*, à deux contre le monde.

Solution numéro deux, la révolution, le tous ensemble.

Solution numéro trois, réenchanter le monde en lui redonnant des mots.

Reprenons notre récit, se dit Anna, tandis que le feu dans la cheminée s'est éteint. Elle enfile des mitaines, enfonce son bonnet péruvien à oreilles, rajoute un gilet à motifs jacquard sur son pull à col roulé, retrousse un peu les manches, puis elle ouvre le cahier rouge.

Elle relit.

18

La manifestation a mal tourné
(Suite du cahier rouge)

Nous sommes dans le hall de la faculté de Censier, en ce petit matin de grande manifestation. Tous, nous portons une veste en velours côtelé légèrement rembourrée de papier journal pour nous protéger des coups à venir. Il fait si beau, le bleu du ciel peut être d'une gaîté infinie.

Molly porte sous sa veste une chemise cerise aux manches retroussées.

Nous sommes une douzaine à décorer les banderoles de drap blanc avec des mots immenses. Libérez nos camarades. Venceremos. Dans les usines et dans les champs, vive les peuples en lutte. El pueblo. Il popolo. La gente. Camarades. Des Vive ceci et des À bas cela. Assez d'ignorance. Assez d'indifférence. Des images de mineurs chiliens, d'étudiantes en prison, de mondes qui vibrent, qui frémissent, la tempête fait tanguer les continents. El pueblo unido jamás será vencido. Dans la rue avec nous, qu'aucune personne ne reste seule et qu'aucune ne soit oubliée. Serrons les rangs, restons ensemble, et jamais jamais nous ne pourrons être oubliés, défaits ou vaincus.

Ensemble. Ensemble. Ensemble. L'illusion terrible.

Anna remplit avec soin la courbe d'un R noir et rouge.

Tu veux un café ? dit Marek.

Il tient le pot de Nescafé dans sa main.

Je sais faire des espressos, dit-il, et ses yeux brillent.

Tu mets deux cuillers de poudre, deux cuillers de sucre, tu les bats avec trois gouttes d'eau. Et cela devient une pâte jaune, une sorte de caramel que tu bats encore le plus possible.

Et il fait une démonstration. La tasse minuscule vibre et résiste. Le rouleau de pâte ressemble à un miniserpent furieux.

Ajoute l'eau, dit Marek fièrement.

La tasse se remplit d'un liquide mousseux, le hall de la faculté de Censier de l'odeur du café.

Nous buvons le meilleur café du monde, les Romains ne connaissent rien de notre félicité, dit Marek.

Pourquoi les Romains ? demande Anna, éblouie.

On nous a enseigné qu'ils étaient les parangons absolus de la jouissance, répond Marek, et c'est dans leurs récits, leurs poèmes, leurs essais, de Salluste à Sénèque, en passant par Ovide, Lucrèce et Catulle, qu'on nous a incités à chercher les règles du bonheur, les principes du plaisir. Et nous nous en sommes détournés. Comme de leur décadence affreuse, de leurs tristes orgies, de leur modération. Les Romains nous regardent. Je suis fier de leur damer le pion.

Marek ne déteste pas faire des exposés. Étaler sa science. Colmater les brèches de l'angoisse avec les données stables du cours de latin. Les mots sortent de sa bouche comme de petites briques et il élève un mur de connaissances à toute vitesse, une brique, de l'enduit, une brique, le vent frisquet du néant reste dehors. Un maçon, voilà comment Anna voit Marek. Elle voit aussi très bien qu'il ne la voit pas. Elle réfléchit à cette expression loufoque : damer le pion. Marek joue aux dames avec d'hypothétiques Romains.

Nous nous préparons à marcher dans les rues.

Bien fait pour les Romains.

Le trajet de la manifestation est secret.

Nous devons surgir du métro, comme la lave d'un volcan. Et nous rassembler, former des chaînes, déployer nos banderoles, entonner nos chants révolutionnaires, faire vibrer l'air de nos slogans.

Notre groupe doit jaillir de la station Temple à douze heures précises. Les dirigeants ont pensé qu'ainsi notre action serait répercutée dans les bulletins d'informations de la mi-journée, ce qui est déjà un bon début pour changer la société. Faire entendre notre voix dans les maisons à l'heure du journal télévisé.

Nous aurons tous des casques pour nous protéger.

Je ne veux pas mettre de casque, murmure Anna. Le casque est trop lourd pour ma tête, le casque me tord le cou et me brise les épaules. Le casque me sépare du monde, comment les gens pourraient-ils nous rejoindre si nous ressemblons à une tortue romaine géante désarticulée, à la Zengakuren, à des fous ?

Molly et moi, écrit Anna, nous sommes si différentes. Je pense à Marek, au Nescafé. Aux yeux en amande de Marek. Et j'ai peur de sortir du métro. Molly est courageuse et honnête. Elle ne se laisse sûrement pas détourner de notre mission par des rêveries de midinette, l'envie d'un baiser. Ou des jambes en coton. J'aimerais lui ressembler. Je pourrais me couper les cheveux pour lui ressembler davantage.

Anna et moi, pense Molly, nous sommes si semblables. Amoureuses de la vie qui va, heureuses que le vent du printemps ait cette merveilleuse odeur d'herbe.

Viens, Anna, crie Molly. On y va.

Elles mettent leur passeport dans la poche de leur jean en velours. Et dix francs. Et c'est tout.

Anna fourre *Les Fleurs du mal* dans la poche de sa veste. Et un tube d'aspirine. Elle a peur de n'avoir rien à lire en prison. Elle a peur d'avoir mal aux dents. Elle vole un journal qui dépasse d'une boîte aux lettres. Le titre en lettres énormes dit : « Massacre à Tlatelolco ». Elle lit à haute voix : « Le massacre du 2 octobre 1968 est le second massacre de Tlatelolco, le premier fit 40 000 morts, c'était le 13 août 1521. Les derniers combattants aztèques sous les ordres de Cuauhtémoc y furent massacrés ainsi que leurs familles par les troupes espagnoles et leurs alliés tlaxcaltèques sous les ordres de Hernán Cortés. »

Comme tout cela fait trembler.

Ils ont tué des dizaines d'étudiants à Tlatelolco, des centaines peut-être, et emprisonné et torturé aussi des filles et des garçons pour imposer leurs jeux Olympiques, dit Molly, dans un rictus de dégoût. Ils les ont écrasés, battus, assassinés. Ils ont tiré au chassepot, à la mitrailleuse.

Des images ensanglantées.

La Commune, les charniers, les années noires, éternels cauchemars de violence, d'écrasante violence.

Marek court en avant, souplement, il rebondit sur le macadam. Tous, ils dévalent les marches du métro comme un seul homme, comme une volée d'hirondelles, adieu le bleu du ciel, les hampes de drapeaux ont été emballées dans du papier kraft volé au BHV, ils ont l'air d'étudiants pressés qui déménagent.

Notre foule est sortie de la station Temple en chantant. Les gens se sont arrêtés pour nous regarder.

Montez de la mine, descendez des usines, camarades.

Aux fenêtres aussi des visages ont surgi.

Dans la rue avec nous !

J'éprouve le désir violent qu'ils se joignent à nous, que leurs trajectoires se modifient pour un instant.

Descendez des collines, descendez de vos appartements, camarades ! Chantez avec nous.

Cent mille voix répétant la même prière, le même

mantra, les mêmes syllabes ont une force efficiente. Un réel pouvoir. Comme si nos voix traversaient l'océan et qu'ils nous entendaient, là-bas, dans les cellules de la prison de Lecumberri.

Dans la rue, la marée humaine a gonflé.

À bas la mort, la violence et la peur. Nous chantons et une joie réelle envahit l'air de la rue de Turbigo, gagne les abords du square du Temple, des Arts et Métiers, la rue Réaumur. Mais soudain une rumeur effrayante monte des artères avoisinantes. Des dizaines d'hommes armés de matraques courent partout comme s'ils avaient surgi d'entre des tombes. Nous sommes encerclés, frappés, jetés à terre. Aucune issue, et ceux qui tentent de s'enfuir sont battus et laissés au sol, inertes.

La matraque est au-dessus de ma tête.

C'est comme ça. Je vais mourir ici, je n'ai pas très mal, du sang sur les joues, du sang sur les doigts, ma blouse colle, comme le sang est collant, *Les Fleurs du mal* et un tube d'aspirine dans la poche, c'est dommage, les jambes en coton, le cœur fou, je glisse au sol, je me suis évanouie.

Ils entassent les corps dans un fourgon. Ce sont nos corps vivants. Assommés, ensanglantés, mais vivants. J'entrouvre un œil, puis l'autre avec précaution. Certains coups de matraque rendent aveugle. Je me suis souvent entraînée à m'orienter à tâtons, palpant les murs de ma chambre. Pourvu que cette précaution soit inutile encore pendant quelques décennies. Ma hantise de la cécité est terrible. Les paupières collées et les yeux douloureux, pourtant, je vois. Les tempes battent. Les mains gonflées ne peuvent se fermer. Les os des mâchoires grincent. Je soulève la tête.

Le fourgon s'arrête et les portes s'ouvrent, on nous crie de sortir, et nous sortons en file indienne entre deux rangées d'hommes en bleu et en rangers qui nous regardent et jouent de la matraque.

Je cherche des yeux une présence amie. Les visages tuméfiés me sont tous inconnus.

Sur la banquette en béton, je remonte les genoux contre la poitrine, je prends mon petit bréviaire, certaine qu'il va s'ouvrir à la bonne page. Il s'ouvre sur « Les Phares ». Je lis en murmurant, en respirant à petites goulées, en refoulant les larmes, en balançant ma tête d'avant en arrière. Michel-Ange, Léonard, leurs bras se tendent vers moi.

C'est un cri répété par mille sentinelles,
Un ordre renvoyé par mille porte-voix.

Charles Baudelaire m'aide en toutes circonstances, je mâchouille les syllabes et je me réincarne, la vie reprend.

Car c'est vraiment, Seigneur, le meilleur témoignage
Que nous puissions donner de notre dignité
Que cet ardent sanglot qui roule d'âge en âge
Et vient mourir au bord de votre éternité !

Un garçon et une fille se tiennent par la main, je les envie. Il lui caresse la joue, elle lui lisse les cheveux et essuie du sang. Ils s'embrassent. J'éprouve le désir violent d'une épaule où poser ma tête. Des éclats de poèmes résonnent, j'entends des voix.

On nous verse dans des cellules, on nous entasse, nous sommes des centaines. Je ne connais personne. Où sont mes camarades ? C'est une étrange sensation d'être tellement ensemble, et tellement abandonnée. Où sont Marek et Boris, Henri et Daniel, Thomas et David ? Où sont Molly et Judith, Anne, Jamil, Malika, Yves, Hannah ? Je tremble de froid, mes os craquent, et mes dents me font mal.

Bientôt une voix s'élève, puis plusieurs, une rumeur d'abord, un grondement. Et nous chantons. Dans les cellules, tout au long du couloir verdâtre, un chant s'élève. Dans la nuit la liberté nous écoute.

Mille étudiants, mille lycéens, arrêtés comme un banc de petits poissons pris au filet, luttent chacun pour soi – petits phares tremblotants – contre une forte envie de pleurer. Ils pensent aux étudiants tchèques et aux étudiants de Mexico, aux récits qu'on leur a faits des guerres passées, des prisons où ont été enfermés leurs pères, leurs oncles, les disparus de toutes sortes, c'est confus et essentiel, ils veulent qu'on dise plus tard qu'ils en ont été dignes. Ils ont des bleus, des bosses et l'impression que leur vie s'achève ce soir.

Montez de la mine, descendez des collines, camarades.

Nous ne faisons plus qu'un. Un seul chant.

Je reconnais au loin la voix de Molly. La voix profonde de Molly. Peut-être a-t-elle entendu, elle aussi, que j'étais là, invisible, roulée en boule à quelques rangées de barreaux.

Peut-être Marek nous entend-il aussi.

Dans la nuit on nous libère et nous marchons dans les rues vides. Je ne vois pas ma sœur, il pleut un peu, le jour peine à se lever. Nous sommes une colonne, une armée défaite, tête basse, personne ne parle. Je remarque juste que des couples se sont formés. Et cela me rappelle les retours de colonie de vacances. Ces trains de nuit qui ramenaient des cohortes d'enfants épuisés et sales, nous. Nous étions entassés dans les wagons, nos bobs sur la tête pour être identifiables. Des numéros à tête rouge qui ne pensaient qu'à trouver une autre petite âme perdue. Pourquoi le sentiment de solitude était-il si poignant lors de ces nuits de retour au bercail ? Il ne fallait pas revenir les mains vides, il fallait conjurer par des baisers l'imminence d'une séparation et se protéger de la nuit froide. Et les couples se formaient, qui s'étaient cherchés toute la semaine, à la cantine, au dortoir, sur les pistes, dans la forêt.

Anna marche seule, les lampadaires s'éteignent. Elle aperçoit Molly qui marche, loin devant.

Elle court, elle la rattrape. Elle se glisse dans le vide à côté d'elle.

Je t'ai entendue chanter, dit-elle dans un souffle, comme si le cauchemar s'était dissipé.

Ah ouais, dit Molly. C'est dingue. Dis donc, tu as un beau coquard. Tu ressembles à un panda.

Anna sourit avec fierté, c'est toi le panda.

Molly a un sourire un peu supérieur, un sourire de chef qui ne s'attarde plus sur les remarques puériles.

Tu vas te faire soigner, hein ? dit-elle.

On passe à la maison ou on va au local ?

Je crois que je vais aller au local directement, la douche marche de nouveau, et puis il y a réunion à dix heures pour le communiqué et la riposte. La direction considère que c'est une victoire politique, la première depuis des mois. Mille arrestations d'étudiants et de lycéens, cent vingt-six blessés légers, dont soixante-douze du côté de la police. On n'est pas près d'oublier, à la Préfecture, les jeunes morts mexicains de la place des Trois-Cultures, le massacre de Tlatelolco.

Je viens au local avec toi, dit Anna.

Bien sûr, dit Anna.

Tu sais s'ils ont libéré Marek, demande Anna.

Le ciel est rose, et sur la Seine des mouettes font des piqués. Une péniche passe comme un crocodile immense et paisible. Les ors de la Conciergerie se mélangent aux nuages.

On se croirait à Petrograd, remarque Molly.

Nous sommes les étudiantes du soviet de Petrograd, renchérit Anna, heureuse et fayote.

L'avenir nous sourit.

Dans la rue du Grand-Prieuré, à cinquante mètres du local, le Nemrod, notre café habituel, vient d'ouvrir ses portes. Gildas, le patron, installe ses chaises en rotin, ses tables rondes, ses cendriers décorés d'une gitane. Nous commandons des cafés crème et des croissants. J'allume une cigarette de la marque Royale. Je ne me force plus comme au début, quand Marek m'a offert ma première bouffée, dans le hall de la faculté de Censier. Quand Marek m'a montré comment aspirer, comment ouvrir largement les narines, comment faire descendre la fumée, ne pas tousser, bloquer le pharynx, expirer. Je n'ai plus mal au cœur. Et je confonds le mouvement de la respiration et le geste du fumeur. Je sens sur ma langue le goût sucré du goudron ou de je ne sais quoi, ce je-ne-sais-quoi qui se mélange presque parfaitement au café et aux miettes grasses de croissant.

Et nous apercevons Marek, au bout de la rue droite et sombre.

Il volette comme un oiseau des villes, il a une démarche de garçon pressé et rêveur, il pose à peine le pied par terre, il sautille, et son casque de moto rebondit sur sa cuisse à chaque pas. Son casque de chef du service d'ordre.

Ils t'ont frappée, dit-il.

Il y a de la compassion, de la sollicitude, mais aussi une certaine fierté dans sa voix.

J'avais oublié le coquard, se dit Anna, qui met vite des lunettes noires.

Tu veux un crème, demande Molly.

Nous sommes des guerriers en vacances. Marek déplie le journal, il y a une photo en pleine page et un titre en lettres énormes.

MILLE ARRESTATIONS. TROIS CENTS BLESSÉS, OU PEUT-ÊTRE PLUS.

Une double page, des témoignages, la violence terrible,

les coups, les grenades à tir tendu, les lacrymogènes en pleine face. On dit que certains perdront la vue. Mille arrestations, Anna répète ce chiffre et devant ses yeux des corps entassés se tordent et se replient. La violence.

La violence révélée, dit Marek fiévreux. Leur vrai visage. Flics fascistes assassins. Ils veulent tuer. Tuer la révolte dans l'œuf. Faire peur, une bonne fois pour toutes. Et cætera. Une violence disproportionnée qui montre leur terreur devant la puissance du mouvement. Mais ils ne peuvent rien contre nous, rien contre les camarades mexicains, oui, quand quelqu'un tombe, un ami sort de l'ombre à sa place. Ils veulent nous effrayer. Mais nous n'avons absolument pas peur.

Paura non abbiamo, chante Molly. C'est leur hymne : une chanson italienne d'il y a cent ans, *sebben che siamo donne,* même si nous sommes des femmes, *paura non abbiamo,* nous n'avons pas peur. C'est le chant des paysannes d'Émilie-Romagne qui croyaient au courage, à la fraternité, à l'union et à la liberté. Evviva la libertà.

Quand Molly chante, le cœur d'Anna se gonfle de fierté et d'amour. *La lega crescerà.* La ligue grandira. Le ciel semble plein de promesses, elle ne sent plus la brûlure de son œil tuméfié, ni les hématomes dans son dos, ni la croûte qui s'est formée déjà à son poignet. Le seul problème, pense-t-elle au fond de son cœur fraternel mais fragile, c'est que j'ai tout le temps peur. Je me dis qu'il faudra que quelqu'un survive pour témoigner et je suis candidate. Mais pour cela, il faut vivre et ne pas succomber sous les coups de matraque. Et me voici déjà toute moulue et abîmée, couverte de bleus et les deux yeux aux trois quarts fermés. Je vais prendre des cours de lutte, se dit Anna.

Ça ne va pas être de la tarte, se dit Anna.

Pauvre Anna, tu ne comprends rien, songe Anna, reprenant le fil de son récit. Tu ne sais pas ce qui va t'arriver et moi, qui suis toi, je le sais. Et cela me procure, plus que la paix ou la sagesse, ah ah ah, une fatigue d'une nature particulière.

Comme il est étrange et épuisant de revenir ainsi sur ses pas. Comme écrire dans le cahier rouge paraît une tâche vaine.

Pourtant les voix l'appellent.

Tout de suite leur répondre, dit Molly.

Il faut manifester dès ce soir, dit Marek.

Devant Beaujon, dit Molly.

Prévenir quelques journalistes, faire venir les blessés, prendre des photos, dit Marek.

Marek et Molly, leurs pensées cliquettent, leurs pensées s'entrechoquent, ils vont vite.

Ils sont ma vie, écrit Anna. Je les admire. Je les écoute. Un rayon de soleil tombe sur la petite table, sur le journal, sur la photo d'une jeune fille à terre, du sang coule de ses cheveux, le soleil frappe nos tasses sales, j'allume une Royale et j'inhale la fumée de toutes mes forces.

Et quelques minutes plus tard, nous entrons en réunion. La douche, ce sera pour une autre fois.

La réunion est notre vie, notre poumon. Cahiers ouverts, chaises volées dans les jardins publics, chaises vertes et rouillées, table de fortune longue et étroite, autour de laquelle nous nous asseyons et faisons silence. Je suis à côté de Molly. Je regarde ses notes. Son écriture nerveuse et compliquée. Les titres de chapitres soulignés, les capitales souvent. Les points d'exclamation. Les paragraphes. La clarté même. La complexité. Bilan et perspectives. Les démocrates aux côtés des manifestants molestés. La situation et nos tâches. Les récits des blessés. Violeta P. témoigne des violences subies. Notre camarade Nicolas B. amputé d'une main. Le chirurgien est avec nous, indigné par ce qu'il a vu.

Après la manifestation, relancer l'action. La situation nouvelle du mouvement étudiant. Grèves des ouvrières de la chaussure dans le Sud-Ouest : deuxième souffle ou fin d'un rêve. La paysannerie bolivienne : mondialisation de la question des sans-terre. Molly a une capacité de synthèse exceptionnelle. Lisant sur son épaule, j'ai le sentiment de me forger une vision du monde, de sentir la palpitation de la marée des luttes, d'atteindre à une vision panoptique et synchrone. J'observe ses lèvres serrées, son visage pâle, ses cernes noirs, elle me fait penser à Ondine, à une Ondine cérébrale et révoltée.

Marek et Boris prennent la parole tour à tour. Boris est le meilleur ami de Marek, j'adore les écouter discuter ensemble, comme Achille et Patrocle. Les garçons sont beaucoup moins seuls que nous, écrit Anna, qui perd le fil de l'action. Ils donnent des chiffres. Ils annoncent des actions clandestines. Des bombages dans les beaux quartiers. Ils lisent des messages de solidarité. J'écoute, comme un enfant qu'on berce, mon œil me fait mal, mes hématomes ont encore gonflé. Ma tête tourne. Je m'évanouis.

Anna réfléchit, elle lève son stylo, tourne la page. Ajoute, autour de son cou, une écharpe

J'ai toujours aimé m'évanouir. Glisser hors de la scène. Cette douceur, cette chaleur. Soudain ne plus être responsable de rien. Occupez-vous de moi.

Je t'accompagne aux urgences, a proposé Marek. Et Anna reprenant conscience – et tremblant maintenant de froid – a accepté.

Les camarades vont se charger du communiqué. Molly et Boris rédigent un tract et tapent le stencil.

Anna lève son Bic, elle s'attarde sur ce mot familier, elle doute qu'il soit encore compréhensible. C'est tellement étrange de voir sombrer dans le néant un mot, un objet qui semblait là pour toujours. Ce n'est pas exactement cela : aucun d'entre eux ne s'en souciait, tout simplement. Les objets et les êtres étaient perçus dans un immarcescible présent. Le sentiment de l'impermanence est venu plus tard. Expérience si banale et néanmoins impossible à partager.

Le stencil est un objet qui a totalement changé de destination. C'est une feuille imperméable de papier paraffiné que l'on perfore, lettre à lettre, afin de laisser passer l'encre. Molly tape laborieusement, les lettres transpercent la feuille comme elles doivent frapper les esprits.

Avec la photocopie, puis les ordinateurs et enfin l'ère numérique et les réseaux sociaux, le mal qu'on s'est donné paraît dérisoire, pense Anna. Et pourtant, à l'instar de bien d'autres détournements, j'ai retrouvé le stencil sur les murs d'Issy. En art urbain, qu'on nomme aussi street art, c'est le nom donné à la méthode du pochoir. En infographie, c'est le nom de l'élément qui va être reproduit. Et dans l'art du tatouage, le stencil, c'est la feuille carbone utilisée pour transférer le dessin sur la peau.

Le stencil a glissé, dérapé, comme ma vie, songe Anna, et elle laisse le pochoir de côté et reprend le fil de son récit.

La ronéo crachote, l'encre bave, les feuilles jaillissent, la manivelle tourne, les mots cinglent. Partout dans le monde des jeunes gens se sont levés, ils ne se recoucheront jamais.

Les chars russes, les fusils mexicains, les grenades lacrymogènes françaises, les soldats américains ne nous domestiqueront ni ne nous écraseront. Brésil, Argentine, Canada, partout, partout, nous sommes debout.

Dans la prison de Lecumberri, les prisonniers savent que nous sommes à leurs côtés.

Pendant ce temps, je pose la tête sur l'épaule de Marek.

La salle d'attente de l'hôpital Saint-Louis est bondée.

L'attente.

L'attente bien sûr.

Il y a des personnes assises un peu partout, et d'autres allongées sur des civières. Un silence cotonneux, une odeur de peur et de désinfectant flotte sur nos têtes. Nous sommes passés de l'autre côté – « Vous qui entrez, abandonnez toute espérance », me dis-je –, du côté des vaincus, têtes basses, bras ballants, veines qui saillent à la naissance du cou, dans l'air gris, mains qui se tendent. Je n'étais jamais venue ici, dans un service d'urgences, dans cette sorte de salle des pas perdus, et je vois bien qu'il s'agit d'une antichambre de la résignation, on ne peut guérir de ce que je vois ici.

Je pleure, mes larmes ont le goût affreux du chlore des grenades dont nous avons été arrosés. À côté de moi, un vieil homme au bras tatoué, pommettes trop rouges, yeux très bleus, front piqueté de grosses taches brunes, mains si déformées qu'on ne dirait plus des mains mais deux appendices monstrueux, deux pauvres pieuvres aux tentacules inégaux, me regarde tristement.

Viens, dit Marek, ne restons pas là. Le soleil nous guérira plus sûrement que leurs désinfectants et leurs points de suture. Le vaillant soleil d'octobre.

Alors nous marchons dans les rues remplies encore de cars de gendarmes mobiles et de CRS. Nous descendons un bout de la rue de la Grange-aux-Belles, puis la rue Juliette-Dodu que j'adore, puis l'avenue Richerand, nous passons le canal Saint-Martin en empruntant le pont tournant, nous regardons, accoudés à la rambarde métallique, filer les détritus qui descendent vers l'écluse. Un chapeau rouge flotte comme une île ridicule. Marek me le montre du doigt et nous rions. Tu es très pâle, dit-il. Nous faisons une halte au bar de la Marine. C'est un vieux bar qui sent les boiseries et la vase. Sur la banquette court un cafard. Je souffle dessus pour lui faire croire à un cyclone. Ah ah ah.

Marek lit la plaque de la rue.

Nous sommes assis rue Dieu, tu peux y croire ?

Non, dis-je, je ne crois pas du tout en Dieu.

Il se moque.

Sans blague, Anna ! Je veux juste dire que c'est une bien petite rue pour un nom si grand.

Il doit s'agir d'un autre dieu, dis-je, incrédule, ou bien alors, au contraire, très crédule. Peut-être est-ce une rue offerte en hommage à la modestie supposée du Créateur. Existe-t-il une rue Jésus à Paris ? Une rue Bouddha ? Une rue Allah ? Sans même envisager une rue Hachem.

La patronne nous a entendus, elle nous lance un œil mauvais.

Le CRS a vraiment dû taper très fort, dit Marek en me caressant les cheveux. Anna, tu es dingo, sais-tu ?

Nous payons nos cafés, nos personnes impies vont se faire voir ailleurs. Rue Beaurepaire, rue du Temple, nous voici déjà sur les lieux du massacre d'hier. Mon corps tout entier s'est mis à trembler.

On ne retourne pas au local, dit Marek. Viens, je t'emmène. Courons. Il me prend la main, nous courons.

Pour moi, pense Anna, relevant son stylo – elle n'est décidément pas très concentrée ce soir –, pour moi ces deux silhouettes traversant l'île Saint-Louis en voletant, c'est l'image de l'amour. Et elle claque la couverture en carton du cahier marbré rouge.

Prise de nostalgie, elle plonge dans ses souvenirs.

Un moment passe, ses doigts de pied se crispent et se rappellent à elle. Anna reprend son stylo et rouvre son cahier. C'est souvent à l'instant où elle le referme que l'assaillent images et souvenirs, et émotions. C'est une chose connue. L'inspiration est contrariante et l'inconscient rusé. Faire mine de quitter la table suffit à faire souffler l'esprit. Alors se lèvent les phrases, et le torrent des mots gronde. Mais si on se rassoit on se sent parfaitement désertée.

Elle prend le cahier bleu pour penser à ce qu'aimer veut dire, pour prendre au filet cette illusion. Ah ah ah. Marek Meursault. Elle le referme et prend le cahier rouge : tout ce qui concerne Marek est politique.

19

Marek et Anna

Marek Meursault est beau comme une fille, disent les camarades de la cellule, jaloux.

Il se prend pour un tableau, disent certains camarades de cellule.

Son courage bien connu, à quoi il doit son titre de chef du service d'ordre et ses responsabilités, est suicidaire, disent les camarades de cellule, qui sont cependant épatés.

Drôle de mot, ce substantif : cellule, biologique, politique et carcéral. La cellule est l'unité de fonctionnement de l'Organisation. Elle peut être géographique, quand elle rassemble des militants d'une ville ou d'un quartier, ou professionnelle, il y a, composant le grand corps de l'Organisation, des cellules de fonctionnaires, d'enseignants, d'employés des PTT, mais beaucoup d'entre nous sont simplement, et sans l'avoir voulu, des militants professionnels. Nous sommes d'éternels étudiants et lycéens qui nous attardons sur les lieux de nos hauts faits.

Des militants presque encore enfants.

Les yeux de Marek sont tristes, ses cheveux trop longs volent autour de son visage de jeune homme flamand et laissent voir ses petites oreilles. Comme son frère d'armes Boris Yankel, il ne parle guère : il ne dit rien de lui, il se ferait prendre en flagrant délit de vanité, et c'est un des élans les plus gravement condamnés par l'Organisation. Il ne parle pas des autres, les autres ne l'intéressent pas. Répéter un potin lui donnerait l'impression de se déshonorer. Il n'évoque jamais ses sentiments : les sentiments, c'est petit-bourgeois. Il ne parle pas de son passé, le passé n'existe pas. Il a effacé de ses pensées sa famille – à bas la famille – et ses parents. Ses rêves doivent rester secrets. Ses cauchemars lui font honte. Écrire des textes théoriques sur les étapes de la révolution et analyser la situation concrète lui coûte infiniment. Il y est obligé souvent, alors il écrit avec Patrocle. Achille et Patrocle en avant, comme ils disent, comme ils signent. Ils écrivent des pages mortellement ennuyeuses et académiques sur la crise qui vient, les nouvelles classes, les défaites de l'impérialisme, la jeunesse comme ferment de la révolution. La jeunesse est le verrou et la clé. La jeunesse est l'arme fatale. Et ils apposent en bas de leurs longues phrases fastidieuses leurs deux pseudonymes homériques.

Marek lit à longueur de temps, la tête dans les mains, *Les Possédés* de Dostoïevski et les *Écrits* de Bakounine. Un volume de *Ma vie* de Léon Trotsky est posé sur la caisse qui lui sert de table de nuit, dans la chambre de bonne où il écrit de la poésie automatique en fumant des joints. Il aimerait une vie absolument libre, sans bassesses, sans obligations, une vie qui coulerait comme un torrent de montagne et dévasterait sur son passage la tourbe et les cailloux. Il aspire à la pureté et ne se lève jamais avant midi. Il étudie la philosophie à la faculté de Censier où il milite les après-midi. Le soir, il est au local.

Nous sommes des pantins, a noté Anna en marge du cahier rouge consacré à la vie politique. Pourtant ce qui nous anime, sans que nous y comprenions rien, est vif comme la rosée du matin, un optimisme radieux habite nos cœurs.

Anna et Marek se croisent comme des caravelles.

Marek avec Boris, et Anna avec Molly.

Leur histoire s'écrit sans qu'ils en aient la moindre idée, sans même qu'ils y songent. Ils ont, croient-ils, mieux à faire. Ils parcourent des centaines de kilomètres en voiture pour animer des réunions. Qu'est-ce qu'animer une réunion, ils n'en savent rien, ils le font sans se poser de questions, ils arrivent dans une petite salle froide, à la mairie, à l'école, à la maison des jeunes, dans un théâtre municipal, dans une salle de cinéma désaffectée. Ils installent des chaises en plastique et une table recouverte d'une nappe pour mimer une tribune. Ils attendent les gens. Quelquefois il n'y a que les deux ou trois camarades du coin, mais cela n'a pas d'importance. Les premiers chrétiens, les premiers bolcheviks, les premiers syndicalistes l'ont fait avant eux. Les réunions ont lieu partout dans le pays. De Saint-Aubin à Quimperlé, de Fourmies à Carcassonne, d'Alès à Castellar, du Chambon à Sigean, ils parcourent des centaines de kilomètres sans moufter. Marek conduit, Boris à ses côtés. Anna et Molly sont à l'arrière. Les camarades les surnomment la bande des quatre.

Tout le monde fume, la voiture est un nuage roulant et puant, et nous chantons à tue-tête des chansons de Jean Genet. C'est notre hymne, la *Chanson du condamné à mort*.

Le vent qui roule un cœur sur le pavé des cours,
Un ange qui sanglote accroché dans un arbre,
La colonne d'azur qu'entortille le marbre
Font ouvrir dans ma nuit des portes de secours.

J'entends la peine du prisonnier et les harmonies mallarméennes. Je n'entends rien du chant d'amour funèbre. Je ne vois et n'entends que la fraternité et la révolution. Pourtant il n'est question que de tendre bite et de couilles aimées.

Mordille tendrement le paf qui bat ta joue,
Baise sa tête enflée, enfonce dans ton cou
Le paquet de ma bite avalé d'un seul coup.
Étrangle-toi d'amour, dégorge, et fais ta moue !

Nous roulons des nuits entières et nous chantons, poussés par un vent de poussière, des images de désert, des images de foules levées, de sexes levés, de côtes sauvages, de résistance armée, de liberté infinie. L'existence, nous la conchions, jamais nous ne nous soumettrons à l'étouffement du quotidien. Nous fonçons sur les routes noires de la révolution et de l'amour.

De manifestation en réunion, de réunion en manifestation. Dedans, dehors, et encore et encore. Des mots, des mots, des mots pour en finir avec la grisaille, l'égoïsme, l'injustice et d'autres choses du même tonneau.

Marek me faisait tellement de peine, j'aurais voulu le secouer comme un prunier ou le bercer peut-être, son âme me semblait enfermée derrière des barreaux, a écrit Anna dans le cahier rouge. Nous nous voyions alors tous les jours, nous étions chez l'un, chez l'autre, ou au local.

J'allais souvent chez lui, rue des Jeûneurs, pour travailler. Par terre, il y avait un matelas où dormait Boris quand il ne savait où aller. Le sommier à rayures grises était recouvert d'un drap douteux. C'est là que dormait Marek quand il hébergeait Boris. À part cela : une planche en bois peinte en bleu en guise de table et de bureau. Un morceau de miroir au-dessus d'un lavabo. Une baignoire grise à pattes de poule. Un coin cuisine hanté par les fourmis. Quatre feux, un papier peint jaune-orange. Un frigidaire bruyant comme une contrebasse.

Une armoire à glace arrivée là je ne sais comment. Et des livres partout.

Ce soir-là, Il a levé la tête de *Mes prisons* de Silvio Pellico, et j'ai vu que *Les Lettres de prison 1926-1934* d'Antonio Gramsci était posées en équilibre sur le lavabo. J'ai songé qu'elles me semblaient nous arriver du Moyen Âge, alors que quarante ans nous en séparaient, ce qui est peu. D'autres lettres de prison écrites et rassemblées, recueillies et sauvées par des amis, des collectionneurs, des fiancés, des militants, des archivistes, des historiens, des amoureux, des frères et des héritiers, tous ces maillons de la chaîne, gardiens des mots et des émotions, entouraient le lourd radiateur sur lequel était assis Marek, comme les babouchki russes dans les contes.

La prison est le lot du révolutionnaire, a-t-il dit. Il faut s'en réjouir. Vois tous les chefs-d'œuvre conçus entre les murs suintants des cellules. Pense à Nelson Mandela, François Villon, Clément Marot, Thomas More, Rosa Luxemburg, Miguel de Cervantès, Théophile de Viau, John Milton, Daniel Defoe, Jean Genet ou Antonio Gramsci. Tous. Tous, je te le dis.

Quelle liste absurde ! me suis-je exclamée. J'ai ajouté que – en toute honnêteté – je n'avais pas tellement envie d'aller en prison.

Tu dois t'y préparer, a-t-il dit. C'est en prison que l'on fait les plus grandes choses. Apprivoiser des araignées ou lire la Bible en entier. En prison, on se mesure à soi-même. Il n'y a plus d'échappatoire ni de faux-semblant. On devient ce qu'on est, on se réalise au sens existentiel, on connaît le fin mot de sa vie. La prison est la grande école, et en plus, moi j'ai un peu de mal à me concentrer, alors je me réjouis de la longue peine qui m'échoira.

C'est drôle, ai-je pensé, ce désir d'enfermement accolé au désir de liberté, l'un est l'envers de l'autre, et ils vont ensemble, et leur zone d'intersection pour Marek comme pour moi est le mot cellule.

J'ai trop peur d'avoir mal aux dents, ai-je dit. Tu sais bien. Pourquoi vouloir si fort être en prison, dans les odeurs atroces et la chaleur, et tout ce qu'on n'imagine même pas. Les lourdes portes, les serrures terrifiantes, les moisissures, les châlits branlants, les couloirs glacés. Les crachats qui sèchent sur le sol.

C'est pourquoi tu n'es pas une révolutionnaire très convaincante, tu manques de détermination, tu es une petite oie élevée dans le coton, a dit Marek. Tu ne résisteras pas au premier coup de vent de la réalité. Tu es terriblement ceci et cela.

Marek avait la manie de me critiquer pour mon bien, note Anna. Tous les amants que j'ai connus – évidemment je pourrais écrire mes amants, mais je me méfie de cet adjectif possessif si trompeur – ont eu cette habitude de me donner des leçons. Des leçons pour que je change, pour que je sois meilleure. Moins faible et moins agaçante et moins flottante. Et plus coulante. Moins ceci et plus autre chose. Différente. Moins oie. Plus poule. Et pourquoi pas, j'ai toujours été intéressée par les poules. Il y a des poules qui savent marcher à reculons. Aucune oie.

Marek Meursault, en cet instant, je le vois comme je vous vois. Assis très droit sur le gros radiateur gris, les bras le long du corps, le regard perdu. Au-dessus de son visage défait, une affiche est collée, c'est, il me semble, un portrait d'Antonio Gramsci, lunettes rondes et visage tendre. Ce soir-là, alors que nous préparions un texte sur l'autogestion et les comités de soldats, reprenant des phrases entières de Léon Trotsky – mais pourquoi lui ? Peut-être parce qu'il a un style particulièrement entraînant –, Marek a dit : Mon père est mort et je n'irai pas à son enterrement.

Il n'y avait rien à ajouter.

Des larmes petites-bourgeoises se sont mises à couler sur ses joues maigres et sur son pull chiné.

Il me semble que nos vies se sont embroussaillées à ce moment-là, songe Anna. Je suis restée avec Marek, ce type fâché à tout jamais. Je l'ai serré dans mes bras, nous avons regardé ensemble vers l'avenir, comme sur une affiche stalinienne, j'avais un fichu imaginaire sur des cheveux blonds imaginaires et lui des pectoraux de soldat-paysan et des poils blonds en quantité sur des bras musculeux.

Ils se dirigent dans la vie à tâtons, note Anna, amusée. Ils se dirigent l'un vers l'autre à tâtons, comme deux qui se cherchent dans le noir d'un lit. C'est ce qu'ils font, et ils s'aiment et tout paraît vraiment très simple. Ils se caressent sans cesse, aimantés l'un par l'autre. Ne peuvent rester sans se toucher quand ils sont dans la même pièce.

Petits baisers idiots.

Mon père est mort, je ne suis pas allé à son enterrement, a dit Marek, une semaine plus tard.

Nous rédigions ensemble un tract contre l'égoïsme des puissants. Le monde roule à sa perte, nous seuls pouvons opposer notre détermination lucide aux cyniques laquais du Capital, écrivait Marek. Il hésitait à écrire : anges exterminateurs.

Je n'ai pas osé lui dire qu'il avait eu tort, qu'il s'infligeait une peine inutile. Je n'osais pas non plus critiquer sa prose grandiloquente, ampoulée et abstraite. C'était un type boudeur, il l'a été toute sa vie. Nous avons parlé de nos pères. Ou plutôt j'ai parlé du mien, j'ai parlé de Bob que Marek n'a pas connu. Il a disparu bien trop tôt. Il a disparu comme on quitte le port, lâchant les amarres, d'un coup sec. Sans un mot pour quiconque.

Tu aurais aimé Bob, ai-je dit, et il t'aurait aimé aussi.

Vous vous seriez compris, et tu me l'aurais expliqué. On ne comprend jamais rien à son père, non ?

Cela a eu le mérite de le faire rire. Nous n'avons plus jamais parlé de nos pères.

Quelques mois plus tard, Marek m'a proposé de venir habiter chez moi, rue de la Procession. Il est apparu un soir avec un sac de marin en toile épaisse – les cartons sont arrivés après. Il a vidé ses affaires sur le lit, j'ai libéré deux étagères et un tiroir. Et j'ai été chercher des bières.

On vit ensemble, ai-je pensé, comme c'est bizarre.

L'été est arrivé.

Je t'emmène en vacances, a dit Marek.

Je croyais qu'il allait dans les Pouilles avec Boris, mais je n'ai pas posé de questions. (Poser des questions, il y a longtemps que j'avais appris à ne pas le faire.)

Et nous sommes partis en voiture tous les deux, note Anna.

La voiture file sur les petites routes de France, nous faisons des flippers et des baby-foot dans des cafés au plafond bas. Le café y a une odeur spéciale qui donne mal au cœur. Un mélange de moisi, de chicorée, de chaussettes et de renfermé. Marek boit des bières et se fait draguer par des types. Nous regardons les places de village, nous nous asseyons aux marches des églises, nous marchons sous les platanes, nous mangeons du pâté de foie sur des morceaux de pain. Dans la voiture, les pieds nus sur le tableau de bord, je chante pour Marek et parfois il m'accompagne. Le soir, nous dormons dans des soupentes prêtées par des camarades surgis de nulle part. Nous n'échangeons pas de mots tendres, nous nous embrassons sans cesse, nous faisons l'amour tous les jours et nous caressons beaucoup les cheveux.

Lénine a dit qu'il fallait envisager un temps où l'acte

sexuel n'aurait pas plus de gravité que de boire un verre d'eau. Pas plus d'importance. C'est maintenant.

Je porte une longue jupe orange et une blouse roumaine serrée par un lacet, aux pieds des espadrilles. Marek ne quitte jamais son pantalon de velours, ni sa casquette.

Nous sommes exactement comme tout le monde, songe Anna, c'est réjouissant : des doryphores aux élytres jaune et noir, des petits cafards lumineux courant à la surface de la planète, amassant des brindilles et des graines, avec la certitude d'être au cœur du sujet, en plein dans le monde réel, certains de préparer d'immenses choses. Sûrs de participer à la marche de l'histoire. Les jours s'écoulent, les nuits passent, avec de longues heures dans des garages pour une courroie qui a cédé, un joint de culasse qui se rompt, la batterie qui défaille. Parfois il faut trouver un médecin pour un œdème de Quincke, pour une déchirure, pour une fièvre. Certaines personnes meurent et d'autres naissent. Tout cela nous laisse indifférents. Nous sommes des blattes coriaces et grégaires, rien ne nous arrête. Détails, détails, détails. Les saisons s'accomplissent et le rêve se solidifie, comme le ferait un tas d'excréments. Il prend la forme d'un monstre. Ce monstre qu'est tout destin.

Pour le moment, nous croyons parcourir tous ces kilomètres pour faire durer les moments merveilleux que nous avons connus en dessinant des lettres sur des draps blancs, cette chaleur merveilleuse du rêve partagé, de quand nous étions un seul être à mille visages. Et notre couple, notre amour, est une particule de cet élan. Aussi, croyant questionner le monde, sommes-nous des êtres-sans-pourquoi, comme l'était la rose d'Angelus Silesius, et heureux comme le sont, paraît-il, les idiots. Pris dans l'orbe de la révolution.

Deux semaines plus tard, après des jours de marche au milieu des edelweiss, après d'inoubliables promenades dans des forêts de châtaigniers, Marek m'a laissée dans une gare désaffectée près de Bourganeuf dans la Creuse.

Ce jour-là, sachant qu'il allait bientôt m'abandonner, il m'avait appris la chasse aux papillons. Nous avions arpenté des prairies adorables, nos filets brandis comme des baguettes magiques, nous nous étions approchés, en pliant les genoux pour n'être pas repérés, de buissons d'aubépine et de massifs de zinnias.

Le mouvement de la main pour envelopper le papillon dans la nasse est semblable à celui qui guide la chistera, disait Marek. Nous étions des fous de chistera.

Nous avions capturé plusieurs monarques aux ailes de vitrail, des sphinx de diverses sortes, tous un peu poussiéreux, des papillons bleus, un machaon grand porte-queue, dont je me suis tout de suite sentie fière, et nous avions raté des tas d'autres beautés.

On les mettra dans ma collection, avait dit Marek.

Il m'avait décrit l'éther, les cotons, les épingles, et les dizaines de boîtes en carton rangées au grenier chez sa grand-mère. Il était fiévreux, pris par la passion. Et moi j'étais émerveillée. Sauf qu'il était convoqué au local de la rue du Grand-Prieuré pour une urgence tout à fait secrète, une action clandestine, cela ne te regarde pas, ne pose aucune question. Il est remonté à Paris en voiture après m'avoir laissée dans la gare désaffectée.

J'ai pris les bocaux de papillons, je suis retournée dans la prairie, je me suis assise et j'ai enlevé tous les couvercles. Les papillons se sont envolés, un feu d'artifice fragile, seul un sphinx affaibli est resté au fond d'un pot.

Par orgueil, j'ai continué les vacances toute seule.

Mais je ne suis pas un génie des vacances, pour le moins. Je n'avais pas la plus petite idée de comment remplir mes journées. Je marchais le long des chemins creusois et ai fait le tour d'un lac magnifique en me battant les flancs pour trouver cela amusant. Endurcis-toi, ma fille, bientôt c'est la prison. Regarde le ciel et les étoiles. Observe les haies de ronces et les mûriers, les grands arbres, les champs de coquelicots, les saules pleureurs, les platanes, les ânes, les poules, les vaches innombrables. Je buvais des Viandox, je mangeais des œufs durs douteux dans des auberges sombres et sentant la poussière, et je passais mon temps à avoir peur des chiens.

Je les ai retrouvés quelques jours plus tard, rue des Jeûneurs, chez Boris Yankel. C'était encore l'été, le ficus était jaune, la bière tiède, le plomb du balcon courant fondait un peu sous la plante des pieds.

J'étais d'abord allée chez nous, dans notre tanière de la rue de la Procession. Mais il n'y avait personne. À part des piments rouges accrochés au mur blanc, comme dit une chanson. À part d'immenses toiles d'araignée aux fils torsadés. J'ai surpris des moutons jaillis de sous notre lit cabossé, j'ai aperçu des cancrelats courant sur la table de la cuisine. C'était soudain une maison abandonnée. En mon absence, elle s'était vidée comme un ventre, emplie d'autre chose, une absence, une tristesse, et avait pris une odeur infecte.

Les cartons qui, auparavant, ne me gênaient pas, les cartons de livres et d'habits de Marek le long du mur donnaient à la pièce unique un air désolé. Ses chaussures et ses vestes dégageaient une odeur de moisi. Les tissus indiens que j'avais accrochés à la fenêtre et sur le mur étaient arrachés. Des sacs de voyage gisaient çà et là à demi remplis de choses méconnaissables. Plusieurs duvets étaient posés à même le parquet. Partout régnait la terrible odeur des garçons qui ne se lavent pas et ne savent pas que tout le monde est pourvu d'un nez. Quel odorat petit-bourgeois, disait Marek chaque fois que je murmurais quelque chose à ce sujet.

Rien à redire à cela. Et que les odorats sensibles finissent par s'endurcir quand la nécessité l'impose.

C'est comme les cœurs, les poings ou les artères. Tout durcit. Est-ce si réjouissant ?

J'ai ouvert les fenêtres, fermé la porte et pris le métro à la station Volontaires, je suis descendue à Sentier et j'ai été sonner chez Boris, au 30 de la rue des Jeûneurs.

Ils étaient là tous les trois, Molly, Boris et Marek.

Ah, tu es rentrée, a dit Marek en se levant du matelas nu où il lisait comme d'habitude *Les Frères Karamazov*. Il était drapé dans une couverture de soldat, dont il se faisait une toge ridicule.

Molly m'a jeté un regard de femme mariée.

Boris a dit : On lui explique ?

J'avais le cœur gelé, mais je me suis blottie contre Marek Meursault, croyant l'aimer encore.

On part, a dit Marek. On part tous les quatre. Molly, Boris, toi et moi.

On emmène Mélini, a dit Molly.

Et j'ai dit oui, d'accord.

Tu as un passeport ?

J'ai dit oui, je ne savais pas du tout où nous allions.

J'étais d'accord pour tout.

20

Que viva Mexico !

Cela dit, pourquoi on emmène maman, ai-je demandé à Molly.

Nous avions quitté le local de la rue du Grand-Prieuré assez tard, après un cours de formation sur la démocratie dans les conseils ouvriers. J'avais cité une phrase de Kafka sur la manière dont la bureaucratie triomphe de tous les élans fraternels en les étouffant sous la paperasse.

Molly m'a reproché mon goût pour les discussions inappropriées.

Sans répondre, je regardais nos pieds frappant le sol en cadence, dans nos sandales semblables, des spartiates.

Tu crois toujours pouvoir parler de tout, tout le temps, avec tout le monde, ma pauvre Anna, mais tu as tort, et c'est une source de malentendus. Et souvent j'ai peur pour toi, j'ai peur que cela ne finisse mal. Les camarades ne sont pas obligés de s'intéresser à ton Kafka qui vivait à Prague, il y a un demi-siècle, et ne s'est pas fait remarquer par son sens de la vie en commun.

J'en suis moins sûre que toi, ai-je dit en regardant les volutes baroques de l'église Saint-Nicolas-des-Champs, sise rue Saint-Martin.

Nous marchions vers la rue des Jeûneurs, nos jupes balayaient le sol poussiéreux, nous traversions le troisième arrondissement, en direction du deuxième.

Une promenade assez minérale dans un Paris assez pragois, en vérité, songeais-je en ricanant.

Cela dit, pourquoi on emmène Mélini ? Elle n'est pas membre de l'Organisation, que je sache ?

Si, elle l'est, a dit Molly. Elle est désormais la camarade Zoé. Elle a été recrutée par Boris, ils ont beaucoup parlé. Boris considère que Mélini est une révolutionnaire dans l'âme, parce qu'elle est une exilée. Elle n'a rien à perdre, n'a pas l'âme propriétaire, et sait que l'on peut tout recommencer à chaque instant. On s'en fout, on n'est pas d'ici, on s'en va demain, selon une formule que j'adore. Boris a convaincu les autres membres de la direction, et elle est devenue la mascotte du bureau politique. Savais-tu, a ajouté Molly, en se frottant le nez d'émotion, qu'elle a connu Prinkipo, l'île qui a accueilli Léon Trotsky en 1931, une île turque au nom grec, tout à fait comme elle ? C'est un signe. Mélini est fiable, elle n'attirera pas l'attention, et elle nous sera très utile au Mexique. Et puis rien ne l'attache ni ne la retient ici, puisque nous partons.

J'ai ri bêtement. Pourquoi ? Mimétisme peut-être. Il y avait plein de gens assis aux terrasses qui riaient. Moi j'avais l'impression de marcher dans un désert. J'étais meurtrie de découvrir que Molly savait un tas de choses que j'ignorais, moi, sur ma mère. J'étais stupéfaite de découvrir à quel point je ne savais rien de la vie de Mélini. Une porte fermée.

Mélini ne se fera pas remarquer ? ai-je rétorqué, indignée. Tu plaisantes. Elle n'attirera pas l'attention ? À quoi aspire-t-elle d'autre ? Tu connais beaucoup de révolutionnaires qui s'embarrassent de leur mère, qui emmènent leur mère en mission, même si elle est seule, même si elle.

Encore des clichés, a tranché Molly. Fais taire tes mauvais sentiments. Ton besoin puéril d'indépendance filiale. Je suis sûre qu'on en trouverait des exemples dans la longue histoire des révolutions. Dorénavant, elle n'est qu'une militante comme les autres. La camarade

Zoé n'est plus ta mère. Tu ne dois plus la considérer comme telle, et, Anna, ce devrait pour toi être un soulagement. Un militant n'a ni frères, ni sœurs, ni amants, ni maîtresses, ni père, ni mère, il n'est ni une femme ni un homme, a martelé Molly. Sans passé et sans religion. Sans famille. Sans habitudes. Seuls comptent ses attachements de classe. De ce point de vue, Mélini ne pose aucun problème à la Direction. Apatride et anarchiste comme elle est, a dit Molly fièrement. Il n'y en a pas beaucoup comme elle, a redit Molly. Les habitudes, elle s'en fout, a soupiré Molly. Elle doit juste adopter un point de vue communiste, parfaire sa culture politique et ça l'amuse énormément. Je lui ai offert les œuvres complètes de…

Maman n'est pas du tout anarchiste, encore moins communiste, ai-je murmuré, c'est une princesse, elle ne se fout pas seulement des habitudes, qui selon moi souvent nous humanisent, elle se fout de tout. Elle déteste les gens ou bien elle les méprise, elle ne pense qu'à s'amuser en fumant des Gauloises bleues. Le droit des peuples, la justice, l'égalité entre les humains, tu penses comme ça la préoccupe. Tu es complètement aveugle. Comment peux-tu croire que personne ne la remarquera. Et Boris est fou, lui aussi, aveuglé sans doute par son amour pour toi.

Molly a soupiré de nouveau. Dans ses yeux est passée une exaspération que je ne connaissais pas. Pas encore.

Amour, amour, qu'est-ce que tu racontes, ma pauvre Anna ? Ce n'est pas un sujet. Tu psychologises tout, il va falloir changer cela. Te guérir de cette maladie petite-bourgeoise qu'est la prise en considération de données individuelles dépourvues de sens quand on se mesure à l'histoire. C'est typique des problèmes que tu nous poses. Tu dois cesser de te comporter comme une enfant qui traîne les pieds. Les caprices, ça suffit. Le bureau politique a pris une décision. Et nous partons dans quelques jours, Boris, Mélini, Marek et moi.

Boris, Mélini, Marek et moi. Ces neuf syllabes se sont télescopées dans mon crâne. Un début de chanson, ai-je pensé. Et moi, ai-je pensé. Qu'est-ce qui cloche avec moi ? Où on me met ?

Molly continuait.

Des camarades ont prévu un hébergement à Mexico, puis nous partirons vers d'autres destinations, chargés de tâches bien précises.

Elle a souri soudain. Elle a souri d'un sourire adorable. Elle est redevenue la Molly que j'aime plus que tout.

Nous rencontrerons, dès notre arrivée, le petit-fils de Léon Trotsky, Esteban Sieva Volkov, un homme extraordinaire. Si tu savais la vie qu'il a eue.

Et dans ses yeux cernés d'Ondine, j'ai vu passer cinquante années mythiques et confuses, un tohu-bohu de combats perdus, d'espérances immortelles, j'ai vu les fresques de Diego Rivera, j'ai vu les autoportraits de Frida Kahlo. La peinture, l'amour, les cactus géants qu'aimait Léon Sedov, les bougainvillées immenses de l'île de Prinkipo, la mer bleue qui bat les marches de pierre des villas surannées, Yeniköy, les calèches, l'air chaud, les pimientos, la révolution, les morts de la place des Trois-Cultures, tout s'est mélangé.

Tu nous rejoins dans quelques semaines, a poursuivi Molly. Tu recevras ton billet au moment nécessaire. Tu es chargée de résilier la location de l'appartement, de vendre la voiture, de liquider tout ce que nous avons ici, de t'occuper des affaires de Mélini. La banque, les relevés d'électricité, le téléphone, tu feras tout cela très bien.

Je n'ai rien dit, je pensais aux fiancées qui pleurent quand le bateau s'éloigne. À l'éternel destin des filles qui restent sur le môle. *Painting sisters* kaput.

J'étais seule, désormais.

Cesse donc de pleurer comme une madeleine, m'a dit Marek, ce soir-là. Il a voulu me caresser les cheveux, s'est pris les doigts dans une mèche, a tiré, j'ai crié : Arrête de m'arracher les cheveux.

Cesse de pleurer, quand tu devrais te réjouir en pensant aux aventures qui nous attendent. Le Mexique n'a-t-il pas toujours été le cœur de toute chose pour nous. Les camarades qui trouvent que tu es trop sensible pour rester dans nos rangs auraient-ils raison ?

Il m'a emmenée dans un restaurant afghan dans le quartier des Halles, nous avons commandé du riz aux raisins jaunes et noirs, du riz à la carotte et au safran.

J'écoute Marek me remonter les bretelles. J'écoute Marek me faire un cours. Il me rappelle que le Mexique est le pays de la révolution zapatiste. À cause de l'auréole qui nimbe Emiliano Zapata, le héros des sans-terre, auquel se superpose le visage de Marlon Brando filmé par Elia Kazan, tout le monde aime et admire ce pays autour de moi. Nous faisons une liste des raisons d'aimer le Mexique plus que tout.

Les Indiens aztèques arrachaient le cœur de leurs ennemis vivants, dis-je, dans un sursaut d'érudition polémique. Les âmes de Lev Trotsky, de Natalia Sedova, les âmes mécontentes des camarades assassinés nous attirent sur cette terre où l'on chérit le culte des morts, où l'on fabrique des squelettes en sucre et où, si souvent, la terre tremble. *La terra trema.* Parfois, dis-je, sceptique, je m'interroge sur les télescopages de cette sorte. Visconti et le Mexique. Les images inspirées par le génial Verga, quel rôle ont-elles joué pour nous faire traverser l'océan ? *La terra trema.* Nous avons lu les *Cahiers du cinéma*, c'était pour eux l'unique film italien d'après-guerre qui ne cherchait pas à nous bercer d'illusions sur la victoire, à nous endormir à grandes rasades de pitié émue. Juste la solitude de celui qui lutte. Et perd. Et nous, de courir là-bas, comme des lemmings. *La terra trema.*

Sais-tu que le Mexique est ce pays où plus de trois cent mille personnes ont assisté à l'enterrement de Lev Bronstein, dit Léon Trotsky, après son assassinat le 21 août 1940 ? dit Marek en me prenant le visage dans ses mains, tout en se resservant du riz au safran.

Mes joues toutes jaunes sentent le safran maintenant, merci beaucoup.

Que d'amis en perspective, dis-je méchamment. Les amis que l'on rencontre aux enterrements, il y a beaucoup à en dire.

Il n'y a pas que la politique, Anna, rétorque Marek en allumant une Gitane. Le Mexique agit sur moi comme un aimant. Je me réveille la nuit en murmurant ces syllabes : que viva Mexico.

Il est possible qu'un destin tienne à quelques syllabes, au titre d'un film. Je le crois, oui, bien sûr.

Il dit penser à Sergueï Eisenstein, mais je devine qu'il pense à Malcolm Lowry buvant whisky et mescal à en mourir sur les collines d'Oaxaca, et aussi à Henri Michaux expérimentant l'effet des champignons. Tous ces sortilèges typiquement mexicains. Les maléfices de Cuernavaca. L'alcool, le désespoir, l'impossibilité de s'aimer, un magnifique cul-de-sac pour toutes les révolutions, voilà ce que propose le Mexique, dis-je. Voici notre patrie secrète, dis-je tristement. Couvrons-nous de brassées de roses d'Inde orange et jaunes, les cempasúchils magiques des Indiens, las flores de muertos. Allons pique-niquer dans les cimetières, étendons au sol nos couvertures à rayures colorées, allons nourrir nos morts de petits gâteaux verts et sucrés, le temps est arrivé. Et Mélini va adorer.

Nous quittons le restaurant, nous marchons en nous tenant du bout des doigts, peu à peu nous marchons enlacés, nous regardons la Seine.

La révolution a échoué en Europe, dit Marek. Le confort a étouffé les désirs du prolétariat. Ce pays meurt, ce pays ressemble à un vieux chien puant et paralysé, ce pays agonise. L'ennui et la peur se partagent sa dépouille.

Nous traversons Paris, c'est une promenade d'adieu, nous arpentons la rue de la Grange-aux-Belles et la rue Juliette-Dodu, nous marchons dans nos propres pas. Nous ne parlons plus.

Je sais que Marek va se perdre au-dessous des volcans, et je n'y pourrai rien, car déjà je sens qu'il s'éloigne.

Ils sont partis, je les ai emmenés à l'aéroport, leurs valises étaient énormes, remplies de documents interdits, d'armes démontées, de morceaux de nos vies, et je leur ai dit adieu en agitant mon mouchoir.

Qu'ils s'écrasent, me disais-je en roulant trop vite sur l'autoroute, qu'ils s'écrasent, il ne me restera plus qu'à me jeter par la fenêtre.

Mais le suicide est interdit chez les révolutionnaires comme chez les chrétiens, et pour les mêmes raisons à peu près, je suppose.

Aucun avion ne s'est perdu dans l'océan, mais je n'ai plus entendu parler d'eux pendant plusieurs semaines. C'était si bizarre d'être si seule si soudainement. J'errais dans Paris, l'été fuyait. J'allais aux réunions comme un fantôme. J'allais à la fac comme un zombie. Autour de moi, chacun s'affairait, c'était la rentrée d'automne, la saison rouge et dorée.

21

Une partie de go avec Karim

Karim a été affecté à mon groupe. Karim qui était autrefois amoureux de ma sœur Molly. Karim, le type qu'on oubliait tout le temps parce qu'il était enveloppé d'une légère aura d'indifférence, mais qui resurgissait gracieusement quand on ne s'y attendait pas.

Mon groupe, c'était celui du métro Glacière. Nous y distribuions des tracts plusieurs fois par semaine à l'aube.

Karim ne disait presque jamais rien. En réunion, il dessinait des branches de cerisier et des vues du Fuji-Yama. Il mangeait des graines de tournesol, se frottait les pouces l'un contre l'autre et son visage était couvert de grains de beauté. Il riait brutalement d'un rire désespéré et sec, et ce qui déclenchait ce rire était aussi incompréhensible qu'imprévisible. Il était très gentil.

Il disait : Jenny, tu ressembles à un tanagra.

Je protestais : Pourquoi tu m'appelles Jenny ?

Les révolutionnaires se doivent de porter des pseudonymes à leur image, disait Karim en se dressant sur ses ergots de petit sage. Jenny te va comme un gant. Je te ferai lire les lettres de Marx à sa femme, tu verras. Sa femme Jenny, se rengorgeait-il.

J'ai dit ok. Je préférerais Jerry, mais ok, quand même.

Je n'ai jamais cherché à savoir ce qu'était un tanagra.

J'ai pris l'habitude de ses attentions délicates, de sa deux-chevaux remplie de sacs en plastique, de pâtées pour chats, de tee-shirts à manches courtes chiffonnés.

Elle sentait le papier d'Arménie. Il me ramenait rue de la Procession après les réunions et nous discutions des perspectives en Amérique latine, des manuscrits de 1844 de Karl Marx, de la Commune de Paris. Nous récitions des poèmes de Paul Éluard, de Nietzsche et certains fragments d'*Ainsi parlait Zarathoustra.* Il m'ouvrait la portière de sa jolie voiture à deux chevaux, grise, décapotée et rebondissante.

Tu sais ce que cela signifie, Zarathoustra ? Cela veut dire celui qui possède de vieux chameaux.

Quel pédant tu fais, disais-je, quel donneur de leçons, et nous nous chipotions et j'oubliais Marek et Boris, Mélini et Molly.

Je ne les oubliais pas mais leur absence ne me faisait plus mal. Ils étaient là, puisque je les évoquais sans cesse.

Tu es ma petite veuve chérie, murmurait Karim.

Tu dis n'importe quoi, je suis la femme de Marek, répliquais-je à voix haute, un peu gênée. Marek est vivant, tu es vraiment un sale type, et cela le faisait marrer.

Tu es une petite veuve, une enfant perdue, une fille abandonnée, une épouse trahie, une sœur laissée sur le rivage, tu devrais leur construire un autel avec leurs noms, Molly et Marek, Boris et Mélini. Nous leur ferions des offrandes de miettes de fromage et de pâtée pour chats et cela t'apaiserait.

Quel marxiste à la gomme, quel obscurantiste, je pourrais te faire exclure pour moins que cela, disais-je en le bourrant de coups de poing.

N'hésite surtout pas, la trahison est le fond de notre nature, ricanait Karim.

Nous allions boire aussi du thé à la menthe et manger des cornes de gazelle à la mosquée de la rue du Puits-de-l'Ermite. Nous nous asseyions sous le figuier et je parlais avec Karim Marmadoussian de ma sœur Molly Jacob, nous louions sa beauté et son intelligence, il me racontait un peu leurs amours, avec cruauté et innocence.

Je louais son profil d'Ondine, ses dents ravissantes, je sentais que Karim retombait amoureux d'elle. Ce n'est pas ce que je voulais, mais je ne savais quoi faire. Un geste aurait suffi sans doute pour le désensorceler. J'en étais incapable. J'étais paralysée par des fils invisibles, la toile de mes peurs et de mes loyautés.

Nous allions aussi chez lui. Il habitait un grand studio dans une arrière-cour, avec une verrière et un étrange toit de tuiles rouges. Des arbres poussaient dans la maison, des chats couraient entre leurs racines, il y avait un autel doré et un Bouddha dont Karim assurait qu'il était marxiste-léniniste, comme lui, comme moi, comme les chats.

Prouve-moi le contraire.

Jenny, je vais t'apprendre à jouer au go, a-t-il déclaré un soir de septembre où nous avions organisé une manifestation contre la torture en Argentine et au Chili.

Nous avions couru, nous étions rouges et en sueur, affalés sur ses kilims. Karim avait fait du thé à la menthe et servi des baklavas.

J'ai immédiatement adoré le jeu de go. J'ai aimé que les pions soient simplement des pierres et que ces pierres noires, blanches et lisses soient égales, et liées, posées aux intersections des trois cent soixante et une cases du goban.

Karim y lisait une guerre inépuisable, admirait la stratégie de l'encerclement, des millénaires d'art de la conquête, et moi j'y voyais une œuvre peinte. C'était une interprétation du monde, une représentation où chaque pierre était comme une lettre, où chaque pierre était un signe, une maille solitaire et pourtant unie à toutes les autres de manière souvent invisible et soudain parfois visible, par la magie du geste, comme fait le coup de dés.

Nous nous sommes mis à jouer de plus en plus fréquemment. Et puis un samedi d'octobre Karim a repoussé le damier, écarté les deux verres de thé et les pignons qui ont roulé sur les tomettes, il s'est levé, m'a pris les mains, a pris mon visage entre les siennes et m'a embrassée. L'odeur des mains safranées de Marek m'a envahie. La magie s'est dissipée, le monde s'est écroulé.

Je l'ai repoussé.

Tu es bien avec moi, a-t-il dit, je le sais, je le sens, alors pourquoi tu me rejettes ? Tu es vraiment une conne coincée.

Je n'avais rien à répondre.

Il a évoqué la théorie du verre d'eau, et je n'avais rien à répondre.

La honte m'écrasait les tempes.

Une allumeuse. Je pleurais. Il a renversé le plateau de jeu. J'ai poussé un cri, c'était pire qu'une gifle.

Il a évoqué la théorie des amours secondaires et reproché ma mauvaise foi. Petite bourgeoise, une fois encore. Oie jaune. Pour qui tu te prends. Et de quoi as-tu peur. Une imbécile. Une tarée.

Je ne suis pas ta nounou, a-t-il lancé. Il fallait le dire que je ne te plaisais pas.

La honte m'avait rendue muette. Et la colère. Pourquoi on ne pouvait pas continuer cette si bonne vie ? Jouer au go, distribuer des tracts, parler de Molly et Marek, attendre l'heure de les rejoindre, boire du thé. Parler des filles de Karl Marx et de la Commune de la Butte-aux-Cailles. Pourquoi ça ne pouvait pas durer toujours, le thé à la menthe, les gestes attentionnés, les fous rires ? Pourquoi on ne pouvait pas être amis, frère et sœur, pourquoi tu me traites comme ça, pourquoi maintenant j'ai honte de ne pas coucher avec toi ? Comme si j'étais une lâche. Mais j'ai un amant, Karim, tu le sais très bien. C'est mon droit, non, de ne pas avoir envie de.

Non, ce n'est pas ton droit, ce sont tes préjugés débiles, ton éducation d'oisonne.

La parole m'est revenue. J'ai dit, Tu tentes une diversion parce que tu perds. Tu veux m'embrasser parce que je suis devenue plus forte que toi. J'ai dit, Je n'embrasse pas les types qui sont amoureux de ma sœur. C'est Molly que tu cherches à travers moi.

Ta gueule, a dit Karim d'une voix triste et méchante.

Et pars maintenant. Pars. Je ne te pardonnerai jamais.

Et je ne l'ai plus vu, jamais.

J'ai changé de groupe, à ma demande, et commencé à vider l'appartement de la rue de la Procession. Toute la journée, je restais assise par terre, fenêtre ouverte, dans l'unique pièce vide, en mangeant des bouts de pomme et de noix de coco. Je lisais les carnets de prison d'Antonio Gramsci et je noircissais des cahiers.

Au début de l'hiver, j'ai été convoquée au local de la rue du Grand-Prieuré. J'y ai reçu des instructions, un billet d'avion pour Mexico, et je me suis envolée vers mes amours.

22

À Puerto Escondido, il se confirme que l'amour est un mauvais sort

Mélini m'a accueillie sur le pas de la porte en bois bleu de la maison de Coyoacán. De ma vie, je ne l'avais vue si heureuse. Le ciel était cotonneux, les arbres s'agitaient doucement. Un temps d'été breton, cette douceur tiède, me suis-je dit. Boris doit être content, et aussi Molly.

Nous nous sommes embrassées avec une gêne étrange.

Il n'y avait aucun bruit dans la cour de devant, ni dans le jardin à l'arrière de la maison, où deux canards à tête de diable, avec d'étranges ailes brillantes, picoraient paisiblement, comme des vaches folles et minuscules. Il y avait aussi des mouettes ordinaires.

Tu ne peux pas imaginer le nombre d'oiseaux qui se posent ici, a dit Mélini, le visage rayonnant. D'innombrables espèces de colombes, des chouettes toutes petites, des oisillons rouges et orange, des colibris, des merles. Des motmots à sourcils bleus qui viennent du Guatemala. C'est un genre de paradis.

Tout mon corps s'est tendu sans la moindre raison. En quoi la présence d'oiseaux merveilleux peut-elle me contrarier, ai-je pensé. En quoi l'existence de motmots à sourcils bleus, à sourcils jaunes, ou même sans sourcils du tout, change-t-elle ma vie de révolutionnaire professionnelle débarquée dans la ville où furent assassinés Léon Trotsky et pas mal d'autres personnes.

Où je mets ma valise ? ai-je demandé. Elle est horriblement lourde, je vous ai apporté un tas de trucs de la part du bureau. Où sont les garçons ?

Ils sont partis vers le sud, a dit ma mère d'un air concerné. À Puerto Escondido. Il paraît que c'est un endroit magnifique. Mais Molly t'a attendue, c'est vraiment adorable de sa part. Les autres voulaient que nous te laissions simplement un message, elle a insisté, et je suis restée avec elle. La police est très présente, tu vas voir, mais nous nous débrouillons très bien pour les semer.

Elle a ri d'un rire de gorge horripilant.

Je n'ai pas répondu, j'avais mal à la tête. J'avais envie d'amputer la conversation de ma mère de tous les merveilleux, magnifiques et adorables qu'elle répandait partout comme du sucre sur un gâteau.

J'ai tiré la valise au bout d'un couloir et poussé une porte. Des matelas posés sur le sol et couverts de draps chiffonnés indiquaient qu'il s'agissait d'une chambre. L'odeur de la pièce était lourde et savonneuse. Les vêtements de Mélini traînaient par terre. Qui aime voir les culottes de sa mère dispersées sur un carrelage ? Des chemises pendaient sur le dossier d'une chaise au cannage défait. Des livres en piles encombraient le sol.

Oui, c'est là que tu te mets, a crié Mélini. Tu dors avec moi, il n'y a pas d'autres chambres. Molly travaille au dispensaire, avec les enfants de Tepito, dans la colonia Morelos. Elle fait des vaccinations aujourd'hui, elle revient tout à l'heure. Il y aura peut-être des enfants avec elle, je prépare un repas, a ajouté Mélini d'une voix rajeunie et affairée. Un grand pozole, des enchiladas. La nourriture ici est merveilleuse.

J'avais compris, maman, ai-je dit d'une voix antipathique. Tout est merveilleux, ici.

J'ai visité la maison aux volets bleus ou, plus exactement, j'ai fouiné partout, et tout me faisait de la peine. Et moi-même je me faisais horreur d'avoir tant d'acide dans le cœur. Des photos de maman entourée de Molly, de Boris et de Marek étaient scotchées sur tous les murs ou presque. J'ai cherché par sottise une trace de moi. Des portraits de Frida Kahlo ornaient la cheminée. Taroupe et regard droit. Une orchidée aux cheveux et des boucles aux oreilles. De ravissantes petites mains d'argent pendant à ses lobes ronds. Des objets artisanaux donnaient à la maison un air de vacances, une odeur boisée, une douce chaleur. Je me suis sentie devenir aussi misérable qu'un cloporte. En si peu de temps, me suis-je dit, en si peu de temps, inventer une autre vie est donc possible.

Relisant ce journal, des pages oubliées du cahier rouge, blottie dans le canapé d'Issy-les-Moulineaux et enveloppée des vapeurs de l'eau citronnée qu'elle fait bouillir dans une sorte de samovar, Anna a des frissons de dégoût. Elle a envie de brûler ce cahier, qu'il ne reste pas d'autres traces de la petitesse de son âme contre-révolutionnaire que le fameux livre de Deborah Fox, ce *À bas la mort,* où elle a romancé leur aventure mexicaine, s'est peut-être attribué le beau rôle, moquée de sa mère et de ses camarades autant que d'elle-même, et a prouvé au monde entier ses remarquables capacités de trahison, gagnant ainsi ses galons d'écrivain et pas mal d'argent.

Elle continue pourtant sa lecture.

Molly est revenue épuisée.

J'avais oublié que tu arrivais aujourd'hui, dit-elle. Il y a tant à faire. Les enfants du barrio manquent de tout. Mais les billets d'avion sont réservés, prends le minimum, il faudra être mobiles, je suis sûre que tu as emporté mille fois trop de choses. À Puerto Escondido, où nous avons rendez-vous avec des camarades chiliens, nous ferons semblant d'être des touristes en vacances.

Elle part d'un rire forcé en répétant ces mots, des

touristes en vacances. Elle plisse les yeux et les joues. Elle se rengorge un peu, elle ressemble à sa mère.

Je ne reconnais pas Molly, ma sœur Molly, ma jumelle adorée. Elle est sèche et dure et affairée. Si loin.

Les larmes petites-bourgeoises habituelles me montent aux yeux. Je l'assure de ma docilité. Bien sûr, tu as raison, comme tu as raison, je vais m'assouplir, je vais me muscler l'âme et bondir avec vous, quelle chose magnifique, nous avons rendez-vous avec les camarades chiliens, oui, enfin, nous avons rendez-vous avec l'histoire. Ne pas rater de nouveau le rendez-vous, me dis-je, songeant aux désillusions qui nous ont menés ici, loin des marigots européens. Ne pas rater le rendez-vous avec l'histoire.

Ici la lutte a un sens, déclare Mélini qui lit dans mes pensées. La lucha, el pueblo, los campesinos, ici les sacrifices en vies humaines ne sont pas inutiles, s'ils l'ont jamais été, ce que nous ne croyons pas.

Je remplis mes poumons d'air tiède et parfumé par les hibiscus roses. Un chaton gris aux flancs maigres saute sur mes genoux.

C'est la Guapa, dit Mélini, la fille de la Negra.

Et Boris, fais-je timidement, comment va-t-il ?

Le nom de Marek ne sort pas de ma bouche.

Boris et Marek vont bien, dit Molly d'une voix grave. Tu veux une margarita ? Elle prononce le mot avec une fierté gourmande et se réjouit de mon ignorance.

Je veux bien. Margarita, je pourrais prendre ce nom facilement, il me semble. Soy Margarita.

Elle hausse les sourcils. Tu aurais l'air maligne.

Elle frotte des verres à pied avec du citron et du sel, elle ajoute la tequila et le rhum.

Toutes les trois, ma mère, ma sœur et moi, nous buvons l'alcool blanc sous les arbres du jardin. Des chats noirs aux yeux bleus, des chats gris, des chats jaunes aux yeux jaunes se frottent contre nos jambes, les passereaux les narguent, des fumées montent dans le ciel impur des hauteurs de Mexico, Mélini met de la musique campesina.

Mélini et Molly allument des sortes de calumets.

Molly crochète un châle en laine alpaga couleur sable.

Nous sommes bien.

Tapie dans un coin de mon âme, j'écris ce journal pour me souvenir de tout.

Le lendemain, nous partons pour Puerto Escondido. L'avion ressemble à un coucou des années cinquante. Il est rempli de familles indiennes tzotziles et lacandones, armées de paniers pleins de légumes inconnus et d'animaux vivants. Des poules brunes courent dans l'allée centrale, battant de leurs moignons d'ailes l'air torride, et les passagers se jettent à genoux en implorant la mère de Dieu, Santa Maria, Madre del Redentor, Santa Virgen Madre de Dios, mère du Seigneur et patronne de tous ses saints, la prière enfle à chaque cahot. Les hommes fument comme des fous, les femmes tirent sur leurs petites pipes et se tordent les mains à chaque rebond de l'avion qui hoquette et trébuche, ivrogne dans le ciel bleu. Un orage nous cueille à mi-parcours, des flammes courent sur l'aile gauche de notre bolide. Nous allons nous écraser. Les coffres au-dessus des sièges cabossés s'ouvrent et vident leur contenu sur nous, les hôtesses ont disparu, les cendriers se décrochent, une petite fille hurle, des odeurs de vomissements emplissent la carlingue.

La révolution n'est pas un dîner de gala, dit Mélini flegmatique en tirant sur sa Gauloise.

T'inquiète pas, dit Molly, imperceptiblement paternaliste, c'est toujours comme ça, ici. La corruption. Les appareils ne sont pas aux normes, mais ta dernière heure n'est pas encore venue.

En effet, nous atterrissons dans un vacarme d'applaudissements et un torrent de nouvelles prières. Molly a toujours raison.

Nous tirons et poussons nos valises trop lourdes vers la plage. Tant d'autres fuyards l'ont fait avant nous.

C'est comme si nous allions embarquer sur l'*Exodus*, me dis-je. D'où surgit cette image bizarre que je ne peux partager avec mes compagnes de route ? Je devine combien je les agacerais. Je souris toute seule. Nous naviguerions vers la Terre promise, toutes les trois. Je m'imagine à la proue du navire, Anna, ma sœur Anna, ne vois-tu rien venir ? Je serais la vigie, je serais la guetteuse. Il me semble que je serais alors débarrassée de ce poids qui m'oppresse, le poids d'une faute que je voudrais attraper par la queue pour la faire tournoyer au loin. Rien n'est si bien chevillé à l'âme qu'un sentiment de culpabilité injustifié, dit-on, il ne peut être effacé ni guéri. Aussi, je choisis de me taire, je traîne mon fardeau, nos pieds s'enfoncent dans le sable bouillant d'un chemin écrasé par le soleil.

Des lézards fuient, nous avançons lentement, nos valises pèsent des tonnes. Mais voici Boris et Marek qui nous appellent et courent vers nous. Ils sont déguisés en touristes surfeurs, torse nu, bronzés, avec des bermudas turquoise où sautent des dauphins et des orques. Ils nous entraînent vers une petite maison en béton, un bloc cubique sans fenêtres où vrombit l'hélice énorme d'un ventilateur, hérité sans doute de la Première Guerre mondiale.

Notre refuge, disent-ils. Cela sent évidemment les pieds.

Un enfer, pensé-je. Pas d'air, pas de ciel, un tumulus mortuaire. Les couchettes en béton peint font penser à celles des prisons.

Marek ne m'a pas jeté un regard.

Le soir, le travail commence. Il dure plusieurs jours et plusieurs nuits. Nous organisons des allées et venues avec des cartables remplis, des valises vides, des sacs à dos, nous faisons notre boulot de fourmis au prix de guets innombrables, de ruses de guerre pour déjouer les surveillances probables, les menaces réelles. Mélini gambade autour de nous comme un vieux chiot.

Les échanges avec les camarades chiliens se passent sans problèmes. Les enveloppes en papier kraft contenant l'argent collecté pour la résistance changent de mains, comme les livres, les pièces détachées pour la téléphonie légère, les lampes de poche, le fil électrique, les piles, merci les gars, gracias, compañeros, gracias para todo, merci à vous pour tout ce que vous faites, votre courage.

Nous pleurons ensemble en évoquant les morts de la Moneda. Parler du presidente Allende nous est impossible tant nous avons de peine.

Le visage de Salvador Allende, dis-je à Molly un soir, est peut-être, quand je pense à notre vie entière, la chose que je garde le plus précieusement dans mon cœur. Il est ma raison de croire encore à la révolution.

Ne le répète à personne, exige Molly, sévèrement. C'est une raison exécrable. Allende a eu tort, je te le rappelle. Anna, tu files un mauvais coton. Fétichisme, sentimentalisme, gnangnantisation des luttes. Et cette glissade se voit déjà sur ton visage. Tu me rappelles, dit Molly – qui lit en boucle les lettres de Rosa Luxemburg en vue d'un livre dont elle sait qu'elle ne l'écrira jamais, intitulé de manière moderne : *Vivez comme Rosa Luxemburg* –, tu me rappelles Louise Kautsky, qui exaspérait tellement Rosa par son sentimentalisme et son défaitisme.

Nous sommes toutes les deux sur la terrasse de notre cabane en béton, face au chantier déserté de ses ouvriers qui chaque jour, dès l'aube, bâtissent un futur lotissement de vacances. Nous nous balançons dans le même hamac, assises l'une à côté de l'autre, pour une fois complices, lançant nos jambes d'un même élan, comme autrefois à la balançoire, et buvant une nouvelle margarita ensemble, sans arrière-pensée. Compañeras.

– Où sont Boris et Marek, je ne sais. Mélini dort dans la chambre, nous l'entendons ronfler et baragouiner dans son sommeil.

Il faut que je te parle, annonce Molly d'un ton calme. Il faut que je te dise quelque chose, Anna. Cela fait des jours que tu fais semblant de ne rien comprendre à ce qui se passe ici.

Je me mets à trembler. Je ne veux rien entendre. Je veux que tout continue. La révolution, les chats, le ciel plein d'étoiles, la baraque en béton, la mer où l'on ne peut pas se baigner, les paniques quand on entend des pas dans l'ombre, les rouleaux de fil électrique qui nous cassent les reins quand on les transporte dans la nuit noire jusqu'à la plage, les margaritas, les armes sous l'oreiller. Les empanadas, les tortillas, les odeurs de cactus dans l'aube bleue. L'air tiède et mauve qui remplit mes poumons.

Tu vois bien que Marek ne te touche plus, qu'il ne te voit plus, qu'il ne t'a pas adressé la parole depuis ton arrivée, dit Molly durement.

L'air mauve m'a quittée. Je me sens comme une baudruche dégonflée.

Et toi, comme d'habitude, tu te racontes des histoires mièvres, tu détournes la tête, tu l'enfonces dans le sable, tu fais l'andouille. Ils s'embrassent et se caressent les cheveux devant toi et tu ne poses aucune question. Tu vois bien qu'ils ne se quittent jamais, Boris et lui. C'est vraiment étrange, redit Molly durement mais non sans une certaine tendresse, c'est vraiment étrange de voir comme la vérité te fait peur. C'est pourquoi tu n'es pas une vraie combattante de la révolution, tu voudrais que tout aille bien, que tout s'arrange, par la volonté du Saint-Esprit. Or, Anna, seule la lutte existe, le désir, la violence, les luttes. Ta gentillesse, ce que tu appelles gentillesse, moi je l'appelle lâcheté, je l'appelle regard détourné, je l'appelle aveuglement pitoyable. Et j'ai honte pour toi.

Tu as parfaitement compris, tu l'as peut-être toujours su, pourquoi fais-tu l'idiote, Anna ? Marek est amoureux de Boris. Il est amoureux, tu comprends ? Rappelle-toi le voyage dans les Pouilles. Les voyages en province. Les départs urgents. Les réunions subites aux quatre coins de la France. Rappelle-toi toutes les fois où tu es restée seule, où tu semblais tout à fait contente, lisant et écrivant je-ne-sais-quoi, pauvre épouse dévouée à ta couture, reprisant je-ne-sais-quoi, dépourvue de soupçons, sans inquiétude. Bercée par des gestes immémoriaux et périmés. Et personne n'a osé te déranger dans ton sommeil pépère. C'était si évident qu'aucun de nous ne voyait quoi te dire d'une réalité trop éclatante.

Je mastique en silence : Marek et Boris. Et Molly.

Moi, j'ai accepté et j'accepte cela, dit Molly de son ton sentencieux, moi qui aime Boris depuis si longtemps déjà, tout en sachant qu'il est un homme torturé. Je ne crois pas que Boris soit amoureux de Marek. Je ne suis pas sûre qu'il sache ce que c'est que d'aimer. L'amour, je m'en fous, dit Molly d'une voix atone. L'amour, cela ne m'intéresse pas.

Je la regarde. Les yeux immenses, le nez droit, les jolies dents bien alignées, le menton légèrement en avant de ma sœur, ses épaules lisses, son cou de cygne, je ne reconnais rien. Elle semble avoir mille ans. L'air me fait défaut. Je regarde la maison de béton, la banquette de béton peinte en blanc, mon sac de voyage non défait, le hamac où Marek et Boris se balançaient encore hier, la main gauche de Boris caressant les cheveux trop longs de Marek, Boris respirant les cheveux longs de Marek et Marek souriant. Je n'y ai pas prêté attention, pas plus que d'habitude. Parce que je suis une imbécile. Ou pour d'autres raisons que j'ignore. Nous regardions simplement dans la même direction, cela nous suffisait, me semble-t-il.

Anna referme le cahier qui s'arrête brutalement sur des pages arrachées. Les cheveux de Marek, elle les sent sous ses doigts. Et leur odeur. Elle quitte le canapé pour dissiper un peu l'angoisse qui la coupe en deux. Elle va dans sa chambre et ouvre le sac-poubelle rempli de chaussures. Assise par terre, genoux à la poitrine, elle les contemple. Elle a le sentiment qu'il va en jaillir une vérité. L'aile effrayante du néant frôle sa joue. Les talons des chaussures se sont emmêlés les uns dans les autres, comme les cintres dans les grands sacs. Les semelles affichent leurs taches, leur usure, les cuirs vus de près ressemblent à des morceaux de peau d'animaux, ce qu'ils sont, ce que masque parfaitement la civilisation. Les chaussures de Molly enfermées dans le grand sac-poubelle ont un air de retour à la barbarie. Le désir de les remettre à leur place étreint le cœur d'Anna. Ce serait comme de remettre le monde en marche, tirer un trait sur le passé et repartir. Mais elle retourne simplement vers le canapé.

Elle a du mal à se souvenir de ce qui s'est passé réellement.

Marek a été arrêté quelques semaines après. Ils l'ont arrêté sur la plage, c'était un soir rose, la mer clapotait. Des pélicans se partageaient les tentacules d'un poulpe géant. Marek revenait vers la maison. Anna l'avait aperçu de très loin, une silhouette reconnaissable à sa haute taille, à la mélancolie indicible de sa démarche.

Ce soir-là, Molly et elle se balançaient comme d'habitude dans le hamac, mais sans plus se parler, en silence. Molly crochetait. Soudain le temps s'est arrêté.

De loin, de dos, Marek a fait un signe désabusé.

Les six flics mexicains l'ont emmené en le bousculant, en lui donnant des coups sur les épaules et sur la tête. Ils n'ont pas même pris la peine de marcher jusqu'à la maison de béton. Il n'y a pas eu un coup de feu échangé. Marek n'a pas tourné la tête vers nous. Il trébuchait sur la caillasse, dans les cactus nains, sa tête valdinguait. Boris était sur le seuil, son arme dans la poche, il ne l'a pas sortie.

Non. Il s'en est expliqué souvent, ce n'était pas la consigne.

Boris n'a pas défendu Marek. Je crois que la fêlure entre eux a eu lieu en cet instant. La fêlure mortelle, celle qui casse les êtres en deux, ou les mondes. Les sépare à tout jamais. La raison, elle, disait autre chose : Marek était pris. Cela ne servait à rien de griller les autres camarades. C'était même miraculeux qu'il ait été capturé hors de la maison.

À la fin de la présidence de Luis Echeverria, il y a eu une vague d'enlèvements et de braquages de banques. Des militants d'extrême gauche ont été impliqués. Le procès de Marek a duré des mois. Ponctué de témoignages rocambolesques, de coups montés. Marek a payé pour que cela serve de leçon au monde entier. Jeunes de tous les pays, ne venez plus en Amérique latine. Ya basta. Il a été convaincu de crime en bande organisée, la dimension politique de ses actes a été niée. Son séjour en prison l'a brisé.

Molly et Anna ont été rappelées à Paris le lendemain de l'arrestation. La maison de béton a été abandonnée. Le hamac a continué à se balancer, désormais vide.

Mélini et Boris sont restés quelque temps à Mexico pour effacer les traces de leur passage, tenter peut-être de faire libérer Marek, de le faire évader. Mais est-ce si sûr. Puis Mélini est rentrée à Paris, elle a repris sa vie d'avant sans rien raconter. Boris ne donnait plus de nouvelles.

Depuis le jour où Marek a été arrêté, Boris et moi ne

nous sommes plus parlé, a dit un jour Mélini à Molly, plissant sa petite bouche ridée. Je me demande bien ce que j'ai pu lui dire qui lui a déplu. Je ne vois pas ce qu'il pouvait me reprocher.

Molly a soupiré, horrifiée.

Maman, tu sais très bien que, pendant les années qui ont suivi, Boris n'a plus donné aucune nouvelle à personne. Il a creusé une si profonde galerie que nul ne pouvait entendre ses rugissements de chagrin. Boris qui était mon compagnon ne m'a pas envoyé un mot, une lettre, un signe pendant quinze ans.

Anna se souvient de cet échange, elle y a assisté, elle a pensé : Molly oublie toujours que Mélini est une enfant. Une vieille enfant qui fait des grimaces avec sa bouche. Et elle a envié sa sœur pour ce bienheureux aveuglement.

Marek et Boris disparus, la vie a repris, morceaux d'existences brisées comme du verre.

Molly s'est jetée dans les études. La médecine a mangé ses jours et ses nuits.

Molly et moi ne nous sommes plus vues durant des années. Des années qui ont passé comme file un printemps. Je ne sais pas quels sentiments elle nourrissait à mon égard. Je ne le saurai jamais. Moi je n'ai jamais cessé de l'aimer, à ma manière sautillante et coupable.

Est-ce alors que Marek Meursault est devenu une figure mythique pour nous tous et bien plus largement ? Ou un peu plus tard. En quelques années, il est devenu un saint ou une icône, un héros en tout cas. Mort pour nos rêves.

De sous son lit, Anna sort une valise d'enfant, une mallette en carton bouilli qu'elle ouvre. Elle est tapissée de photos et de coquillages à demi décollés. À l'intérieur une petite liasse de lettres. Les lettres de prison qu'a envoyées Marek avant sa disparition.

Il a fallu longtemps à Anna pour les rassembler, elle l'a fait en secret, et non sans une certaine honte. Les lettres à Molly sont des lettres volées, les autres sont arrivées avec des années de retard. Celles destinées à Boris, c'est encore une autre affaire. Ce sont les plus belles, et c'est ce qu'Anna trouve douloureux. Elle ne peut pas accepter, malgré tout le temps écoulé, que Boris ait été le destinataire et le témoin de la crucifixion de Marek. De sa descente de croix. Anna à cet instant voit Boris comme une sorte d'apôtre et de traître.

À la manière de Pierre ou de Paul.

23

Quelques phrases extraites des lettres de Marek, et autour, quelques commentaires

Lettre à Molly. Cellule 333B, prison de Lecumberri

Ma chère chère Molly,

Ne montre pas cette lettre à Boris, et encore moins à Anna, je t'en prie. C'est à toi que je pense ce soir, c'est à toi qu'il me faut raconter l'arrivée ici, la manière dont ils m'ont jeté dans cette cellule où je croupis. On dit toujours cela, croupir, ce n'est pas une image. Je suis assis par terre, le mur est gris foncé, à cause du salpêtre et de l'humidité. Et je me sens moisir. On m'a tout retiré, hormis, je ne sais pourquoi, un cahier et un crayon, nous ne sommes pas des barbares, a dit le geôlier, un type petit, mal habillé, l'air sombre.

Cela ne m'a pas fait sourire.

Le souvenir que j'ai de ce que j'ai vécu depuis le moment où je vous ai perdus de vue, depuis le moment où vous avez disparu derrière la dune et les inoubliables beaucarnéas poussiéreux et magiques du bord de plage, s'apparente à celui d'une volée de coups. J'étais un sac de viande humaine que l'on balançait de lieu en lieu, j'avais les yeux bandés, les yeux brûlants, j'avais peur d'être aveugle et je ne sentais plus ni mes bras ni mes jambes. La tête rentrée au plus profond entre mes deux épaules, et mon dos courbé pour ne pas donner prise, j'ai cru mourir.

Les policiers mexicains ne sont pas réputés pour leur douceur.

Autour de moi des cris. En moi un silence atroce. J'ai glissé dans un ailleurs.

Je me suis réveillé pour la fouille. Déshabillage et privation des vêtements, lacets, ceinture, papiers, etc. Cela nous est tellement familier. Quelle chose étrange que le sort subi par les bandits et les criminels nous paraisse si naturel. Puis j'ai été conduit dans ce qui allait devenir ma cellule, une cave où vivaient deux vieux types muets et désespérés. Maintenant nous sommes trois.

Chacun reste dans son coin, le silence règne. Et le froid. L'air est lourd, fétide, métallique et puant, nous gardons la tête basse, essayant de souffrir le moins possible, nous regardons le sol, la terre battue, nos pieds nus, rouges et meurtris. Des insectes traversent à toute vitesse l'espace sombre. Le temps s'écoule je ne sais comment. Et la nuit est terrible.

Je n'ai plus jamais faim. On nous jette une tortilla deux fois par jour, comme à des animaux. L'eau est infecte. C'est peut-être le pire, cette eau. Les latrines, n'en parlons pas.

Je vais à la promenade, qui consiste en une marche lente, le long d'un mur brûlant, jusqu'à un arbre aux branches dénudées, et retour. Nous faisons cela comme il se doit, à la queue leu leu, plusieurs fois de suite. C'est le moment des trafics, des commerces, des menaces aussi.

Mais je suis serein en pensant que vous êtes à l'abri, vous trois.

Ils ne vont pas me garder longtemps, c'est certain. Aucune charge contre vous, m'a dit l'avocat. Et puis les relations entre le Mexique d'Echeverria et le Chili de Pinochet sont tellement exécrables. Tant mieux pour moi. Pourvu que la France me réclame vite. Je sais que vous faites tout pour cela.

Je te fais passer ce petit mot par une camarade, elle t'en dira un peu plus. Assure Anna et Boris de mon amour.

C'est drôle, pense Anna, l'amour en morceaux. Marek nous aimait tous les trois comme un seul être à trois têtes. Trois têtes différentes, trois variantes autour du mot amour. À nous trois nous étions son amour. Et tous trois, nous l'aimions lui, plus que tout. Sauf Molly, peut-être, parce que Molly, on ne connaît pas ses sentiments. De son côté, les connaît-elle, mystère.

Quand Anna a écrit *À bas la mort,* un roman qui mettait en scène leur vie à tous les cinq dans la petite maison, un roman où elle tentait de comprendre les trente premières années de sa vie, de comprendre Molly, de comprendre Boris, de comprendre les allées et venues entre les chambres, entre le hamac et la plage où couraient des chiens jaunes, les baisers volés, les cachotteries de Boris et Marek, les disputes, les querelles politiques, les mesquineries politiques, la fabrication des explosifs pour la résistance chilienne et la fabrication d'explosifs d'une autre sorte, ceux de la haine amoureuse, elle n'avait pas encore saisi cela. Et si le livre a eu un succès immense, c'est peut-être pour ce qu'il recelait de vérité non dite. Sur la révolution perdue, et les amours de jeunesse.

Le livre a eu ce succès immense parce que Marek et Boris étaient portés disparus. Leur vie était devenue une légende. Une légende bâtie sur le mystère de leur silence. C'était en 1987.

Anna remet la lettre dans la mallette. Et en prend une autre.

Le papier pelure est taché. La lettre est usée. Par endroits l'encre a disparu.

Mais cette lettre-là, elle peut la lire les yeux fermés.

Lettre à Anna, prison de Lecumberri, cellule 333B

Anna, mon chéri, ma grenouille bien-aimée, mon pitcharniok, Anna, ma Niou-Niou.

Ainsi commence la lettre. Des dessins entourent les noms, de petits croquis, des oreilles de chat sur un visage de femme. Des queues de diable en trident, des soleils maladroits. Ils atténuent le sens des mots écrits. Les mots doux de l'amour sont illisibles, ils inspirent à Anna une saine honte. Comme si quelqu'un regardait sur son épaule et se moquait d'elle, et de lui. Annouchko, Anchkou, Niouche, Annanienka, Annouchek.

Marek n'a jamais été avare en mots doux. En noms inventés qui remplissent la bouche comme un bonbon. Et font de la peine, aussi.

> Annouchko, je me meurs de ne pas te voir, Annouchko, tu me manques tellement, et néanmoins je revis en t'écrivant ces mots. On m'a dit que les prisonniers pleurent et regrettent leurs fautes, leur imprévoyance, leur imprudence. Les je n'aurais pas dû ! les comme j'ai été bête ! les ah si j'avais su ! sont les refrains les plus connus des cours de prison et des parloirs.
>
> Je ne me reconnais dans aucune de ces ritournelles. Pourtant je souffre de la crasse, de la bêtise, des odeurs affreuses. Je ne suis jamais seul, pourtant je suis habité par un profond sentiment d'abandon. Je crois que le mot exact est déréliction. Mes seules visiteuses sont les araignées. Tu es la mieux placée, Annchiko, pour savoir que j'ai toujours voulu rejoindre mes démons, mes idoles, entre les quatre murs d'une cellule. Je pense à la photo du bel Antonio sur notre mur. À ses carnets si beaux que j'enviais tant. À ses phrases magnifiques. Pour quelle faute, dans l'espoir de quelle punition ai-je tant désiré la prison ? Tu es la mieux placée pour savoir, en tout cas, combien j'étais sincère. Aussi faut-il que je te dise que je trouve injuste et insoutenable la privation de liberté. Et ironique ma position de droit-commun sans droits du tout. Comme j'avais tort de confondre le monastère et la prison. Comme j'étais ridicule. Je donnerais un doigt pour entendre les chants des moines du monastère de Novodievitchi, l'ouverture de *Così fan tutte*, ou l'*Orphée* de Gluck.
>
> Même si cela ne change rien, même si je n'ai aucun regret en pensant aux jours passés, je ronge mon frein en

songeant au temps qui s'enfuit. Nous sommes déjà vieux, je crois.

Excuse-moi si je ne t'écris pas toujours longuement. Annouche, je ne sais vraiment pas quoi dire parce que ma vie est toujours la même, monotone, et il ne m'arrive jamais rien, comme tu peux l'imaginer. Je ne peux t'en dire davantage, les lettres sont filtrées. Tu te doutes que ce qui me fait le plus souffrir, c'est d'être privé de livres.

Annchou, je sortirai bientôt, et nous irons nous promener.

Marek

Nous ne sommes pas allés nous promener. Jamais plus nous n'avons marché côte à côte, levant le nez ensemble vers les nuages, un toit, des oiseaux, une pancarte, songe Anna.

Elle n'a jamais reçu cette lettre. Des années plus tard, l'enveloppe à son nom lui a été retournée par la prison de Chihuahua avec des effets personnels.

Une autre lettre, non datée – prison d'Oaxaca, cellule 122 –, raconte le tremblement de terre de 1985 à Mexico – Nous avons tout suivi depuis la télévision d'un maton, disait Marek. Et ses mots pour décrire la fragilité des corps, les arêtes du béton mises à nu, les êtres humains comme des fourmis écrasées, les enchevêtrements de pierres, de fer, la vie arrachée, étaient inouïs. Sur une image, disait Marek, on voit Boris portant un enfant mort sur son dos. Je l'ai reconnu instantanément. Et j'ai pensé que j'étais cet enfant mort. Quelque chose en moi est détruit. Je ne sortirai jamais d'ici.

C'est au moment du tremblement de terre que Boris a rencontré Cordélia. En ce terrible 20 septembre 1985. Maudits mois de septembre porteurs de catastrophes. Cordélia était une journaliste envoyée par une grande chaîne de télévision française. Plusieurs de ses reportages décrivaient le dévouement de Boris. Celui-ci faisait ce qu'il a toujours su magnifiquement faire : organiser ce qu'il appelait la coordination des luttes. Tous ensemble. Faire surgir des liens, donner de la force aux faibles. Faire briller les yeux au regard éteint. Son don. Rallumer les feux. Il a fini par se faire arrêter.

Ce n'était plus la même époque, il a été rapidement extradé vers la France.

Marek, dans la dernière lettre dont Anna a connaissance, une lettre envoyée encore de la prison d'Oaxaca, raconte qu'il a appris l'extradition de Boris. Et qu'il en est détruit. Ce qui est absurde.

Anna, lisant tout cela, repense aux dons perdus. À ce qu'écrit Marek perdant espoir et énergie dans sa cellule d'Oaxaca, dans sa cellule de Lecumberri, dans sa cellule de Chihuahua, envoyant ses lettres qui ne reçoivent jamais de réponse puisqu'elles n'atteignent jamais leurs destinataires.

> Autrefois j'exerçais mon imagination, j'inventais dans mon esprit des nouvelles et des romans, je créais par la fiction des personnages avec leur vie propre, leurs aventures, leurs drames imaginaires, etc. Je me souviens qu'enfant je connaissais beaucoup d'histoires et que j'en inventais moi-même.
>
> Mais maintenant, j'ai perdu cette disposition : il n'arrive rien dans ma vie réelle, il ne m'arrive rien non plus dans la vie de l'imagination.

Ce sont les derniers mots connus de Marek. Les mots mêmes du désespoir.

Les lettres sont arrivées en vrac en 1999. L'année où, selon toute vraisemblance, Marek est mort. Il y a si longtemps. C'était encore le XXe siècle. L'administration pénitentiaire n'a jamais rendu son corps.

Anna reste assise par terre, au milieu des lettres dépliées. Papillons morts. Poussière. La dernière fois qu'elle a entendu le nom de Marek, il était prononcé par Cordélia. C'était il y a quelques semaines, au milieu de l'automne.

Nous le savons, nous l'avons vue et souffrir et s'enfuir.

Cordélia l'avait invitée à une soirée littéraire. Tu dois recommencer à voir des gens, Anna. Sinon ne t'étonne pas de sombrer et ne viens pas te plaindre.

Voir des gens, quelle expression étrange. Remplie d'indifférence et de stupidité.

24

Mots déchirant un coin de sa conscience de produit périmé

C'est donc un soir où Anna a décidé de retourner dans le monde. Le salon où se déroule la fête ressemble à un aquarium verdâtre traversé d'ondes hostiles. Anna cherche une contenance, elle s'approche d'un jeune homme inconnu, il a l'air un peu triste et elle l'aborde gentiment.

Je me sens très mal à l'aise ici, dit-il, sans même lui demander son prénom. Ce n'est pas mon monde. Les gens se connaissent tous.

Ses longues dents mordent une cigarette, il rentre nerveusement sa chemise blanche dans son jean. Puis la ressort et la lisse devant lui comme une sorte de tablier. C'est un garçon petit, nerveux et furieux.

Je déteste vivre à Paris, les gens sont tellement indifférents. Il paraît qu'on peut tomber dans la rue, mourir d'une crise de n'importe quoi, et que personne ne s'arrête, personne n'y prête attention.

Vous avez lu cela ? demande Anna, curieuse. Ou bien vous l'avez vécu ?

C'est une chose connue, des amis me l'ont racontée, dit le jeune homme en colère. C'est pourquoi je souffre d'agoraphobie, continue-t-il.

Et Anna l'écoute. Elle voit bien qu'il s'est accroché à elle comme une veste à un portemanteau, comme une anémone de mer à son rocher, rien de personnel. L'agoraphobie est son sujet.

De quoi avez-vous peur exactement ? demande Anna, affectueuse.

Il sourit et son expression devient carnassière. J'ai peur de ne jamais parvenir à montrer au monde de quoi je suis capable. Qu'on manque de m'entendre. Je suis une voix. J'ai écrit des poèmes dès l'âge de huit ans, et mon oncle, le pasteur de Lucinges, lisait mes vers lors de certains de ses sermons. Cet oncle est malheureusement en prison pour dettes et attouchements sur enfants. J'ai été un de ces enfants pétrifiés par des gestes incompréhensibles, je, je, je, mais une part de mon élan créateur vient sans doute de là. Garçon violenté, je m'évanouis dans les entrailles de la terre pour renaître à la lumière de mes mots retrouvés, intacts et nouveaux, je cherche ma forme, je, je, je, je forme ma recherche à l'image de Roussel et Pound, d'Artaud et Potocki. Je tombe en catalepsie dans les allées souterraines de cette ville hostile. Ils sont si nombreux, les indigènes, si au courant, ils se tiennent les coudes, se connaissent et moi qui veux en être, je, je, je, je, qui demande asile et reconnaissance, je suis si peu armé. Dans mes premiers textes, j'ai reconstruit la fiction métacryptée de cette lutte ardente, j'ai reçu de nombreuses marques d'intérêt, je peux vous montrer une lettre de Jean Rostand. Il fouille dans ses poches, en tire des papiers sales mélangés à des brins de tabac.

Mais n'est-il pas mort ?

Il rit d'un petit rire, oink-oink. Est-il gêné ? C'est difficile à dire.

C'est un autre Jean Rostand, un descendant d'Edmond. Jean est un prénom courant, vous savez, et il y a des centaines de rejetons de rameaux et de surgeons du vieil arbre Rostand, nous avons là une dynastie prolifique. Jean est devenu un ami depuis la première missive que je lui ai envoyée afin de le remercier pour un éditorial superbe dans un journal dont j'ai oublié le nom et qui a disparu. Un texte dont je pensai à l'instant où je le déchiffrais qu'il m'était personnellement destiné. Jean est un mécène, un très fin lecteur. Un aristocrate. Cela se voit à ses mains, vous avez noté que les mains en disent plus long que bien des visages, les mains de Jean sont interminables. Blanches et fines. Je ne résiste pas à la beauté. J'ai reçu aussi des messages très flatteurs, très aimables, très admiratifs, très encourageants d'un tas de personnalités très importantes, vous savez. Certaines vivantes et d'autres disparues. Je garde tout, j'en ai sur moi, si cela vous intéresse. Au début, je ne savais quoi répondre, et puis j'ai trouvé un recueil de lettres de remerciements, des modèles, je m'en inspire. Je ne suis pas mondain, alors je commets des fautes, des fautes d'appréciation. Je dose mal le respect, cela se voit, je m'aplatis trop. Ou pas assez. Ou de travers. Cela coûte cher. J'ai reçu aussi plusieurs lettres-collages admirables de mon idole, Michel Butor. Vous savez qu'il est citoyen d'honneur de la Suisse. Le plus grand rescapé des géants du XXe siècle. Le nouveau roman, vous voyez. C'est ce qu'il dit. Un poète à l'égal de René Char. J'ai une lettre d'une nièce de René Char, une lettre très émouvante. Elle me dit de passer la voir dans son mas du Luberon quand je le souhaite. À L'Isle-sur-la-Sorgue, vous connaissez certainement. Je suis aussi allé voir Julien Gracq, qui s'appelait en vérité Poirier, c'est amusant, il m'a encouragé. Beaucoup.

Il faut un silence pour que tous ces noms pénètrent les brumes et volutes du cerveau d'Anna. Une rafale de pépins de courge dispersés par un dieu, les cailloux pointus de la gloire, qu'on mâche et qu'on crache. Comme elle n'a rien trouvé à répondre, il se remet à parler. Le silence lui fait certainement autant horreur que le métro.

J'ai été sollicité pour écrire un texte pour un site Internet de nouvelles, c'est Gérard Musette qui l'a lancé, vous connaissez ? Le spécialiste de la littérature contemporaine. Nous lui devons tant. Il m'a tout de suite identifié, mon œuvre et mon nom désormais font partie de son corpus. Je lui ai dédié plusieurs poèmes. Gérard insiste beaucoup pour que j'écrive ce texte, je m'interroge. L'œuvre, rien que l'œuvre, mais toute l'œuvre, seule cette route mène quelque part. Choisir la route escarpée, vous vous souvenez. Alors je m'efforce de refuser les sollicitations, les salons, les jeux littéraires, les signatures, les ateliers, les demandes d'interview, les rencontres, les conversations virtuelles. L'interactif cela vous dévore littéralement. Mais je m'égare, vous n'êtes pas de cette génération. Vous avez connu *Apostrophes*, peut-être ?

Oui, bien sûr, pense Anna, j'ai cueilli des framboises avec George Sand, vous savez, une amie de Gustave Flaubert.

Je, je, je, je, je, je, le bruit des noms lui donne la migraine. Le grincement de cette petite âme hérissée. Elle essaie d'oublier qu'il a fait déjà plusieurs allusions relatives à son âge, déchirant un coin de sa conscience de produit périmé.

Il m'aurait, il y a cent ans, baisé les mains, aujourd'hui, il les mord.

Quel palmarès, dit-elle, vous êtes en route pour une belle collection d'autographes.

Il rougit de satisfaction.

Pas un nom de femme, remarque Anna amicalement. Elles n'écrivent pas, elles ne vous écrivent pas ? Ou bien, tout simplement, vous ne leur écrivez pas ?

Il rougit d'étonnement.

À qui pensez-vous ? Quelqu'un d'important que j'aurais oublié ? Je ne lis pas de romans écrits par des femmes, maintenant que vous m'y faites penser. Je ne crois pas que la littérature soit sexuée, bien entendu, mais je constate que les femmes n'écrivent pas les livres que je souhaite lire. Elles ont des siècles de retard. Cette tendance à la superficialité que toutes les Églises ont maintes fois stigmatisée. Leurs horribles bébés les tirent vers le néant. Et comment voulez-vous qu'on puisse penser en même temps à des crèmes pour la figure, aux lessives à faire et à une phrase nouvelle à inventer ? Elles ne sont pas prêtes pour de véritables œuvres durables, profondes. Qui puissent alimenter mon projet littéraire. Ce n'est en aucun cas une question de genre, plutôt une question de personne. Les femmes qu'on nous vend comme des écrivains, laissez-moi sourire. Il a retroussé sa lèvre supérieure, souri de ses énormes dents de lapin rayant un invisible parquet. Ce sont des météores, des bulles de savon plutôt, aussitôt promues aussitôt oubliées, citez-moi seulement dix noms, on les lit quand on les désire, dans l'excitation libidinale, curiosité banale, comme celle qu'on éprouve devant la cage des singes, devant le mystère des sensations et des ruses du sexe adverse, parce qu'elles parlent de cul, vous avez remarqué, or moi, cela ne m'intéresse absolument pas. Elles écrivent comme autrefois on allait à la faculté, pour épouser, elles écrivent pour se montrer, pour être photographiées, elles veulent être célèbres, les pauvres, elles veulent être des stars, elles accèdent à la terrible célébrité warholienne, ce mauvais quart d'heure, mais il leur manque six cents ans de culture, on verra ça dans six cents ans. Je vous concède les gagneuses. Il y en a bien quelques-unes qui écrivent au kilomètre des ouvrages de dames très réussis, des romans de plage ou de coin du feu, qu'on vend comme des petits pains, avec des crimes et de la passion, et des écoulements variés, non ?

Anna a hésité plusieurs fois à l'interrompre, la colère lui bloque la gorge. Elle voudrait dire : Et vous, vous ne courez pas après les projecteurs, les photographes, les unes de magazine, les plateaux, les soirées de lancement, les starlettes, mais elle est trop intéressée par ce qu'il va dire. Cet oison est une Pythie au vocabulaire vulgaire et poussiéreux. Elle se tait et, se souvenant du geste comme on se souvient qu'on sait nager, elle bat des paupières pour s'amuser. Le mascara qui alourdit ses cils lui donne un sentiment d'importance.

Elle compte les siècles. Pourquoi six cents ans ? Que s'est-il passé il y a six cents ans ? Quelle styliste du XVe siècle aurait eu l'heur d'attirer son attention béotienne ? Marguerite de Navarre peut-être ? La sœur de François Ier, l'auteur de l'*Heptaméron* (soixante-douze nouvelles racontées en sept jours), n'est-elle pas née en 1492, l'affreuse année du décret de l'Alhambra par lequel furent chassés les juifs d'Espagne ?

Le jeune homme est très soucieux maintenant. Sa bouche a rétréci, ses sourcils se sont rapprochés et froncés, ses yeux se plissent d'inquiétude.

Dites-moi, très chère, à qui je devrais m'adresser ? Cordélia m'a dit que vous aviez eu de l'influence il y a une vingtaine d'années. Que vous saviez les procédures et les noms, que vous aviez autrefois un merveilleux carnet d'adresses. Que vous étiez gentille. Que vous aviez le goût des choses collectives. De la communauté. Une âme pure et partageuse. Il se retient de pousser un léger gloussement. Que vous aviez malheureusement…

Et soudain il rougit de honte.

Sa pensée a continué sans lui. Anna peut terminer sa phrase interrompue : que vous aviez malheureusement disparu, dévalé la pente, roulé dans le ruisseau, qu'on vous invitait désormais par grandeur d'âme ou pour évoquer la mémoire de Marek, le grand Marek Meursault. L'homme que tous aimaient et qui ne voulait pas de cet amour, enfin c'est ce que l'on raconte maintenant. À l'époque, on ne voyait rien de tout cela.

Son Marek.

L'absence mentale de son interlocutrice n'a pas échappé au jeune homme pressé, il la regarde avec dépit. Il a fait un faux pas. Il n'aura pas d'adresses. Pas de nouveaux amis célèbres. Pas ce soir.

Anna lève la tête, il a disparu comme un mauvais rêve.

Cordélia tournicote à quelques pas de là. La robe jaune fait paraître la robe noire encore plus bête. Anna s'approche, se tient dans l'ombre d'une bibliothèque pleine de photos dédicacées. Cordélia raconte son effort pour la présenter à des gens qui pourraient lui donner une deuxième chance. Elle l'entend imiter ses éclats inutiles, ses sorties d'adolescente, les accents pathétiques de sa mauvaise volonté. Orgueil, orgueil et complaisance. Est-ce que je me plains, moi ? demande Cordélia. Anna Jacob pourrait faire un tas de choses, de la presse professionnelle, du rédactionnel de publicité ou de bureau, du secrétariat, ou même des travaux d'utilité sociale qui correspondent profondément au dessein de sa vie, non ? Mais elle s'enferme dans une pose pitoyable, une timidité qui ressemble à de la lâcheté, à un suicide social. Elle est sur son rocher, elle regarde la marée qui monte, elle sait que l'eau va recouvrir le granit escarpé, elle ne bouge pas, elle attend ce miracle qu'elle nomme justice, qu'on me fasse justice, dit-elle parfois, je ne demande rien d'autre. Quelle ingratitude dans cette plainte. Quand je pense à tous ces gens qui ont cru en elle. On a beau dire, les éditeurs, comme les critiques, et même les libraires ou les spécialistes, les professeurs de littérature contemporaine mettent leur poids, leur légitimité, leurs relations, on pourrait même dire leur honneur dans la balance. Et elle s'est imaginé avoir un destin d'écrivain. Comme c'est ridicule. Comme c'est dérisoire. Comme c'est pathétique.

Vous savez ce qui lui est arrivé.

Anna colle ses mains sur ses oreilles, cette soirée lui donne la nausée. Un éternel retour, une punition toujours recommencée. À tâtons, elle trouve sa parka, au milieu de la montagne de manteaux.

Elle s'enfuit, elle s'enfuit.

25

Le marabout d'Issy-les-Moulineaux

Anna sonne à la porte de Joseph Traoré, marabout, santé, bonheur, chagrins d'amour. Plus d'une fois depuis quinze ans, il a trouvé des mots pour la ramener au monde. La faire renaître. Plus d'une fois. Déposer sa dépouille de Deborah Fox, comme le fit Peau-d'Âne, et rester nue et frissonnante et persécutée.

Persécutée, mais non, Anna, dit gentiment le marabout, ce n'est pas cela, être persécutée.

Je suis là pour m'occuper de votre peine, lui a-t-il dit un jour où elle s'était traînée chez lui, les poumons en feu. Vous avez une pleurésie. Pas besoin d'avoir fait Polytechnique pour le deviner. Pleurésie, quel mot suffisant.

Je vais m'occuper de votre peine, dit-il encore aujourd'hui. Vous êtes en train de couler, un boulet au pied, une chaîne de mauvaises pensées vous tire par le fond.

Anna entend le bruit de la chaîne rouillée, la lourde chaîne noire et bleue, visqueuse et glacée, qui se dévide en grinçant.

Je suis là, vous venez, vous déposez votre douleur dans ce panier – il lui montre un immense panier sénégalais aux puissantes odeurs d'épices –, je mets le couvercle, et hop, je la détruis, cette peine inutile, et je les détruis, ces sentiments rouillés, toxiques. Je les réduis en bouillie, je les extermine. Je les ventile. Je les disperse façon puzzle.

Joseph Traoré a l'art de la citation. Il sait faire rire Anna. C'est un homme immense et maigre, aux yeux pleins de mansuétude et qui boite fort. Il a connu Amadou Hampâté Bâ. Il a connu les danses des soufis. Il en a la douceur.

Son cabinet est installé juste derrière l'Hôpital Suisse, en bordure du chemin du Bois-Vert. Pour y aller, Anna a traversé le parc Jean-Paul-II – oui, c'est son nom –, elle s'est attardée sur un banc, a regardé ses pieds et le ciel, les gravillons du sentier, les arbres qui chancelaient dans le vent, les feuilles rouges aux branches, les feuilles au sol, déjà mortes. Elle a cherché du regard quelques signes, une ou deux pies, des moineaux dans une flaque. La plupart des humains qui étaient assis sur les chaises en fer ou sur les bancs de bois étaient seuls. Il faisait trop froid pour les amoureux. Le parc respirait la mélancolie habituelle, une amertume douce, une absence d'espoir, ou alors un espoir faible, à petite amplitude, comme une respiration courte, domestiquée, rétrécie. Le contraire de l'esprit de la forêt.

Face à Joseph Traoré, mal assise sur une chaise en osier, Anna raconte les humiliations microscopiques de la soirée littéraire. Mille piqûres d'épingles empoisonnées.

Mille piqûres font plus mal qu'un coup de bâton, dit Joseph, prenant au sérieux son job de marabout, car tous nous portons des masques et devons faire l'effort d'y adhérer un peu.

Les sentences de Joseph redonnent courage à Anna. Elle s'enhardit à décrire cette tristesse qui l'a prise « au marché où l'on vend des mensonges », comme disait Bertolt Brecht, cette impression salissante d'être une marchandise périmée.

Seul le succès alimente le succès, quelle découverte, glousse Joseph, comme un dindon qui court dans la poussière. Et malheureusement, tu sais que les hommes préféreront toujours à toute autre chose un petit plaisir de vanité, une petite roucoulade, une occasion de faire le paon.

Merci, dit Anna, n'ajoute rien, je n'aime pas du tout ce sujet, la grande controverse sur le désir des hommes et le sort des femmes quand flétrit la beauté.

Alors n'en parlons pas, dit Joseph en souriant, car il est vrai que c'est de peu d'intérêt. Deux mille ans de domination, on va pas changer le truc en cinq minutes. Moi ça me fait rigoler, mais toi non, voilà tout.

Anna reprend son souffle, essuie ses yeux rougis. Elle raconte les chaussures de Molly enfouies en vrac dans le grand sac-poubelle de cent quarante litres. Les lettres retrouvées, les cahiers.

Non, elle ne parle pas des cahiers, mais Joseph, probablement les devine.

Tout va rentrer dans l'ordre, dit Joseph. Ce n'est pas grave du tout, dit le marabout Joseph Traoré. Le monde est un peu malade, dit Joseph, et tu réagis trop fort à tout cela. C'est parce que tu es en vie, Anna.

Il a mis ses mains de chaque côté de la tête de sa patiente. Il est concentré et bienveillant. Ce ne sont que des spasmes, murmure-t-il. De petites secousses sismiques. Des convulsions comme il y en a tant dans l'histoire, il faut que tu cesses d'avoir peur. Il faut reprendre ta tâche, Anna.

Elle se rappelle. C'est étrange comme on peut s'oublier, ne plus du tout s'occuper de sa vie.

Il y a plusieurs semaines, elle a su qu'elle devait partir. Fin de l'étape. Adieu à la rue Séverine, je laisse la place à Boris, a-t-elle dit, évidemment, mais elle n'a encore rien fait. L'hiver s'est rapproché. Il est là. Elle est venue, la nuit où l'on ne peut plus peindre. C'est tout. Maintenant il faut faire des cartons, les remplir, supporter leur sale odeur, et s'enfuir.

26

En quittant le Café Français

Je te laisse parler avec Anna, je vous laisse régler vos affaires, a dit Molly à Boris, j'ai ma consultation. Ils m'attendent, ils ont besoin de moi. J'aurais dû aller voir Mélini, mais je ne vais pas avoir le temps. Je ne peux pas tout faire.

Oui je sais, dit Boris, vaguement amer. Personne ne peut tout faire, nous avons tous nos angles morts, nos tas de poussière sous le tapis. Toi, tu n'as pas le temps de passer voir ta mère, moi je n'ai pas le temps pour autre chose, et voilà tout.

Je ne peux pas tout faire, ne généralise pas toujours, c'est très agaçant, dit Molly.

Elle sort son journal de bord, celui où elle note les symptômes de ses patients, et ses hypothèses, et les détails qu'elle craint d'oublier. Elle l'ouvre devant Boris pour qu'il comprenne, qu'il compatisse un peu. Angelika Broch a été hospitalisée, les taches noires sur ses jambes ont dégénéré, elle a développé une gangrène et sa formule sanguine s'est déréglée, des marqueurs fous sont apparus, elle est peut-être perdue. Muriel Kuokkala a besoin de morphine pour ses dents, elle a développé une alopécie sur la moitié gauche du crâne. Jason Freud a déclenché l'une de ses laryngites striduleuses, et Sophie Joseph a laissé un message où elle décrit le blanc de ses yeux devenu absolument jaune. Une ou deux bronchites asthmatiformes m'attendent aussi.

Je voulais t'amener moi-même à la maison, vous aider à regarder en face ce qui nous arrive, t'aider à dire à Anna que tu l'aimais mais qu'elle doit partir. Et puis j'ai changé d'avis. Ce sont vos affaires, dit-elle d'une voix fâchée. Je ne peux pas tout faire, et vous avez tous tellement pris l'habitude de vous reposer sur moi.

Elle reprend le métro, station Corentin-Celton. Boris descend les marches de la bouche de métro avec elle, il la regarde sur le quai d'en face, elle ne le regarde pas, elle est déjà ailleurs. Amarrée à sa tâche. Il pense en rigolant qu'autrefois cette station s'appelait Petits-Ménages. Il pense à ce type, Corentin Celton, un Breton bien sûr, un syndicaliste, fusillé en 1943 par les nazis. Est-ce que sa mémoire est sauve depuis qu'on a donné son nom à une station de métro ? Il pense fugacement à Marek. Une station de métro, ce serait bien, de donner son nom à une petite station, une station du genre Télégraphes, ou Jourdain, ou Simplon, ou Vavin. Il remplacerait l'un des innombrables saints qui encombrent les lignes d'une manière bien peu laïque. Saint Paul, saint Jacques, saint Georges, saint Lazare, saint Michel, saint Sébastien, saint Sulpice et tous les autres. On entendrait la voix céleste des haut-parleurs prononcer ces syllabes : Marek-Meursault.

Les gens sur le quai observent ce drôle de bonhomme immobile au regard vague, avec des pattes sales d'ours blanc. Ils ne peuvent imaginer qu'il pense à donner le nom de son ancien amant à une station de métro. Qu'il pense à des saints et à des héros morts.

Boris a envie de leur poser des questions sur Corentin. Il est convaincu, sans doute à tort, que les passagers du métro ne savent rien de lui, malgré les commémorations, les photos en noir et blanc, la décoration de la station. Il s'aperçoit qu'il a oublié ses mains gelées. Probablement parce que la douleur s'est estompée.

Il prend le chemin de la rue Séverine.

27

Mélini se réveille

Il est plus de midi quand Mélini se réveille. Le ciel est bas et sombre, une branche frotte la fenêtre. Une pie en jacassant l'a sortie du sommeil. Elle se souvient d'avoir rêvé d'un Michoko géant. Elle allume une Gauloise et aspire pour recommencer à vivre.

Elle lape deux ou trois goulées du café froid que l'on a posé sur sa table de nuit à l'heure du petit déjeuner et mordille la vieille biscotte beurrée qui tangue dans la soucoupe à côté.

Les dames de la maison de retraite où elle vit depuis quatre ans acceptent de la laisser dormir, puisque, la nuit, il est admis qu'elle fait autre chose.

La nuit, Mélini regarde l'écran de télévision minuscule de sa minuscule chambre, et elle fume, elle fait des réussites, elle lit les romans policiers que lui apportent Molly et Anna et Chaké Marmadoussian, la fille de Karim. Elle boit des bières à la cerise.

La nuit, elle sort dans le couloir et écoute ses voisines respirer. Elle assortit son souffle aux leurs et mime leurs apnées. Les ronflements la font glousser. Elle descend laborieusement dans le grand salon où sont alignés fauteuils et banquettes, elle s'assoit à toutes les places. Elle se laisse aller un peu, y abandonne quelques gouttes d'urine, juste pour s'amuser. Ou parce qu'elle ne peut faire autrement, ce qu'elle nierait sous la torture, ce qu'elle nierait jusqu'à la mort.

Elle rit toute seule en pensant à ces vieilles stupides qui sont ses souffre-douleur, et qui l'adorent. Madame Fruchet et madame Boucheron. Elles ne peuvent pas imaginer une seule seconde combien je les trouve laides, combien je les déteste, pense Mélini, renonçant à ses rêves du matin pour se tourner vers le présent. On croit souvent que les sentiments sont réciproques. Cela n'est pas toujours vrai. Je hais madame Fruchet, je maudis sa descendance et je méprise ses petits gestes de poule caqueteuse, ses quenottes jaunes et rares, son sale petit ventre blanc qui ressemble au mien, mêmes plis en forme de bassine, mêmes poils blancs improbables d'une longueur stupéfiante, mêmes os qui saillent à des endroits imprévus. Et elle m'aime. Madame Boucheron et madame Fruchet m'ont adoptée dès mon arrivée, elles me font des visites et de petits présents, s'assoient à côté de moi pour regarder *Les Feux de l'amour* et les émissions de cuisine. Madame Boucheron a même voulu que nous nous donnions la main il y a quelques jours en regardant *Les Aventuriers de l'arche perdue*. J'ai accepté pour embêter madame Fruchet, qui a fait la tête pendant deux jours. Peu de chose, voilà ce que nous sommes : les mêmes manœuvres à la crèche et à la maison de vieux, et le même taux d'efficacité. Cette pensée – est-ce de la colère, est-ce du dégoût, est-ce de l'affection ? – la réconforte et lui donne envie de vivre cette nouvelle journée.

Et puis Molly va venir. Elle lui apportera des fortifiants, des vitamines, des croissants et des bouteilles de Mort Subite, sa bière préférée. (Nous savons, nous, que Molly ne va pas venir, elle n'a pas le temps.) Dans sa tête, Mélini lui écrit une petite lettre, une danse du ventre par lettre, une opération de charme par lettre, un filet jeté à la mer pour attraper quelque menu fretin, une petite pensée aimante, elle en manque tellement. Si Molly reçoit cette lettre, peut-être aura-t-elle de nouveau envie de venir gratter la tête de sa vieille mère.

Je voudrais tant que l'on me gratte la tête, songe Mélini. Ce n'est pourtant pas tellement demander. Anna, on ne peut pas lui extorquer ce genre de chose, elle n'a aucune tendresse, mais de Molly, on peut l'obtenir, oui. Les docteurs le font, cela fait partie de leur rôle sur terre. Les caresses soignent, tous les magazines l'écrivent.

Cette lettre, elle ne l'enverra peut-être pas, car ce serait toute une entreprise. Il faudrait trouver une enveloppe et un timbre, et aller à la poste. La direction de la résidence des Lices n'en propose pas et refuse de s'occuper du courrier. Comme je suis paresseuse, pense Mélini avec volupté. Et elle repasse la lettre dans sa tête.

Ma chère Molly,

Après mon bain, ce matin, durant lequel j'ai utilisé ton merveilleux savon à l'iris, j'ai utilisé toutes les crèmes du coffret florentin que tu m'avais apporté, et je suis imprégnée de tous ses parfums. Merci !

Bien dit.
On sent les odeurs, le moelleux, la douceur.
Maintenant le cœur du sujet,

Je sais qu'on ne peut rien oublier mais je souhaite que nous puissions surmonter le chagrin que t'a causé notre conversation et que j'ai éprouvé aussi. Je n'aurais pas dû te dire tout cela, j'ai vu combien tu étais vexée. Que je puisse juger ton travail et tes choix te paraît inadmissible. J'en suis étonnée et déçue, mais c'est ainsi. J'aurais dû le savoir, tu as toujours été une pure tête de mule, une vraie tête de lard. Je ne sais pas de qui tu as hérité cela, cette raideur. Est-ce un trait de l'époque ? Peut-être.

Mais je confesse que je n'aurais pas dû te parler de Karim, de nos liens conservés à travers toutes ces années.

Et de ma fierté : je lui ai été fidèle. Karim est mort en nageant dans ce lac glacé, il a coulé dans l'eau verte, il est mort d'une embolie, quelque part en Ukraine, mais la veille il m'avait appelée, la communication était mauvaise, discontinue et grésillante. On avait longtemps parlé d'amour et de poésie. On avait ricané et proféré quelques insanités. Tu es le fils que j'aurais aimé avoir, lui disais-je, mais mes filles sont des jalouses, notre amour doit rester secret.

Mélini rature ce passage de sa lettre mentale. Il ne va rien arranger.

Je n'aurais sans doute pas dû non plus te parler du bébé de Chaké. Mais pour moi le secret est la pire des choses. Et j'ai bien assez souffert dans ma longue existence pour, à mon âge, dire ce que je pense, bordel.

J'espère que Boris n'est pas au courant de notre échange, il est capable de m'en vouloir énormément.

J'espère aussi que nous pourrons nous reparler plus sereinement bientôt.

Mélini passe et repasse ses phrases dans sa tête, c'est bien dit, c'est très clair, elle est contente. Dommage qu'elle n'ait pas de papier, pas de stylo. Enlever ce gros mot quand même. Bordel. Inutile. Et la phrase sur Boris. De l'huile sur le feu.

Elle n'écrira pas cette lettre. Elle pense déjà à autre chose. Aux cadeaux que lui apporte chaque semaine Chaké Marmadoussian, la fille de ce malheureux Karim. Karim Marmadoussian était un garçon beaucoup trop fragile. Il est mort, selon Molly, au champ d'honneur de la colère impuissante, martyr amer de la révolution manquée. Il est mort, le cœur brisé comme une branche d'arbre, songe Mélini. Le cœur brisé comme une branche sèche par Molly qui n'a pas voulu de lui. Le cœur fendu par Anna qui l'a rejeté, elle aussi. La révolution selon Molly, Marek et compagnie, Karim s'en souciait assez peu. Il courait après autre chose. Le bonheur, l'amour, et je ne sais plus quoi.

Mélini se souvient avec plaisir des longues heures passées avec Karim quand elle tentait de le consoler. Elle a toujours été là pour les prétendants de Molly et d'Anna. Les invisibles, comme elle aimait à les nommer. Elle avait pris l'habitude de l'emmener faire de grandes promenades, ponctuées d'arrêts dans des endroits sombres et silencieux connus de lui seul. Elle se souvient de Karim, immobile dans une maison de thé peuplée de vieux Japonais aux yeux clos comme ceux des vieux chats. Karim assis sur ses talons et pensant à mourir. Karim lisant des poèmes du grand Bashô et concluant sa lecture par un geste las.

Chaké ressemble tant à son père. Elle a débarqué un jour à la résidence des Lices, elle voulait retrouver des gens qui avaient connu Karim. Ça tombait bien, Mélini se sentait seule. Chaké a les yeux sombres et liquides de son père, son large sourire. Comme autrefois, quand Karim venait se faire consoler d'avoir raté l'internat de médecine, elle a sorti des jeux de son sac à dos jaune.

Oh, un backgammon, il y a si longtemps ! a minaudé Mélini.

Elle a parlé à Chaké Marmadoussian de Bella Akhmadoulina, la poète préférée de son père. Elle lui a lu le poème « La Cerisaie », et d'autres, tout aussi translucides.

Et plus le spectateur contemple le Jardin,
plus le Jardin conserve son secret.
Et peu importe ce que je lis dans la nuit
qu'on le comprenne ou pas,
Le secret se révèle et se ferme. Combien de temps
peut-on se désoler sur le mystère que la nacre referme ?

Pas mal, a dit Chaké. Les poètes russes sont vraiment les championnes du monde.

Mélini a adoré Chaké de l'adorer, d'être bon public, d'applaudir son numéro de vieille dame indigne, d'être séduite par ses grands gestes de diva, d'employer des expressions aussi tartes que championnes du monde. D'aimer les mêmes poèmes qu'elle. Elle a adoré Chaké qui se laisse tirer les cartes et les tarots. Chaké qui l'écoute interpréter son thème astral.

Avec Chaké, elle oublie les verres en Duralex, les assiettes jaunes du réfectoire, les cordons embrouillés de ses lunettes cabossées et rayées, l'odeur de désinfectant, les couloirs kafkaïens, les chambres aux allures de boîtes à être humain.

Elle chantonne la chanson de Graeme Allwright, *Petites Boîtes*. Une chanson devenue un classique, qui l'aurait imaginé ?

Les garçons font du commerce
Et deviennent pères de famille
Ils bâtissent des nouvelles boîtes
Petites boîtes toutes pareilles,
Puis ils règlent toutes leurs affaires
Et s'en vont dans des cimetières
Dans des boîtes faites en ticky-tacky
Qui sont toutes toutes toutes pareilles.

Et si je prenais un bain, songe Mélini. C'est exaspérant de constater à quel point les meilleurs sujets de rêverie dérivent vers la mort. La mort, Mélini n'y croit qu'à moitié. C'est trop ennuyeux.

Et si je prenais un bain, songe Mélini avec détermination. Sinon cette future lettre n'est qu'un mensonge de plus. Même Chaké ne peut retenir son attention très longtemps. Elle va se durcir, cette petite, enlaidir assez rapidement. Elle est imperceptiblement quelconque. Elle a certainement une faille secrète comme son pauvre père Karim, à qui Mélini pardonne mal son chagrin et sa mort précoce. Un lac glacé, quelle idée stupide. Mélini frissonne, sa vieille colonne vertébrale branlante oscille dangereusement.

Elle s'assoit au bord de son lit, ses pieds nus pendent et s'agitent dans le vide. Comme ils sont rouges et comme ils sont gonflés, des sabots rouges veinés de violet, se dit-elle. Et ces ongles jaunes et tordus. Répugnants. Les ongles sont un problème. Ce qu'il y a de plus joli chez le nouveau-né est également le plus affreux au bout du chemin. Qui a permis qu'on en arrive là ? Elle profère quelques imprécations, quelques blasphèmes bien sentis en direction du Très-Haut toujours généreux en mauvaises blagues. Merci pour l'invention des dents, merci pour le coup des ongles, bravo !

Sa chemise de nuit en lainage à carreaux verts et bleus s'est déboutonnée pendant son sommeil. Elle s'enveloppe dans son épaisse couverture orange. Elle a froid. Elle tend la main à nouveau vers la tasse de café en Duralex. Elle observe d'un œil torve le fond saumâtre de café. Tout est décidément en Duralex ici. Ah ah ah. Autrefois, je n'avais jamais froid. Autrefois, il y a longtemps.

En regardant les murs bleus de sa chambre, Mélini pense que c'est drôle, la boucle se referme, on dirait une chambre d'enfant, mais sans jouets. Elle contourne cette pensée triste en allumant la radio et une nouvelle excellente cigarette. Les deux gestes qui surnagent, les deux gestes qui survivent à des milliers d'autres. Sur la tablette en mélaminé bleu, un fouillis de fils. Mélini attrape le fouillis et l'enfile maladroitement, ce sont ses trois paires de lunettes, qu'elle porte autour du cou, six verres fêlés, épais et sales, mes yeux de mouche, dit-elle. Et elle enfile aussi la ficelle en plastique à laquelle est accroché son briquet. Puis elle se demande si elle a vraiment envie de se lever. Elle reste au bord du lit, les pieds ballants.

Le lit est une île.

La cendre de cigarette tombe sur le drap, tant pis pour eux, ils nettoieront.

On frappe à la porte.

Pourvu que ce soit Molly, pense Mélini en criant entrez d'une voix forte. Zut je ne suis pas habillée, elle va me gronder.

Elle jette un coup d'œil inquiet aux cendres qui font des sortes de dessins sur les draps du lit, des ombres chinoises. Elle essaie de pousser sous le sommier les mégots répandus sur le sol, et de dissimuler les canettes en vrac, les livres ouverts et cornés, les miettes de biscotte. Elle ne bouge que très peu, son dos lui fait mal. Elle fait toutes ces actions en circulant autour du lit, assise, en remuant les fesses.

Efficacité moyenne à faible.

C'est la faute de ces imbéciles de femmes de ménage qui ne viennent jamais et prétextent mes horaires originaux pour éviter ma chambre. La chambre numéro 6 est un dépotoir, je les ai entendues le dire. Elles n'aiment pas l'odeur du tabac. Pauvres choupines. Je n'en connais pas de meilleure.

Mélini prépare ses arguments pour sa fille Molly qui va forcément pousser des glapissements absurdes. Qu'est-ce que cela peut bien faire, l'hygiène à mon âge ? Tu crois que je songe à plaire ? Tu penses que je me fais des illusions sur mon charme, sur le dégoût que je suscite ? Pourquoi je renoncerais au seul plaisir qui me reste, une excellente cigarette ?

En vérité, elle a peur.

Si Molly ne vient plus, je ne pourrai pas le supporter. J'ai déjà perdu Anna, il y a si longtemps que je ne m'en souviens plus. Ou peut-être ne l'ai-je pas perdue, ne l'ayant jamais eue vraiment en ma possession, n'ayant jamais songé à elle comme mienne, ou alors durant ses premières semaines seulement, et encore : elle était un bébé si inquiétant, si minuscule, elle était en elle-même une épreuve intenable. Je n'aurais en vérité pas dû avoir d'enfants, je ne les ai jamais supportés. Ni aimés. Une vie sans enfants, libre et légère, sans chagrins ni inquiétudes vaines. Une autre vie. Voilà ce que je voulais. On devrait avoir le droit de recommencer. Comment ai-je pu faire tant de conneries, je me le demande, et comment ai-je pu reprocher à Molly de ne pas m'avoir offert de petits-enfants.

Comment ?

Il faut que je lui écrive une lettre.

Ma chère Molly,

Mais n'est-ce pas elle qui frappe à la porte ?

Oui, entrez ! crie Mélini encore plus fort en se drapant dans sa couverture de moine bouddhiste, en se passant une main dans les cheveux pour les lisser un peu.

Sur le seuil se tient un jeune homme, tout le portrait de Karim Marmadoussian. Encore un fantôme, pense Mélini en haussant les épaules. Il pose sa sacoche sur le lit défait. Il ôte sa casquette fourrée et son manteau noir.

Je suis le docteur Morel, dit-il. Délégation de l'Assistance publique. J'inspecte, je contrôle. Je vérifie. Où vous en êtes, où nous en sommes. On ne vous a pas avertie de ma visite, j'en ai l'impression. Je suis confus de vous déranger, mais je dois accomplir quelques formalités, procéder à un examen complet et remplir votre dossier.

Il ouvre son énorme sacoche, sort divers appareils, pour la tension, l'examen des tympans, le fond de gorge, la cornée, le cœur, et tout le reste. Il lisse sa blouse devant lui comme si c'était une longue serviette de table, il froisse sa petite bouche, passe la langue sur ses lèvres et ses dents, et plisse les yeux. Il la regarde mieux, et Mélini se sent gênée d'être ainsi regardée.

Mais dans quel état êtes-vous, madame Jacob ? On ne vous a pas dit qu'il faut vous habiller chaque jour et vous lever tous les matins ? Mettre son réveil est la première prière, il est nécessaire à la personne en résidence de suivre un protocole de vie normale. Que fait ici ce cendrier débordant de mégots ? Je vais devoir faire un rapport, vous pourriez mettre le feu à la résidence, je suis épouvanté.

Comme une fée du logis, comme une abeille laborieuse, le docteur Morel qui ressemble tant à Karim Marmadoussian ramasse les habits de Mélini abandonnés en différents endroits de la petite chambre. Il range et trie, jette les mégots dans la corbeille à papier et referme précipitamment le sac en plastique qu'elle abrite. Les canettes vides prennent le même chemin. Il fait le lit, ouvre la fenêtre, Mélini pousse un cri.

Il faut renouveler l'air de cette pièce, dit-il. Je vous examinerai ensuite.

Je vais faire une pneumonie, proteste Mélini.

Mais non mais non, nous sommes entre les mains du Seigneur, psalmodie le docteur.

C'est un dingue, me voici entre les mains d'un maniaque obsessionnel, gémit Mélini, qui tente une sortie pour aller demander leur avis à madame Fruchet et à madame Boucheron.

Mais il n'y a personne dans le salon, personne nulle part. La résidence est vide, pas âme qui vive. Emballée dans son vieux pyjama turquoise, enrobée de sa couverture orange de moine bouddhiste, les pieds dans ses énormes pantoufles à tête de lapin, Mélini titube un peu dans le couloir jaune, elle descend en s'accrochant à la rampe graisseuse les marches du perron.

Le docteur Morel ramasse ses affaires. Sa sacoche est beaucoup trop lourde. Il remet sa casquette et son manteau.

Quelles vieilles folles décidément hantent les asiles modernes. Il va falloir que je demande un autre poste à l'Assistance publique. Je pourrais peut-être.

Il en est là de ses supputations quand il entend un bruit de freins, un choc. Un silence. Des cris. Il descend précipitamment les marches du perron de la résidence et sort. La roue d'un scooter renversé tourne à vide, ensanglantée. À quelques mètres gît le corps turquoise minuscule enveloppé d'orange de la vieille dame qu'il vient de sermonner. La tête de travers dépasse, les cheveux en bataille. Mélini a filé.

Plus loin dans la rue un homme s'enfuit. Au milieu de la chaussée traînent deux pantoufles à tête de lapin.

28

Boris et Anna ne savent absolument pas quoi se dire

Boris pousse la porte de la maison d'Issy-les-Moulineaux, au 21 de la rue Séverine.

Je ne veux pas parler avec Anna, se dit-il. Et je ne pense pas du tout qu'elle souhaite me voir. Ses poignets le font souffrir, ses mains se crispent sous les bandages. La ride verticale de son front se creuse plus que jamais. Et désormais elle forme une fourche. Entre les deux fossés une colline. Son front est un champ de bataille. Il a peur de voir Anna et peur aussi qu'elle le voie. Cela fait si longtemps. Il lisse ses cheveux derrière ses oreilles, dans un geste ridicule à cause de ses bandages. Il respire profondément. Puis il pousse la porte qui couine et essuie ses chaussures sur le paillasson en poils marron. Et il accroche sa parka kaki à une patère absurde en forme de champignon.

L'odeur de la maison est la première chose qu'il remarque. Elle n'a pas du tout changé. Une odeur dense, de bois et de grain. Au fond de l'air, une senteur de cumin, de bergamote, de géranium et de lainages humides. Il fait un peu froid. Il ne sait trop s'il doit avancer vers la petite chambre où est Anna, assise par terre.

Mais en fait il y est bien obligé.

Quand il se trouve devant elle, il se passe cette chose étrange, leurs préventions et leurs peurs se dissolvent.

Bonjour, Boris, dit Anna, soudain envahie d'une affection qu'elle avait oubliée.

Une autre Anna a pris la place. C'est agréable. Le temps n'existe pas, seul Boris existe en cet instant. Un Boris éternel, un Boris allongé sur le sommier crasseux, pendant que Marek lit *Les Possédés*. Marek se prenait pour Stavroguine, Boris, lui, ne lisait rien. Il donnait à manger à une fourmi. Des miettes minuscules. Il lui faisait ses adorables sourires et fronçait le nez.

Bonjour, Anna, dit Boris. Il pense à la rue du Grand-Prieuré. Il n'a pas eu une pensée pour le local depuis des dizaines d'années, depuis qu'il a enfoui cette partie de sa vie dans une cache mentale hermétiquement fermée.

Ensuite, donc, ils ne savent absolument plus quoi dire. Anna ne trouve pas Boris tellement changé. Il est même plus beau que dans son souvenir. Boris ne regarde pas Anna. Il regarde la maison, la pièce et les lettres par terre. Et le grand sac en plastique gris d'où jaillissent quelques chaussures.

Tu peux regarder, dit Anna. Elle a l'impression qu'ils ont dix ans maintenant, qu'ils sont habités par la gêne intense que l'on éprouve à cet âge quand on se retrouve dans une pièce avec un autre enfant pour jouer, tout un après-midi d'hiver.

Je peux regarder quoi ? dit Boris, vaguement stupéfait et embarrassé. C'est une phrase presque scabreuse.

La question désarçonne Anna. Et puis elle n'a pas envie de dire ce qu'elle a pensé : si tu en as le désir, tu peux lire les lettres que Marek nous écrivait, nous a écrites de sa prison, elles sont notre passé commun, nous pouvons les relire ensemble, peut-être que cela me ferait plaisir.

C'est beaucoup de mots, c'est trop lui demander. Elle se tait et commence à ramasser les feuilles sales, à les plier.

Le téléphone sonne alors. Anna ne se lève pas pour répondre. La sonnerie reprend.

Il faut que tu décroches, dit Boris.

Anna prend l'appareil. Une voix qu'elle ne connaît pas demande à parler à Molly et Anna Jacob.

Ici le capitaine de gendarmerie Lambert. Vous êtes madame Jacob ?

Anna répond oui. Son cœur bat et sa bouche se dessèche. À cet instant, elle sait ce qu'il va dire. Boris s'est approché. Le capitaine dit, Votre mère a eu un accident, un scooter, dans la rue, un scooter l'a renversée devant sa résidence. Votre mère est décédée, madame. Madame, je vous prie de m'excuser, tant de barbarie, annoncer à une personne la mort d'un proche aussi brutalement, oui, je ne sais comment dire, dans quel monde vivons-nous pour qu'une telle démarche soit possible ? Je vous prie de ne pas m'en tenir grief.

Un cri sort du corps d'Anna. Un cri la fend en deux. Un cri dont elle ne savait pas qu'il pût exister.

En un bond, Boris est auprès d'elle.

Les lettres volettent de tous les côtés. Les lettres destinées à Boris et qu'il n'a jamais lues. Quelle importance devant la mort. Mélini est morte. (Il ne peut le croire.)

Il prend Anna dans ses bras. Ses mains bandées plaquées contre le dos rebondi d'Anna, là où la ligne de l'élastique du soutien-gorge fait une frontière. Il la couvre de baisers pour arrêter quelque chose.

La voix du capitaine sort faiblement du téléphone, le téléphone qu'Anna a lâché et qui a rebondi sur le sol.

Anna reprend l'appareil. Elle note des noms et des adresses d'un air absent.

Appelle Molly, dit Boris quand enfin elle a coupé la communication. Appelle Molly, elle est partie à sa consultation. Son portable doit être fermé, mais la personne qui a la charge du standard au centre médical Gracchus-Babeuf répond toujours.

Et ils pleurent, et ils ne font rien d'autre que pleurer pendant un temps incommensurable, front contre front.

29

Votre mère tiendrait dans un cercueil d'enfant, dit Adrienne

Elles sont assises sur des chaises en Formica rouge. Le bureau de la petite boutique de pompes funèbres donne sur la rue. Et dans la rue les gens se pressent, ils sont penchés en avant dans la nuit noire.

La responsable commerciale regarde par la vitre sale, elle n'est pas très concentrée. Comme les gens marchent vite, se dit-elle, c'est parce qu'il pleut à torrents. Les parapluies arc-boutés contre le vent font songer à une régate nocturne. Anna suit les yeux de la commerciale et elle a envie de se retourner et de regarder la rue à son tour. La responsable commerciale contemple les mains de ses clientes, elle pense : une bonne manucure ne leur ferait pas de mal.

Les clientes – quel mot inapproprié, clientes, pour désigner le statut de deux personnes dont la mère vient de succomber à un accident de la circulation et qui tentent de procéder à l'organisation de ses obsèques de manière digne et aimante. Les clientes lisent le cahier de brouillon à petits carreaux où elles ont noté les choses à faire. Les mots barrent les feuilles, certains montent et d'autres non, certificat de décès, mutuelle, funérarium, qui ressemble trop à aquarium. Molly en a dessiné un. Elle a gribouillé des croque-morts à chapeau. Anna a recopié des numéros de téléphone. Des noms de personnes à contacter. Des dizaines de noms de personnes à prévenir. Elle a repassé au feutre les mots nouveaux comme elle remplissait autrefois les lettres des banderoles, elle a fait des pleins et des déliés. Elle a mis des cornes aux acronymes. Elle a enregistré les problèmes d'assurances, de chéquier, de compte bancaire, les déclarations à faire. Elle a souligné : trouver le notaire. C'est un capharnaüm froid.

Elles ont l'impression de jouer dans un téléfilm. Il y a de plus en plus de circonstances de leur vie où la sensation de déjà-joué surgit. La scène des pompes funèbres. Drôle et affreuse. Remplie de petits pièges à chagrin et de fous rires gênants.

Avez-vous choisi notre offre révolution ? demande la responsable commerciale.

Sur la vitrine une grande affiche dans le style pompier intime aux futurs clients l'ordre d'oser choisir un budget obsèques révolutionnaire.

C'est quoi cette option ? murmure Molly. On emballe le mort dans un drapeau rouge, on chante le *Chant des marais* ?

La responsable commerciale a peut-être entendu. Elle soupire et débite des phrases. Elle est en pilotage automatique, son sourire me fait peur, songe Anna. Molly est froide et lointaine. Elle persiste à dessiner des chapeaux hauts de forme pour des croque-morts sans lever les yeux.

Lors d'un premier entretien, dit la bouche de la responsable commerciale, nous prenons note de vos souhaits et répondons aux questions que cette démarche personnelle suscite. Nous établissons ensuite gratuitement un devis détaillé, avec des propositions de financement ajustées. Nos contrats obsèques sont garantis par une assurance vie sécurisée. Label-Mort est également la seule entreprise en France à proposer le contrat obsèques libres qui vous permettra à l'avenir de consigner vos volontés sans adjoindre de financement. Votre – elle regarde sa feuille –, votre mère, madame Mélanie Jacquot, donc, avait-elle souscrit et consigné un tel contrat ?

Mélini, dit Anna.

Jacob, dit Molly. Rien souscrit, rien consigné. Rien.

C'est un accident, dit Anna, sentant qu'il faut s'excuser.

Elles sont des enfants, des enfants atrocement fatiguées et inaptes.

La responsable commerciale, qui s'appelle Adrienne (cette désignation de responsable commerciale faussement neutre est en vérité dénigrante), se sent légèrement indisposée par le ton inapproprié de ces deux femmes si différentes et si semblables. Elles sont deux versions, deux interprétations d'un même destin, selon elle. Elle soupire, il ne faut pas sympathiser avec les clientes, c'est un principe de l'agence. Elle aimerait bien leur dire qu'elle est, elle aussi, orpheline, elle aimerait leur parler de son fils, Ludovic, qui est aveugle de naissance. Mais cela ne se fait pas. Elle se redresse et surveille sa silhouette dans le miroir latéral de la boutique. Se tenir droite.

Tu es médecin quand même, tu vois des morts tout le temps, tu dois bien savoir comment on fait, moi je ne vois jamais personne, je ne rencontre ni vivant ni mort, j'ai des excuses, a dit Anna quand Molly est arrivée, rouge et en larmes, arrachée à sa consultation par le coup de téléphone de Boris.

Mais à chaque naissance, à chaque mort, tout recommence à zéro, le mystère monte comme une lave, et paralyse les gestes, les mouvements, a pensé Molly.

Non, je ne sais pas comment on fait, a dit Molly, et quelque chose d'amer les a séparées.

Je ne sais rien et n'ai jamais rien su, c'est ce que murmure depuis quelques heures une petite voix tenace qui vrombit dans le cœur de Molly Jacob.

Elle auscultait une jeune fille assise en soutien-gorge et culotte sur le papier de la table d'examen, quand la secrétaire du centre Gracchus-Babeuf est entrée dans le cabinet. Magalie Dorival, une caissière du centre commercial, avait eu un malaise, pffuit, elle avait glissé sous sa chaise noire en balayant de son bras les produits en train d'avancer sur le tapis. Un poulet cru avec un long cou noir, des céréales dans un énorme parallélépipède coloré, du fromage en tranches fines conditionné sous vide et des salades prélavées en sachet avaient valsé. Il avait fallu un moment pour que les clients réagissent, un moment pour qu'ils renoncent à être des acheteurs pressés et désagréables, un moment pour qu'ils comprennent et soient envahis pour certains d'une légère honte, et la direction du supermarché avait déboulé, et le SAMU, et le brancard.

Des taches blanches sur son buste, des clavicules trop creuses, des doigts trop rouges, des cernes trop noirs, autant d'indices d'un début de quelque chose, se disait Molly en promenant ses mains un peu froides sur la peau blême et molle de Magalie qui avait ouvert les yeux et la regardait avec méfiance. Une enfant abandonnée, a songé le médecin, une enfant perdue, ses poumons sont pleins d'eau et son cœur bat trop fort.

Tu peux avoir confiance en moi, disait justement Molly à sa patiente au moment où elle a lu le petit bout de papier de la secrétaire. Tu dois avoir confiance, je suis là pour toi. Tu n'es plus en danger. Je m'en occupe.

Et c'était faux. Car si elle a réussi à ne pas hurler en lisant le message maladroit mais clair écrit en lettres bâtons, elle a abandonné aussitôt la jeune fille à la secrétaire pour courir rue Séverine. Le médecin, parfois, n'est pas à la hauteur de ses propres exigences. Le docteur Mathias Lichnerowicz a pris bien entendu le relais. Le cabinet est un cabinet de groupe. Il était en train de lire *Un métier idéal*, un livre de l'écrivain anglais John Berger sur un médecin de campagne nommé John Sassall. Il lisait la phrase suivante : « Sassall devient chaque malade en lui offrant son propre exemple, les malades succèdent aux malades, lui demeure le même, de sorte que l'effet est cumulatif. Sa soif d'expérience va de pair avec son imagination qui n'a pas été réprimée. »

L'universel en lui s'étend, a expliqué Molly à tous ceux qui passaient à sa portée depuis quelques semaines et avec une sorte d'exaltation. C'est tout à fait la même chose pour un écrivain, a pensé Anna, mais elle n'en a rien dit, par peur du ridicule. Elle sent en elle les milliers de feuilles de livres lues et déposées en elle comme un terreau, comme un engrais. Elle devient chaque livre, les livres succèdent aux livres, et l'effet est cumulatif. Mais comment ? Est-ce bien le moi-des-boulettes-de-viande qui a écrit ce qu'a déclamé le moi-sur-scène ? (C'est la citation favorite d'Anna.)

À son tour, le livre enthousiasmait Mathias Lichnerowicz. C'était la plus belle réflexion qui soit sur l'ambition du médecin et la déception qui l'accompagne. Ambition, déception, comment faire autrement ? Molly Jacob le lui a offert en lui disant qu'il y avait là le secret de leur engagement, et aussi la clé du désespoir qui l'envahit souvent à l'idée de n'être pas à la hauteur de la souffrance de ses semblables. De la dimension sacrée du serment d'Hippocrate. Une longue, trop longue tirade. D'où l'idée du cabinet : à plusieurs, on est moins insuffisant.

Mais quand le docteur s'est approché de la jeune Magalie Dorival, il a constaté qu'il ne pouvait rien contre l'abandon dont elle venait de nouveau d'être l'objet. Elle s'était rhabillée et avait ramassé ses affaires. Elle est sortie en les insultant tous, c'était trop tard, on avait trahi sa confiance une fois encore. Le baratin des toubibs, merci bien. Sales bourges. Connards. La bonne conscience immonde des nantis, je préfère encore ceux qui ne font pas semblant, etc.

Mathias Lichnerowicz est retourné à son livre en se

demandant si lire sert à quelque chose, si écrire a un sens. Un désespoir sourd l'a submergé.

Après d'innombrables heures devant des guichets pour obtenir autorisations et bons de transport, le corps de Mélini repose au funérarium.

Dans la boutique des pompes funèbres, Molly continue à penser à sa patiente, Je n'aurais jamais dû la laisser. J'ai abandonné une vivante pour une morte. Elle a du mal à écouter. Il faut que j'y retourne. C'est très étrange la manière dont la vie ordinaire plie et se dilate sous le coup de l'événement.

Adrienne, responsable commerciale et organisatrice d'obsèques de surcroît, car l'agence est minuscule, prend des notes sur son bloc. Horaires, funérarium, camionnette, croque-morts, cérémonie. La routine.

Vous observez un rite particulier ? Catholique, juif, protestant, musulman, bouddhiste, orthodoxe, copte, sikh ? L'ordre de cette liste est bien entendu aléatoire, je sais combien les communautés sont susceptibles, presque intenables. Nous correspondons avec toutes les communautés, nous sommes en termes excellents avec elles. Vous avez une adresse particulière pour le service religieux ? Pas de service religieux ? Vous souhaitez un acteur pour une lecture de poésie, pour des textes spirituels ? Nous avons un dépliant spiritualités. Et des listes de comédiens. Si vous voulez des musiques, vous pouvez les choisir sur notre site. La défunte en avait peut-être prévu, en avait-elle prévu ? Les gens choisissent souvent Brahms. Vous aimez Brahms ? Nous livrons des fleurs si vous en avez besoin, c'est par Interflora, c'est très sûr, prenez le catalogue. Il n'y a pas de catalogue pour les cérémonies religieuses, cela ne saurait tarder. Des funérailles tout compris. Vous n'avez rien à faire, rien à penser. Nous prenons la carte bleue. Oui.

Adrienne la responsable commerciale se lève soudain.

(Nous l'appellerons désormais par son beau prénom, cette désignation par sa fonction est décidément assez méprisante et injustifiée.) Les clientes sont lentes, abruties, elles ont du mal à se représenter la situation, c'est habituel, il faut les brusquer un peu mais pas trop. Venez mesdames, venez choisir le modèle, venez, les modèles d'exposition sont rassemblés au sous-sol, dit Adrienne. Elle ne prononce pas le mot cercueil. La visite aux modèles est le moment qu'elle préfère, celui où l'on peut faire de la marge.

Le sous-sol ressemble à une salle des antiquités du Louvre en petit et moche. Il fait sombre. Plusieurs cercueils sont alignés sur des piédestaux. D'autres sont photographiés en 3D et exposés dans des vitrines éclairées de l'intérieur. Tous ont des noms qui évoquent les publicités pour déodorants : Serpentine, Puressence, Chêneraie, Anatole, Gloria, Pinède, Palanquin, Okapi, Olympe, Osiris, Commandant. Beaucoup sont ornementés de poignées dorées, d'étiquettes luisantes, de croix et de feuilles d'acanthe. Des bagages de luxe. D'énormes valises d'une tonne, vulgaires et écrasantes.

Les voici qui remontent.

J'ai la nausée, dit Anna confuse.

Molly est blême. Elle continue à penser à sa malade. Magalie Dorival, caissière tuberculeuse pour qui elle n'a rien fait. Serment d'Hippocrate renié une fois encore. Honte sur moi.

Nous signons des papiers sans les lire, songe Anna, nous notons des chiffres, des dates, des rendez-vous, nous déposons des chèques, nous nous enfuyons. Tout ira bien, on ne connaît pas de cas de personnes qui soient restées sans sépulture. Il suffit de se laisser aller. De céder à la logique des choses, sans résister.

Adrienne a choisi un cercueil blanc, léger et discret, sans falbalas. Il s'appelle Ophélie. On entend dans le bois profond des hallalis.

Votre petite mère y sera bien confortable, conclut-elle, elle tiendrait dans un cercueil d'enfant, à ce que je vois dans votre dossier. Vous voulez lui mettre un coussin ?

Anna regarde Molly, elle aimerait partager avec elle un fou rire ou un ricanement, ou même un sourire douillet. Molly regarde ailleurs, elle est loin. Anna en ressent une douleur sourde.

Pas de coussin, note Adrienne, d'un air désapprobateur. Il faut être assez dépourvu de cœur pour priver sa propre mère d'un coussin en satin blanc pour l'éternité. Quand on songe aux sacrifices qu'elle a certainement faits et sans un mot pour ses deux filles. On voit des choses terribles.

Mettez un coussin, dit Anna.

Molly la regarde avec mépris, mais tant pis.

Adrienne prend les choses en main. Décide des horaires. Trois jours semblent parfaits pour tout prévoir, rassembler quelques personnes. Un buffet après la mise en terre. Nous avons un traiteur.

Merci, pas de traiteur, dit Anna.

Il faut que j'y aille, dit Molly. On a fini, non ?

Adrienne claque le rabat de son bloc. Elle se relit. Une migraine violente l'a saisie. Elle n'en peut plus de ce métier.

Ce sera jeudi, dix heures trente. Cimetière des Batignolles. Une prise de parole rapide.

Elle n'avait pas de famille, dit Anna. Ce sera rapide, en effet.

Elle nous avait, elle m'avait moi, dit Molly, presque aphone. Comment tu peux proférer des phrases pareilles ?

Nous détestons les prêtres et les religions, dit Molly. Les curés, cette engeance, dit-elle. Profiteurs de la misère.

Tu les détestes, note Anna. Moi, pas. J'aime les chants des moines de Novodievitchi, j'aime le kaddish, j'aime le chant du Kol Nidré de Yom Kippour, j'aime les cantiques et les sourates, les mantras bouddhistes, je me courbe devant tous les rites, j'éprouve de la reconnaissance envers ce qui console et enveloppe. Je me tiens devant ceux qui prient, poches retournées.

Elles s'éloignent l'une de l'autre comme des planètes. Comme c'est arrivé autrefois, mais aujourd'hui c'est pire.

C'est définitif, pense Anna. Le corps si léger de Mélini se dresse entre nous comme une muraille. Il y a eu la vie pour nous déchirer. Il y a maintenant la mort.

30

La terre te sera chaude

La tombe creusée de frais les sépare de nouveau comme une tranchée. La terre retournée les révulse. Il règne une odeur d'hiver, de soleil froid.

Elles sont là, comme deux piquets noirs surmontés de bonnets de laine. Les mâchoires leur font mal. Molly porte des boucles d'oreilles en argent qui viennent du Mexique. Anna non. Cheveux en bataille, yeux rouges et teint couleur de bile, jaune.

À l'intérieur du cercueil Ophélie, désormais cloué irrémédiablement, repose le corps de Mélini Jacob que ses deux filles ont dû vêtir avant la mise en bière, c'est ce qu'on leur a expliqué. Cet acte inévitable et impensé les a déchirées. Elles se sont disputées pour un chemisier en soie, un gilet de laine, un pantalon, un pendentif, des chaussettes. Elles se sont disputées comme des enfants autour d'une poupée, Anna en a éprouvé une honte tenace.

Elles se sont retrouvées dans la petite chambre beige de la résidence des Lices. Son odeur de renfermé et de poussière.

Les employées ont déjà fait le ménage, a remarqué Anna.

Plus de draps. Le sommier et le matelas nus étaient troués de brûlures de cigarette. Les objets personnels étaient rassemblés sur trois étagères et recouverts d'un film en plastique transparent. Les cendriers adorés de Mélini, sa boîte à bijoux rouge sang aux charnières cassées, les sept kangourous artisanaux, les sept éléphants en ébène se tenant par la queue, les colliers en verroterie de Venise, le poisson-lune, ils se tenaient là comme pour un départ imminent, et c'était un crève-cœur. Flottait une odeur de désinfectant puissant et d'eau de Javel. Un placard s'est ouvert tout seul et a dégorgé des dizaines de chéquiers vierges. Mélini les conservait pieusement. Des chéquiers portefeuille et des chéquiers traditionnels. Des chéquiers verts et d'autres gris et rouge. Comme une fortune virtuelle, des liasses de dépenses non faites. Des blocs articulés où son nom était imprimé d'innombrables fois. Des centaines de talons. Les chéquiers, quelle drôle de chose, se sont éparpillés sur le sol en linoléum, silencieusement, crissant à peine. Avec leurs élastiques qui les tenaient par cinq en leur milieu.

Les habits de Mélini avaient été pliés dans deux vieilles valises. Molly s'est mise à genoux et a commencé à sortir des chemisiers, des vestes chiffonnées, des pulls sans manches que Mélini affectionnait. Elle agissait nerveusement en fumant cigarette sur cigarette, sans dire un mot. Elle a confectionné un costume sur la moquette piquetée de taches noires. Un foulard coloré pour les cheveux, un chemisier rouge, un pantalon jaune, une veste tissée main à chevrons bruns et jaunes.

Anna assise contre le mur la regardait, et puis elle a bougé. Elle a jeté la veste jaune à poils longs sur le matelas.

Pourquoi tu la déguises en clown ?

Molly a levé la tête. Un courant électrique a circulé entre elles, un courant de rage et de haine. Elles se sont jeté les vêtements à la figure.

J'aurais pu l'étrangler.

Je ne savais pas que je la haïssais autant.

C'est ce que chacune a pensé, ridicule, ébouriffée,

essoufflée, des chaussettes accrochées aux épaules, une chemise sur la tête, et l'air hagard.

Molly a parlé d'une voix blanche et presque inaudible. Tu peux me laisser la vêtir comme elle aurait aimé l'être ? Tu peux, pour une fois, la laisser être éternellement qui elle était, maintenant qu'elle n'est plus ?

Moi je l'aurais habillée simplement. Un chemisier blanc, un pantalon noir, a réussi à articuler Anna. Elle a répété : On aurait pu se mettre d'accord pour un chemisier blanc, son préféré. Tu aurais pu me demander. Je t'aurais dit oui pour la veste poilue et tu m'aurais accordé le pantalon de soirée. Comment peux-tu être si sûre de toi ? Comment peux-tu être si sûre de ce qu'elle aurait aimé ? Comment peux-tu, surtout, préférer des habits, quels qu'ils soient et destinés à ne plus être vus par quiconque, à la peine que tu me fais ? Comment peux-tu préférer l'humiliation que tu m'infliges à l'exercice de ton autorité ?

Puis elle est sortie.

On ne peut savoir ce qu'a répondu Molly.

Nous pensons que Molly n'a rien dit. Ses poumons se sont encore étrécis, et ses lèvres fines serrées davantage. Elle a allumé une cigarette et a fini sa besogne.

Anna a dévalé l'escalier couvert de linoléum épinard. Elle est passée devant un des miroirs de l'entrée de la résidence et a vu que tous les vaisseaux sanguins de ses yeux avaient explosé. Puis elle a rejoint le 21 de la rue Séverine, protégeant de sa main ses yeux ensanglantés, et n'a plus dit un mot jusqu'à la cérémonie des obsèques au cimetière des Batignolles.

Je ne pensais pas que cela puisse me tenir tant à cœur, a dit Anna ensuite. J'ai compris que si je prétendais en cet instant à l'indifférence, plus jamais rien ne m'importerait plus. La pente du *faites ce que vous voulez*, la pente du *tout m'est égal*, est une pente trop familière.

Boris Yankel, Chaké Marmadoussian, Le docteur Lichnerowicz, madame Fruchet et madame Boucheron sont rassemblés autour du trou.

On aurait pu mettre un avis dans un journal, dit madame Fruchet, qui pense à ses propres funérailles. C'est triste les enterrements où il n'y a personne. Madame Jacob, il devait bien y avoir des gens qui l'aimaient, même si elle était odieuse.

Vous ne devriez pas dire cela, proteste madame Boucheron. Madame Jacob n'était jamais odieuse. On ne critique pas un mort devant sa tombe.

Elles sont assises sur un petit banc, elles attendent les discours.

Les deux filles vont bien dire quelque chose, non ? Ou bien le monsieur, il va sûrement parler. Le monsieur regarde ses pieds d'un air pénétré. Qui alors ?

Des corbeaux croassent. Le discours va commencer. Non. Les employés des pompes funèbres patientent un peu. Tout est arrêté. La vie est absolument arrêtée, par manque de rite, comme dans une sorte de panne.

D'où surgit alors cette musique ?

Une petite troupe s'avance dans l'allée, en tête un homme au masque de tortue, portant un sceptre vert, des plumes de geai et de paon sur son chapeau, des plumes de cygne et de corbeau sur ses épaulettes rouges, et des gants articulés. Suit un groupe d'enfants avec des cagoules de chat, des chapkas de fourrure blanche, qui tapent sur des djembés et agitent des cerceaux, des tambourins, des darboukas, des cymbales, des clochettes. Ils chantent un hymne et balancent la tête, ils sont bien alignés comme dans une fanfare, les adultes sont guidés par les enfants. Leurs têtes sont ornées de plumes de paon, de plumes de corbeau, de plumes de mouette.

Pincez tous vos koras, frappez les balafons.
Le lion rouge a rugi,
scande l'homme de tête.
Soleil sur nos terreurs, soleil sur notre espoir.
The hills and the valleys re-echo our cry,
martèlent les adolescentes.
Blessing and peace be ever thine own,
Land that we love, our Sierra Leone,
hurlent les petites et les petits.

Boris bondit vers la petite troupe. Il a reconnu les mots du chant du Sénégal, il a reconnu les notes de celui de la Sierra Leone, il a reconnu la voix de Mathilda Kabbah et celle de Laïssa Kori. Les images de la maison de la rue Vauquelin, les images de l'expulsion, les images du square Paul-Painlevé se bousculent dans sa tête.

Le passé revient d'un coup, un passé très récent et pourtant effacé. Le Boris du squat n'est pas le même que celui de la rue Séverine, ni celui qui soutient à grand-peine Molly dans les allées si froides du cimetière des Batignolles.

Son cœur s'emplit de larmes.

Elles sont venues, Mathilda et Laïssa, à la rescousse, alors le monde n'est pas si vide.

Les trombones de la chorale, les flûtes à bec des enfants, les violons peints forment un cortège funèbre d'une étrange gaîté, un sonneur de trompe ferme la marche. L'histoire reprend ses droits.

Mélini aurait aimé cette musique, ces couleurs, cette réconciliation d'hier et d'aujourd'hui.

La chorale s'arrête devant la tombe ouverte et entonne une cantate.

Mélini Jacob aimait la musique sacrée.

Comme c'est joli, dit madame Fruchet.

Vous voyez qu'elle avait des amis, commente madame Boucheron, bien contente d'avoir eu raison.

Une rafale glacée lui cloue le bec.

Les enfants chantent de plus belle. Les croque-morts ont pris leurs pelles. Ils recouvrent de terre le cercueil Ophélie.

Boris entraîne Molly vers les grilles, la petite bande les suit, chacun se disperse, et Anna reste seule. Elle s'assoit contre un marronnier immense et nu. Elle sent les racines de l'arbre contre ses fesses gelées, elle serre son manteau contre sa poitrine. Elle s'endort malgré le froid. Il lui semble impossible de quitter le cimetière. Elle rêve devant la tombe encore ouverte, Marek est là, il lui sourit à travers ses larmes. Viens voir Verlaine, murmure Marek Meursault. Il repose à deux pas.

Anna se lève, la nuit est tombée, elle sort par la porte de la rue Saint-Just, après une petite halte devant la tombe du poète des amours enfuies, elle prend le métro pour le 21 rue Séverine, à Issy-les-Moulineaux.

31

Anna déménage

La camionnette de location est maintenant remplie de papiers et de sacs recyclables. Il y a aussi deux parapluies. Sur la carrosserie est écrit en lettres rouges et italique Maison Trassoudaine, fondée en 1970.

En quelques jours, Anna a vidé sa chambre et celle de Mélini ; elle a empilé les vêtements sur les chaises, elle a emballé les haltères au pied du lit, elle a chargé le linge, les coussins et un lampadaire.

Elle a rempli une valise avec les chéquiers, sans savoir pourquoi elle ne pouvait se résoudre à les brûler, ni à les jeter.

Elle a emporté avec elle le sac-poubelle géant plein des chaussures de Molly. N'a pu faire autrement, n'ayant su les remettre à leur place.

Ce que signifie ce sac de chaussures, qui le dira ?

Anna a pris la route toute seule. Elle conduit avec élégance. Un bras sur le rebord de la portière.

Je suis Calamity Jane et je conduis ma diligence, libre, dure au mal et secrète, le paysage défile, je pars vers la Bretagne.

Vous viendrez me voir.

Elle va habiter la petite maison de Boris, elle en sera la gardienne.

Elle habitera la chambre du fond. L'odeur des fougères et des géraniums l'enveloppera.

La route est longue, et Anna conduit mal. Deux fois, elle heurte le rebord de béton d'un trottoir et cent fois les insultes pleuvent sur elle aux ronds-points de Rennes, Merdrignac, Loudéac, Rostrenen et Mûr-de-Bretagne. Aux confins de la ville du Faou, elle s'arrête pour pleurer. Le soleil bas lui brûle les yeux.

Elle marche dans un champ et mange une pomme. Elle cueille une branche de hêtre.

Dans la forêt de Huelgoat, elle comprend qu'elle est arrivée. Presque arrivée. Que ce sera chez elle

Le fantôme de Viva Yankel s'est installé à l'arrière de la camionnette.

32

La dévastation des chevreuils

Venez, nous nous sommes trompés sur tout. C'est vrai. Cela nous décourage et nous attriste, mais n'est-ce pas le sort commun ?

Venez, venez quand même, nous nous reposerons.

Le soleil est doux et tout a fleuri. Et peut-être attraperons-nous au filet de nouveaux rêves, des raisons de rire.

Anna attend Molly et Boris.

Le docteur Jacob a abandonné ses patients pour quelques jours de mai.

Anna et Molly se sont assises dans le jardin. Leurs transats jaunes sont alignés dans le sens de la pente, ce qui est dangereux.

Elles regardent la mer.

Le ciel est clair, les odeurs vertes. Une petite voile blanche virgule au loin.

Anna écrit. Elle forme ses lettres en courbant le poignet et songe que c'est un plaisir étrange. Le livre à venir. Elle saisit pour la première fois le sens de cette phrase qu'elle a mille fois répétée sans la comprendre vraiment :

Il s'agit de faire de sa vie la matière d'une désillusion à décrire.

Elle lit une autre phrase à Molly qui ne lève pas la tête de sa broderie.

Un être humain doit en aimer un autre, sinon il s'éteint comme une chandelle.

Tu ne trouves pas ça bien ?

Molly grommelle quelque chose comme je me demande d'où cela vient. Et elle choisit un fil jaune citron, un fil de coton épais qu'elle enfonce dans le tissu en lin qu'elle colorie patiemment au point de croix. L'envers de la pièce est déjà gonflé de fils de toutes les couleurs comme un système veineux bigarré, et ce spectacle provoque une émotion bizarre.

Autrefois nous faisions des pompons, pense Anna. Maintenant je fabrique des patchworks d'émotions envolées, de sonorités nouvelles, et Molly enfonce des aiguilles dans des tissus épais. Il faut une confiance extrême dans la vie pour broder, il me semble.

D'où cela vient quoi, demande-t-elle.

Ce goût pour l'inutile. La beauté des choses inutiles. Ce goût qui ne t'a jamais quittée.

Drôles de phrases pour quelqu'un qui épuise les heures en mélangeant des fils de coton de différentes variétés de jaune, citron ou safran, de turquoise et de bleu.

Au même instant un orage brutal, arrivé d'un seul coup du fond de l'horizon, éclate sur la mer orangée, les vagues déferlent, les bois flottés se rompent à leur crête, le monde explose probablement.

Anna se jette dans les bras de Molly. Elle bégaie une phrase : le roseau plie. Quatre syllabes bizarres, comme un message secret.

Molly enlace sa sœur retrouvée. Le tissu de lin valse sur la pelouse.

Sous la pluie et les grêlons, les couleurs se mélangent et forment une rivière pour nains.

Puis, d'un seul coup, maintenant qu'elle sont trempées, le ciel redevient limpide, on pourrait croire avoir rêvé.

Ils sont là tous les trois, sur la falaise, pour quelques jours.

Le printemps tardif resplendit.

Les marguerites, les jacinthes, les digitales, les immortelles et les chatons.

Chaque jour, Molly et Boris partent marcher dans la lande. Ils rapportent des bruyères, des œufs de caille, des cailloux vernis, des branches de genêt, parfois un rossignol blessé à l'aile. Ou un jeune chevreuil qui a perdu sa mère.

Anna n'a pu faire autrement que l'adopter.

Il se nomme Catastrophe.

Boris et Molly, ce matin, s'éloignent main dans la main, leurs mains aux doigts écorchés, leurs mains aux veines bleues, aux phalanges gonflées. Leurs mains qui maintenant se ressemblent.

Anna est à sa table, elle place sur sa page un galet.

Elle les regarde s'éloigner.

C'est une chose déchirante, leur amour.

Pour oublier combien son cœur se serre, elle écrit, se dépêche d'attraper la vie qui fuit, un sablier est posé devant elle.

Le chevreuil la regarde froidement et arrache d'un coup sec un géranium.

Du fond de la maison montent des notes mélancoliques de chansons russes. Elle rêve aux chats noirs du quartier de l'Arbat, au moucheron moscovite qu'on nomme mouravieï.

Copie une phrase d'Isaac Babel : « Le cœur de notre tribu est enfermé dans un strudel, ce cœur qui sait si bien endurer le combat. »

Recopie ce que dictent le vent et la poussière, le vent d'est, la poussière éternelle, la poésie éternelle, le point de départ de tous les récits de chacun d'entre nous.

Elle ne ressent plus de peur, ni d'empêchement.

Et voici que revient l'heure de pleurer les morts
Je vous vois, vous entends et je vous sens encore
J'aurais aimé donner tous les noms un par un
Mais on a pris la liste, et il n'en reste rien.

Elle sait très bien qu'on écrit avec ce qui a été enlevé, avec ce qui a été perdu. Le limon. L'humus.

Boris et Molly ont disparu dans le bois, se sont perdus au milieu des fougères, des ronces, des aubépines, des mûriers.

Nous voyons qu'Anna s'est redressée comme un roseau. L'énergie est revenue avec le requiem.

Elle arrête de copier maintenant, elle prend une nouvelle feuille et y dessine ses habituels pleins et déliés :

Dans les yeux des autres

C'est le titre.

DU MÊME AUTEUR

Les Filles
Gallimard, 1987
et « Folio », n° 2978

Madame Placard
Gallimard, 1989

Loin du paradis, Flannery O'Connor
Gallimard, 1991
et « Petite Bibliothèque de l'Olivier », n° 46

Petite
Éditions de l'Olivier, 1994
et « Points », n° P187

Week-end de chasse à la mère
prix Femina 1996
Éditions de l'Olivier, 1996
et « Points », n° P446

Voir les jardins de Babylone
Éditions de l'Olivier, 1999
et « Points », n° P721

Pour qui vous prenez-vous ?
Éditions de l'Olivier, 2001
et « Points », n° P993

La Marche du cavalier
Éditions de l'Olivier, 2002
et « Points », n° P2866

Les Sœurs Délicata
Éditions de l'Olivier, 2004

V. W. le mélange des genres
(avec Agnès Desarthe)
Éditions de l'Olivier, 2004
réédité sous le titre
La Double Vie de Virginia Woolf
« Points », n° P1987

52 ou la seconde vie
Éditions de l'Olivier, 2007
réédité sous le titre
Les filles sont au café
« Points », n° P2353

Une année avec mon père
Éditions de l'Olivier, 2010
et « Points », n° P2617

Moi, j'attends de voir passer un pingouin
Alma éditeur, 2012
et « 10/18 », n° 4807

RÉALISATION : NORD COMPO MULTIMÉDIA À VILLENEUVE-D'ASCQ
IMPRESSION : CPI BRODARD ET TAUPIN À LA FLÈCHE
DÉPÔT LÉGAL : AOÛT 2015. N° 124409 (3011143)
IMPRIMÉ EN FRANCE

Éditions Points

DERNIERS TITRES PARUS

P4077. La Plus Belle Histoire de la philosophie
Luc Ferry et Claude Capelier
P4078. Les Apparitions, *Florence Seyvos*
P4079. Entre les jours, *Andrew Porter*
P4080. L'Humour au féminin en 700 citations
Macha Méril et Christian Moncelet
P4081. L'assassin court toujours. Et autres expressions insoutenables, *Frédéric Pommier*
P4082. Devance tous les adieux, *Ivy Edelstein*
P4083. Contre vents et marées, *Denis Ledogar*
P4084. Cœur pur. Journal zen et lettres de Maura « Soshin » O'Halloran, *Maura O'Halloran*
P4085. Dans l'abîme du temps, *Howard Phillips Lovecraft*
P4086. L'Appel de Cthulhu, *Howard Phillips Lovecraft*
P4087. La Couleur tombée du ciel *suivi de* La Chose sur le seuil
Howard Phillips Lovecraft
P4088. Meurtre à Tombouctou, *Moussa Konaté*
P4089. L'Empreinte massaï, *Richard Crompton*
P4090. Pianotrip. Tribulations d'un piano à travers l'Europe
Lou Nils et Christophe Clavet
P4091. Don Fernando. Le seigneur de l'Amazone
Fernand Fournier-Aubry
P4092. En finir avec Eddy Bellegueule, *Édouard Louis*
P4093. Le Duel, *Arnaldur Indridason*
P4094. Demain à Santa Cecilia, *María Dueñas*
P4095. La Joie, *Mo Yan*
P4096. Les Convalescentes, *Michèle Gazier*
P4097. La Lettre oubliée, *Nina George*
P4098. Ce qui n'est pas écrit, *Rafael Reig*
P4099. L'Enfance des dictateurs, *Véronique Chalmet*
P4100. Hexagone, *Lorànt Deutsch*
P4101. Dark Horse, *Craig Johnson*
P4102. Dragon bleu, tigre blanc, *Qiu Xiaolong*

P4103. Le Dernier Message de Sandrine Madison
Thomas H. Cook
P4104. L'Empereur aux mille conquêtes, *Javier Moro*
P4105. Mélancolique anonyme, *Soprano*
P4106. Les Mots croisés du journal *Le Monde* n° 2. 80 grilles
Philippe Dupuis
P4107. Une imposture, *Juan Manuel de Prada*
P4108. Ce qui est arrivé aux Kempinski, *Agnès Desarthe*
P4109. Les Rouges, *Pascale Fautrier*
P4110. Le Témoin invisible, *Carmen Posadas*
P4111. Quels sont ces chevaux qui jettent
leur ombre sur la mer ?, *António Lobo Antunes*
P4112. Désirable, *Yann Queffélec*
P4113. Allmen et les dahlias, *Martin Suter*
P4114. Le garçon qui ne pleurait plus, *Ninni Schulman*
P4115. Trottoirs du crépuscule, *Karen Campbell*
P4116. Retour à Niceville, *Carsten Stroud*
P4117. Dawa, *Julien Suaudeau*
P4118. Sept années de bonheur, *Etgar Keret*
P4119. L'Invité du soir, *Fiona McFarlane*
P4120. 1 001 secrets de grands-mères, *Sylvie Dumon-Josset*
P4121. Une journée, une vie. Fragments de sagesse
dans un monde fou, *Marc de Smedt*
P4122. Tout ce qui compte en cet instant. Journal
de mon jardin zen, *Joshin Luce Bachoux*
P4123. Guide spirituel des lieux de retraite dans toutes
les traditions, *Anne Ducrocq*
P4124. Une histoire personnelle de la Ve République
Alain Duhamel
P4125. Ce pays qu'on abat, *Natacha Polony*
P4126. Le Livre des secrets, *Fiona Kidman*
P4127. Vent froid, *C.J. Box*
P4128. Jeu d'ombres, *Ivan Zinberg*
P4129. Petits moments de bonheur volés, *Francesco Piccolo*
P4130. La Reine, le Moine et le Glouton, *Shafique Keshavjee*
P4131. Crime, *Irvine Welsh*
P4132. À la recherche de mon fils. Toute une vie sur les traces
d'un explorateur disparu, *Edgar Maufrais*
P4133. Un long printemps d'exil. De Petrograd à Saigon.
1917-1946, *Olga Ilyina-Laylle, Michel Jan*
P4134. Le Printemps des enfants perdus, *Béatrice Égémar*
P4135. Les Enfants du duc, *Anthony Trollope*
P4136. Portrait d'une femme sous influence, *Louise Doughty*
P4137. Le Pyromane adolescent *suivi du* Sang visible du vitrier
James Noël
P4138. Lamb, *Bonnie Nadzam*
P4139. Le Coq rouge, *Miodrag Bulatovic*